彼年今时

韩兆若 / 作品

中国文联出版社
http://www.clapnet.cn

图书在版编目（CIP）数据

彼年，今时 / 韩兆若著．—北京：中国文联出版社，
2017.2
ISBN 978-7-5190-2570-0
Ⅰ．①彼… Ⅱ．①韩… Ⅲ．①中篇小说—小说集—中
国—当代 Ⅳ．①I247.5
中国版本图书馆 CIP 数据核字（2017）第039501号

彼年，今时

作　　者：韩兆若

出 版 人：朱　庆
终 审 人：陈宝光　　复 审 人：郭　锋
责任编辑：刘　旭　　责任校对：傅泉泽
封面设计：中尚图　　责任印制：陈　晨

出版发行：中国文联出版社
地　　址：北京市朝阳区农展馆南里10号，100125
电　　话：010-85923043（咨询）85923000（编务）85923020（邮购）
传　　真：010-85923000（总编室），010-85923020（发行部）
网　　址：http://www.clapnet.cn　　http://www.claplus.cn
E - mail：clap@clapnet.cn　　liux@clapnet.cn

印　　刷：北京天宇万达印刷有限公司
装　　订：北京天宇万达印刷有限公司
法律顾问：北京天驰君泰律师事务所徐波律师
本书如有破损、缺页、装订错误，请与本社联系调换

开　　本：710×1000　　1/16
字　　数：220 千字　　印　　张：17
版　　次：2017 年 2 月第 1 版　　印　　次：2017 年 2 月第 1 次印刷
书　　号：ISBN 978-7-5190-2570-0
定　　价：48.00 元

自 序

文学梦很多人都有，但真正圆了的没有几个，即使那些写过也发过一些文学作品的人。

文学梦我从小就有，并在追梦路上踯躅了多年，诗歌、散文、中篇、长篇、报告文学都曾写过。1984 年高考结束时，为挨过两个月的煎熬与等待，我尝试着写诗歌、写散文，以释放心中的焦虑与压抑，从此萌芽了文学之梦。1995 年，我独自一人去了美国，在那个被称为“地狱旁、天堂边”的地方一待就是两年。为打发极度的空虚与无聊，我开始写中篇小说，本书收录的《初到美国》就是那个时候写的，并在当地一个根本没几个人看的华人小报上刊登了，但这却让我真正收获了创作的第一份喜悦。可以说，真正的文学追梦之旅是从在美国写中篇小说开始的。2005 年，我远离家乡调入另一个城市工作，开始了长达十二年的两地分居生活。为消除无尽的寂寞与孤独，我开始写长篇小说，其中的三部作品已付梓出版。可以说，二十年的文学创作之旅是与孤独、空虚、无聊分不开的。因为孤独，我去追逐盛世繁华；因为空虚，我去搜寻梦中情人；因为无聊，我去草原策马扬鞭……一定程度上来说，孤独与无聊是我文学梦想萌动，并促使我努力去寻找梦想的起源和动因。

既然文学创作之路是从中篇小说起步的，出版一部中篇小说集就成为我多年来的梦想。如今，这一梦想实现在即。本书所选的四个中篇，写作时间相隔跨度较大:《初到美国》完成于 1996 年，而《幼儿园》却是 2016 年刚刚完成的,两个作品时间跨度整整二十年。四个作品中有写见闻的,有写早教的,有写抗战的,有写职业生涯规划的,题材不同,但主旨完全相同——追梦。《初到美国》追求的是发财梦;《毕业那年》追求的是职业梦;《铁匠铺》追求的是抗战胜利梦;《幼儿园》追求的是孩子成长梦。追梦的路上,每个人的境遇不同:有顺利的，有坎坷的，有成功的，有失败的，有亢奋的，有悲伤的……不管境遇如何，但人们都带着梦想，唱着歌谣一路走来，有欢歌，亦有悲歌。

目录

铁匠铺

一

刘福成一大早就起了床，坐在自家客厅里一袋烟接着一袋烟地抽着。实际上，整个晚上刘福成都没合死眼睛，只要一合上眼睛，燕子山二当家的那张疤瘌脸就在眼前晃来晃去，特别是临走时撂下的那句“七月十五我带人来取家伙，要是交不出货的话，那就只能让你们全家到那边过节了！”疤瘌脸从腰间拔出盒子炮，“啪”的一声拍在八仙桌上。

疤瘌脸带着两个手下骑着枣红马走了，但刘福成忐忑不安的心怎么也平静不下来，他知道疤瘌脸是奉燕子山大当家、外号“鬼见愁”的命令来铺子里订货的，到时要是真交不出货来，鬼见愁是不会放过自己的。刘福成望了望八仙桌上的订金，长叹了一口气。

刘福成的兴隆铁器铺位于镇子的中央，是六十里铺最大的铁匠铺之一，仅伙计就有四五十号。铺子分前院、后院，共三排三十二间房子。前院一排八间是生活区；后院两排二十四间是生产、办公区。其中，中间一排以储藏、办公为主，刘福成坐的那个厅堂就位于这排的东边第二间，跟厅堂通着的东边那间，是他们平时议事的地方。后院的两排房子虽然东西一样长，但后排房子比前两排房子南北宽三米，且没有间隔，是铺子的加工区，被称为打铁房。铺子除了有三排堂屋外，还有一排十二间东屋。最南边的五间是兴隆铁器铺的酒馆，紧挨着酒馆的三间是客房，最北面四间是商铺。前后院之间留有小门，经过小门就进入了后院。在六十里铺，虽然大大小小的铁匠铺有六七十家，是方圆几百公里内最大的铁器生产、集散基地，但与兴隆铁器铺规模相当的只有三家。一家名曰火麒麟铁器铺；另一家名号为瑞祥铁艺铺，其他规模较小的铁匠铺依姻亲或协作关系，分别隶属于三大铁器铺，形成了三大派系、三足鼎立的格局。三大铁匠铺的产品虽有差别，但主打产品都是炊具、农具。因争抢人才、争夺客户，三大铁器铺素来不和，龃龉与争斗从未停止过。三大铁匠铺中，成立最早的当属兴隆铁器铺。据刘氏家谱记载，兴隆铁器铺是光绪元年刘福成的爷爷刘兴隆带着他的两个弟弟干起来的，到刘福成这一代历经三代六十多年。铁匠铺成立之初并无名号，人员只有刘兴隆兄弟三人，主打产品是锨镢锄犁。刘福成的父亲刘长号十五岁进铁匠铺当伙计那年，店铺才有了正式的名号——兴隆铁匠铺，并开始制作锅盆、鏊子之类的炊具，刘氏家族因此殷实富足起来。在普通人家连红薯、玉米面都没得吃的那个年代，刘兴隆一家却能吃上烧饼、豆腐甚至肥肉肘子。刘长号结婚的那年冬天，积劳成疾的刘兴隆死了，兴隆铁匠铺因此一分为三。继承了兴隆铁匠铺名号的刘长号苦心经营，生意越做越红火，而他的两个叔叔一个好赌、一个好嫖，家业很快就败落下来，分家不到五年就被刘长号收购了回去，铺子从那时起就更名为兴隆铁器铺。

跟兴隆铁器铺相比，火麒麟铁器铺和瑞祥铁艺铺成立的时间要晚一些，成立之初，处处受到兴隆铁器铺的排挤、刁难和打压，从那时起，三家铁器铺就结下了梁子、种下了冤仇。火麒麟铁器铺和瑞祥铁艺铺虽然成立时间晚，但有区别于其他铺子的主打产品，在当地迅速站稳了脚跟。六十里铺不产铁，却能在几十年内就成为北方最大的炊具、农具生产、集散基地，除了靠近济南、胶济铁路穿中而过等地理、交通优势以外，还与最早成立的三家铁匠铺的兴起与带动分不开。

六十里铺的铁器方圆几百公里内有名，六十里铺周边地区的土匪方圆几百里内也同样有名。六十里铺近靠济南，北有黄河天堑，东南群山环绕，地势险要，地形复杂，自古以来就有盗匪、山贼出没。军阀混战年代，六十里铺周边地区曾活跃着几股土匪，几经围剿、火并之后，最后仅剩两股实力最大的土匪，一股以疤瘌脸为首，他们占据燕子山天堑，到处打家劫舍，滋扰百姓，搞得周围百姓苦不堪言。一股以鬼见愁为首，他们占据泰山山脉的角子山，山下公路穿越，商队经过频繁，但与商贾集中、百姓富庶、交通发达的济南府周边地区相比较，鬼见愁占据的角子山可谓是穷乡僻壤。一九三五年冬，驻扎在六十里铺的国民党吕象山部奉命围剿燕子山，鬼见愁以驰援燕子山为名，趁机夺了燕子山，成为山上大当家的。山头被占领，疤瘌脸虽心有不甘，但无奈队伍死伤大半，自己又欠人家一条命，只好屈尊当了山上二当家的。

鬼见愁当上燕子山大当家的之后，陆续收编了鲁西北地区几股流匪，队伍快速扩大到三四百人。他们依山修筑工事，形成以“燕头”为中心，两边数十个山头为犄角的“燕形”防御体系。吕象山虽多次劝降、派兵攻打，但都损兵折将、无功而返。由于当地老百姓称燕子山上的土匪为鬼见愁，时间一长，鬼见愁就成了燕子山大当家的名号，其真实姓名谁都不知道。

一般情况下，类似下山筹粮筹款、购置武器这样的活儿，鬼见愁都是派疤瘌脸去办。一是疤瘌脸在六十里铺周边地区活动多年，地形熟悉；二是疤瘌脸从燕子山大当家的变为二当家的后，心里到底是怎么想的、有没有伺机夺回山头的想法谁都不清楚，在心里没底的情况下，鬼见愁是不会贸然下山的。

刘福成拿着疤瘌脸留下的快枪端详了半天，虽说铺子里曾打造过猎枪，但快枪从没打造过，甚至连拿在手上仔细端详的机会都没有过。刘福成知道猎枪不同于快枪，猎枪跟火铳一样，只要点燃了引线，把铁丸和火药从炮管或铳口里射出去，就能杀死或杀伤猎物。而快枪不像土炮、火铳那样打一枪就得装一次火药，只要装一次就可以发射很多次。

刘福成重新摁上一袋烟静静地想，镇子上大大小小的铁匠铺不止一家，实力、规模与兴隆相当的就有三家，鬼见愁为什么单单把这样一个出力不讨好甚至出力挨人骂、遭人弃的活儿交给自己呢？自古以来，盗匪无善终，而那些给盗匪提供支持、给予帮助的人，在百姓看来跟盗匪无异。刘福成明白，一旦兴隆铁器铺给鬼见愁制造出快枪来，燕子山的攻防能力就会大大提升，吕象山的部队就更奈何不了他们了，如此一来，兴隆铁器铺就成了燕子山的帮凶，说不准哪天就招来灭门之灾。既然疤瘌脸深夜造访，下了订单、交了订金，如果置之不理或按时交不了货，惹恼了土匪，自己照样没有好果子吃。

杨有余一路小跑来到厅堂，他不知道刘福成一大早就派人把他叫过来到底有何急事。路上他不停地嘀咕："难道昨晚上铁匠铺遭了劫？或是炉里的底火没压好烧了东西？"看到铁匠铺没什么异常，杨有余忐忑不安的心才稍稍安静了些。杨有余跟刘福成是亲戚，杨有余的媳妇刘福梅是刘福成二爷爷的孙女，杨有余虽然年龄比刘福成大一岁，但他得管刘福成叫哥，因为刘福梅年龄比刘福成小一岁。杨有余家兄弟姊妹多，父亲又长年患病干不了活，是六十里铺有名的穷困户，经常是吃了上顿没有下顿。杨有余十岁那年，父亲撒手人寰，大哥被一个外乡人招为上门女婿，二哥远走他乡杳无音信。杨有余十三岁那年，他娘求刘福成的二奶奶招他进了她们家的铁匠铺，因为她俩的娘家是一村子的。杨有余虽然年纪小，但脑子灵活，干活勤快，注意观察，喜欢琢磨，三年就掌握了打铁冶炼的技巧，深得刘福成二爷爷和二奶奶喜欢，于是二老托人保媒把自己的二孙女嫁给了杨有余。刘福成二爷爷家的铺子开不下去卖给刘福成家的时候，杨有余就跟着来到了兴隆铁器铺。在兴隆铁器铺干得年岁久了，又跟刘福成是妹夫舅哥关系，所以刘福成就把铺子里的琐碎事交给杨有余去办，时间一久，伙计们都尊称他为二掌柜的。

“大哥，天不亮你就火烧火燎地叫我来干什么？我还以为燕子山上的土匪又下来抢东西了呢！”杨有余一边打着哈欠，一边在旁边的椅子上坐了下来。

“你猜得没错，昨晚山上确实来人了。”刘福成说着，把竖在身后的快枪递给了杨有余。

杨有余惊恐地望着刘福成，问到底是咋回事，刘福成就把疤瘌脸来铺子里订枪的事跟杨有余讲了，问杨有余有什么办法。杨有余皱着眉头想了半天，点了点头，又摇了摇头。刘福成两眼斜睨着杨有余，问他又是摇头又是点头到底是啥意思。

杨有余诡异地笑笑，说疤瘌脸确实给铺子出了道难题，那枪造也不是不造也不是。如果不造，燕子山上的土匪肯定不会善罢甘休；如果造了，他们拿枪去祸害老百姓，等于是兴隆铁匠铺祸害老百姓了，不用吕象山动手，老百姓的唾沫星子就能把兴隆铁器铺给淹了，疤瘌脸可是欠下了不少血债呀！

“造也不是不造也不是，难道祖上留下的这点基业就这样给毁了？”刘福成用力磕了磕烟袋锅子，咬着牙发狠道：“宁愿铺子关了，也不能让老少爷们戳着脊梁骨骂八辈子祖宗！”杨有余劝刘福成先不要着急，更不要把土匪订枪的事情传扬出去，一旦传扬出去，生意就甭想做了。给土匪造枪，那跟土匪有什么两样？

刘福成瓮声瓮气道:“疤瘌脸骑着大洋马大摇大摆地进了镇子，还能没人看见？纸是包不住火的，造枪那事早晚会有人知道。”看到杨有余心不在焉、哈欠连天的样子，刘福成火了，劈头盖脸地把杨有余熊了一顿。无缘无故地挨了数落，杨有余虽心里不爽，但脸上还是挂着笑容，自找台阶道:“往常日，头一着枕头就睡过去了，可昨晚上怎么也睡不着了，总感觉心里有事似的，这会儿我才算是明白了，原来是燕子山上的人下来了。大哥，那事你不用太着急，又不是今天就让把枪造出来，不还有两个多月吗？人总不能让尿憋死吧？”刘福成叹着气说，“两个月一晃就过去了，到时要是交不出货来，那帮土匪还不把铺子给砸了？七月十五是什么日子？鬼节！多些好日子他们不选，偏偏选那么个晦气日子，其用意你还不明白吗？”刘福成说着拿着枪转身进了里间屋，把杨有余一个人留在了客厅里。

二

杨有余在刘福成家吃罢晚饭回到家的时候已是后晌了，刘福梅还没睡，正坐在煤油灯下缝着针线活儿，最小的儿子依偎在刘福梅身旁睡得正酣。看到男人醉醺醺地进来，刘福梅连忙放下手里的针线活，给他倒了一碗白开水。

“晚饭回家吃就是了，老在别人家吃怎么能行呢？”刘福梅埋怨道。

“他留我吃饭我还能硬走？再说他有事要跟我商量。”

“三更半夜就被叫走了，有多少事一天都商量不完？你不会是贪恋大哥家的酒好吧？”

杨有余欲言又止，走到东里间屋看了看，确信三个半大小子都睡熟了，才把昨晚铺子里发生的事情跟刘福梅讲了。刘福梅听后不以为然地问杨有余，说那么点事还用得着商量到深更半夜了？杨有余用鄙视的口吻说了句：女人就是女人，头发长见识短。

躺下后，杨有余又反复叮嘱刘福梅一定不要把土匪下山订枪的事说出去，尤其不能让东屋里那三个小子知道，要是让他们知道了，保不准一早就说出去了，那可是掉脑袋挨枪子的事情。杨有余跟刘福梅结婚后一口气生了三个儿子，指望第四个生个闺女，谁知生下来又是个小子，愁得刘福梅不知哭了多少回。虽说男人比一般铁匠挣得多，但架不住四个儿子一个比一个能吃，况且老大已经十二岁了，眼瞅着就得盖房娶媳妇。铁匠是个苦差事，说不定哪天就累倒爬不起来了，镇上有多少铁匠不到五十岁就走了，要是家里的顶梁柱倒了，别说是盖房娶儿媳妇了，能不能吃饱饭都是问题。

刘福梅担心的问题杨有余何尝没有考虑过？可他自感空有满身武艺却没有施展的机会，只能在兴隆铁器铺终老一生。前些年，杨有余曾产生过出去单干的想法，但刘福梅的父亲坚决反对，他怕女婿重蹈自己父亲的覆辙。

看看身边的女人睡过去了，杨有余翻身下了炕，走到东里间屋看了看横七竖八睡着的三个儿子，替他们盖了盖被单子，虽是四月了，但晚风还是凉飕飕的。杨有余坐在院子里的石榴树底下，一边吸着纸烟，一边盘算着：一支快枪换四十斤谷子，要是四五个人一个月打造七八支快枪，自己一个月少说也能挣百八十斤谷子，兑换成红薯玉米，即使屋里那四个兔崽子再能吃，也吃不完。

杨有余重新点燃一支烟，边吸边想：眼下虽还不清楚快枪的构造，但凭自己多年的打铁经验，那东西应该没什么神秘的，一旦掌握了技巧，用不了三五天就能造出一支来。那批货要是换作别人订制的，可是一桩十分划算的好买卖。杨有余坐在石榴树底下抽了半宿也想了半宿，衣服被露水打湿了都浑然不知。

杨有余从家里一走，刘福成就上炕躺下了，可翻来覆去折腾到后半夜也没有睡着，只好穿衣走进后院，打开厨柜把快枪又取了出来，反复端详了多时也没有弄明白弹簧为什么轻轻一撞，子弹就能从枪筒里飞出来，打哪哪就是个窟窿。刘福成拿着尺子把枪筒、枪托、枪栓等部件反复丈量了数遍，一一记录在小本子上，犹豫再三，还是没敢贸然把枪拆卸开来。

天一亮，杨有余就来到铺子里，望着刘福成黑黑的眼圈，知道他也没睡好。杨有余说昨晚他坐在自家院子里抽了半宿的烟，虽没想出解枪的办法，但想起一个解枪的人来，兴许那人能帮铺子把枪造出来。他有个远房亲戚家住刘家峪，早年曾在汉阳兵工厂干过差事，虽离开兵工厂多年了，但应该对枪不陌生。刘福成听后立即吩咐杨有余带上东西前去请人。

杨有余到达刘家峪的时候已近中午了，他的远房亲戚正坐在堂屋里编织着筐子，家里的婆娘正在院子里洗着刚从地里采摘来的地瓜秧子。看杨有余推门进来，两个人都十分诧异，问杨有余找谁。杨有余费了好大的劲才把自己是谁、跟他们家是什么关系介绍清楚。虽然两家子多年没有走动，但杨有余对这门远房亲戚家的情况还是知道一些的，除了小时候在姑奶奶家见过一面、母亲在世时曾多次提起过他以外，最重要的是他跟姑爷爷是舅家表兄弟，论辈分杨有余得管他叫舅爷爷。自从姑奶奶和姑爷爷多年前相继去世、他们唯一的儿子带着一家老小闯了关东以后，杨有余就再也没来过姑奶奶生前住过的这个村子，要不是为了快枪的事，他可能没有机会再来刘家峪看看，也不可能知道自己的这位舅爷爷叫万得田，前些年在外面闯荡时伤了腿脚，行动有些不便，日子过得挺紧巴。

万得田从腰间取出旱烟包递给杨有余，杨有余笑笑，从口袋里掏出一盒“大前门”，抽出一支递给万得田。万得田把香烟放到自己鼻子上嗅了老半天，喃喃道:“有年岁没抽这烟了!早年我在汉阳兵工厂当差的时候，什么洋烟没抽过?大前门、老刀、三炮台，市面上有的烟没有我没抽过的。”

万得田老婆一边刷着锅,一边用眼斜睨着自家男人,那意思是说别显摆了,饭都吃不上了，还显摆什么。看万得田老婆那愁眉苦脸的样子，杨有余猜测她一定正在为如何接待自己这个不速之客而犯愁。杨有余十分理解地朝万得田老婆笑笑，说他进村时看到村头有家酒馆，中午他想请他俩去酒馆里吃饭。闻听此言，万得田两口子悬着的心立刻放了下来，嘴上虽说“不用不用，孬好在家吃点就行了”，但心里还是希望杨有余别太实在。

万得田随杨有余一瘸一拐地去了小酒馆，但他老婆死活不去。在那个客人到家女人都不能上桌吃饭的年代,女人怎敢去只有男人才可以去的酒馆呢?一壶酒下肚，万得田的话匣子就打开了。交谈中杨有余得知，万得田虽只在汉阳兵工厂工作过两年，参与过枪托等简单零部件的制造，但对枪的了解还是要比普通人多，他叽里呱啦说的那些东西，把杨有余说得云里雾里的。酒足饭饱之后，杨有余把刘福成给的钱抽出一半给了万得田，让万得田随他去一趟六十里铺，说他们家刘大掌柜的知道他是个人物，一直想见见他。万得田说他跟刘福成素不相识，不知为何要见他。杨有余就把兴隆铁匠铺准备造枪的事情跟万得田讲了，请万得田过去给当当老师、做做指导。万得田神情紧张地问杨有余，说铁匠铺不打铁却造枪，官府知道了会杀头的。看万得田那紧张万分的样子，杨有余直想笑。杨有余说兴隆铁器铺在当地是数一数二的大店铺，虽说铺子里打更看门的人不少，但手里没有几样真家伙，遇上盗匪就抓瞎了，造枪是为了看家护院用。看万得田还是有些不放心，杨有余就又从口袋里抽出几张钱塞给了他，说他去就是给大掌柜的讲讲枪是怎么一回事就行了，少则一天，多则三五天。他们家大掌柜的是个爽快人，一定不会亏待他的。万得田想了想，说要出远门了，怎么也得回家跟婆娘说一声，顺便去他哥哥家借头驴，就他那腿脚，两天两夜也走不到六十里铺。

大约过了一个时辰，万得田骑着一头黑驴来了，看他那威风八面的样子，还真把自己当成个人物了。

到达六十里铺的时候天已上黑影，刘福成正坐在厅堂里发愣，听伙计说二掌柜的回来了，立即迎出门来。

一壶茶没喝透，香喷喷的饭菜就上来了。刘福成把烫好的上等好酒一一斟满，客套了几句，三个人就喝了起来。刚开始万得田还装出一副矜持的样子，可面对一桌子好酒好菜，他哪能把持得住？没多大会儿，嘴就有些不利索了。

“刘掌柜的，造枪没什么可难的，跟门锁差不多，都是开锁、闭锁，打开、闭合。等我喝完了酒，把枪拆卸开一讲，你们就全明白了。”刘福成嘴上虽说“不急不急，先喝酒、先喝酒”，但心里巴不得他立即把枪拆卸开，给他好好演示演示。

万得田酒喝多了，倒下就呼呼地睡着了。杨有余说走了四十里山路感觉有些累了，喝完酒就回家了。刘福成嘱咐家人给万得田骑来的黑叫驴喂了上等的饲料后，就把锁在柜子里的枪又取了出来。从万得田的嘴里刘福成知道快枪由撞针、枪管滑套、扳机、击锤等六部分构成，当人扣动扳机，撞针快速撞击由雷汞做成的底火，引燃子弹壳内的发射药，把子弹推出弹膛。刘福成把枪的零部件一一拆卸下来，每拆卸一个零部件，他都认真做好记号，并在脑子里反复记忆几遍。拆卸、组装、测量、计算，一连串动作反复试过之后，刘福成对枪的构造和原理有了大概的了解，对如何造枪心中多了几份底气，但唯有一个问题他没有琢磨明白，就是被撞针撞击的子弹壳为什么会有那样大的推力，让子弹在空中快速飞起来。

喝完酒回到家的杨有余辗转反侧到了下半夜才睡着。要在平时，别说走了四十多里山路了，仅头天晚上没怎么睡好就足以让他触枕即鼾。自打刘福成把土匪订枪的事情告诉他之后，杨有余就一直感觉心里麻麻痒痒的，既纠结担心，又欢喜兴奋。杨有余明白，眼下的时局十分复杂，各种势力犬牙交错，仅小小的六十里铺，周边就有国军、共产党的队伍、地方武装和土匪，他们都想扩大地盘、扩充实力，没有枪肯定不成。杨有余翻了下身继续想到：自己风里来雨里去、烈火烤热铁烫、每天衣服湿八个透，一个月下来也不过挣六七十斤谷子，抵不上两支枪的价码，天底下还有比造枪更划算的买卖吗？眼看着四个兔崽子一天大起一天，再过两年，大的就该保媒提亲了，不盖上三间新瓦房，谁家的闺女愿意嫁过来？自己在兴隆铁匠铺一干就是十几年，虽然刘福成没把自己当外人看，但谁知道到了抡不动锤的那一天他还像现在这样待见自己吗？店铺是人家的，自己名义上是二掌柜的，但实际上就是一个长工、伙计，花一分钱都得大掌柜的点头同意……想着想着，杨有余开始怨恨起刘福成来了。前些年，刘福成都把去济南、保定买煤购铁的事情交给杨有余去办，每回去保定，商家都是好酒好菜伺候着，还出钱让他去当地最有名的“艳春楼”找个乐子。可自打去年开始，刘福成把去外地采购的差事交给了一个叫刘老憨的人去办了，这让杨有余懊丧不已。刘福成之所以把去外地办货的差事交给刘老憨，除了看他忠诚老实、办事牢靠以外，更重要的是刘福成感觉杨有余采购来的货物无论是成色还是斤两都有问题，他怀疑其中有猫腻。至于杨有余每次去保定都去“艳春楼”找一个叫蓉儿的姑娘，他倒不认为是一件什么了不起的事情。男人嘛，谁还没有贪荤好腥的毛病？那个叫蓉儿的姑娘确实会伺候人，着实招人稀罕，每次去保定，自己不也经常去她那里过夜吗？

想起蓉儿那雪白的身子，杨有余不知不觉心潮暗涌。他暗暗下定决心，一定要学会造枪，有了那本领，自己不愁当不了大掌柜的。到那时，别说是给四个儿子盖房娶媳妇了，就是去保定把蓉儿从窑子里赎出来天天搂在怀里都说不定。杨有余想着，“嘿嘿嘿”地笑出了声。

三

万得田起床的时候，太阳已经爬到一竿子多高了。往常这个点儿，大掌柜的早就招呼伙计们生火打铁了。虽然刚进入农历五月，但天已经热得不行了，太阳像挂在树梢上似的，烤得人连气都喘不上来。头顶上有个火辣辣的太阳照着，旁边一排火炉烧着，整个铁匠铺就像一个大蒸笼，几米开外的人都能感觉到它的热量。夏季里，天麻麻亮，铁匠铺里就叮叮当当地敲起来了，约莫太阳爬到东南方向、刚开始发威的时候，镇子上叮叮当当的响声就会戛然而止，如同接到同一个命令似的，叮当声一直到下午三点左右才又重新响起来，中午最热的那段时间，打铁房里是待不住人的，铁匠们大都转到没有火炉的“通心屋”里，或磨或锉或锯。

万得田倒背着手围着铺子转悠着，心想，这么大个院落，是该有几支快枪守护了。万得田正想着，远远听见有人叫他，用手打着眼罩一望，是刘福成在招呼他，就一瘸一拐地走了过去。一声招呼没打完，杨有余也到了，一边打着哈欠，一边自嘲道：“来回走了四十多里山路，可把我给累趴下了，要不是家里婆娘叫醒我，睡到下午都说不定！”三个人一边说着一边进了里间屋，万得田一眼望见桌子旁边竖着的那杆快枪，惊奇地问刘福成枪是从哪里讨弄来的。刘福成说枪是从朋友那里借来的，正是因为见了它，才产生了了解它的兴趣。万得田一听，呲着大黄牙笑了，滔滔不绝地把头天晚上酒桌上讲的那些东西又讲了一遍。趁万得田喝茶的空当，刘福成问了一个问题，说那个问题他想了一晚上也没有想明白，就是从弹膛里飞出来的子弹为什么飞得那么快、那样远，那股巨大的推力是如何形成的。万得田支支吾吾了半天也没有解释清楚，只是一个劲地说把枪拆卸开一看就全明白了，说着就要去拆卸手中的快枪，但被刘福成阻止了。万得田用疑惑的眼睛看看刘福成，又看看杨有余，心想：你们不是请我来当老师的吗？不让拆卸这老师怎么当？

吃罢早饭，刘福成把一个红包推到万得田面前，说愿意在镇上多待几天，吃住兴隆铁器铺全包，如果着急着回家，他就让伙计把他送到大路上。万得田十分不解地望着刘福成，问道："大掌柜的不是请我来帮忙造枪的吗？这么快就让我回去，那枪你们不造了？"刘福成说昨晚上他考虑再三，感觉那枪还是不造为好，难度太大，风险太高。听了刘福成的话，万得田十分懊丧，他真想在六十里铺多待上几天，除了有大鱼大肉吃着，还可以多领些"教学费"。

万得田骑着大黑叫驴-·出大门口，杨有余就忍不住问刘福成，说好不容易把万得田请来了，什么活还没干就让他走了，还搭上那么多路费。刘福成笑笑，说："你那个亲戚是个二把刀，肚子里就那点东西，昨晚上全倒出来了，让他在铺子里多待一天，多搭银子不说，还容易引起伙计们注意。"看着杨有余一脸的茫然，刘福成就把他领进了里间屋。

刘福成十分麻利地把枪拆卸开后又十分顺利地组装了起来，前后不过几分钟，这让杨有余惊诧不已。他不明白，对枪一窍不通的刘福成，如何在短短的两天内就熟练掌握了枪的要领的。

"琢磨了两个晚上，又听老万讲了那么多，榆木脑袋也开窍了。零部件的数量和尺寸我都记在这张纸上了，你比照着再琢磨琢磨，看看先从哪里入手。"刘福成说明天他就抽调几个手艺好、嘴巴严的人试着制造能够组装一支枪的零部件，成功后再批量生产。杨有余一边拆卸着枪，一边"嗯嗯"地应着。杨有余问刘福成，说造枪的事万一外人知道了问起来怎么应对。刘福成说万一有的铁匠嘴没把住门说出去了，就说是自己看家护院用的。

当天下午刘福成和杨有余就把挑选出来的十个人召集在一起开会，把准备造枪的事情跟他们讲了。刘福成把拆卸下来的零部件拿给伙计们看，要求他们务必在一两天之内想出如何制造那些零部件的办法。为形成专业化运作模式，刘福成将十个伙计连同他和杨有余共十二人分为六个小组，分别负责撞针、枪管滑套、复进簧、扳机、握柄弹匣以及击锤保险六部分零部件的研制，哪个小组在规定时间内造出了合格的零部件，哪个小组的人就额外领取百分之十的工钱。任务分配下去后，刘福成又着重把纪律强调了一番，要求所有的人对造枪一事守口如瓶，谁要是嘴把不住门将风透出去了，出了事谁就要负责。刘福成讲完，杨有余又讲了许多，要求各小组每天都要单独向他汇总情况，他把六个小组的情况汇总起来后再集中向大掌柜的汇报。

在刘福成组织人员研制快枪的同时，火麒麟铁器铺的大掌柜于富贵也在秘密研制武器，而且时间比刘福成还早。火麒麟铁器铺成立的时间虽比兴隆铁器铺晚了整整十年，但如果往祖上追溯，于家才是六十里铺乃至整个北方地区铁器制造的鼻祖。据于富贵的太爷爷介绍，早在唐朝开元盛世年间，他们祖上就在京城长安开设了铁器制造铺，不仅制造农具，还制造刀枪剑戟等兵器，跟京城里许多官宦人家都有交集，是当时长安城里有名的大户人家。长达八年的“安史之乱”发生后，因为于家曾为叛军打造过兵器，被官府一路追杀，亡命至六十里铺。对于家人自己陈述的这段家族兴衰史，谁也无法考证，也没人愿意去考证。不管于富贵的先祖在唐朝时期的长安城里开没开过铁器铺，是不是因叛军牵连亡命于六十里铺，但六十里铺确实在唐朝时期就开始了铁器制造，而且还曾盛极一时。在长达一千一百多年的时间里，六十里铺的铁器制造业虽时兴时衰，但从未消失过，民国初期又重新红火了起来。

虽然火麒麟铁器铺在三大铁器铺中成立的时间最晚，但到于富贵这一代却是第四代了。火麒麟铁器铺成立的第二年，于富贵的太爷爷因患急症猝然离世，把一个刚刚建起来才一年多的店铺扔给了两个儿子。于富贵的大爷爷本来就对父亲经营铁匠铺持反对态度，认为那是一个出力不赚钱的行业，况且祖上曾因经营铁器铺差点遭到满门抄斩，在社会动荡不安的年代，重拾祖上旧业绝对是一个愚蠢的决定。当于富贵的太爷爷突然离世之后，于富贵的大爷爷更坚定了自己当初的判断是正确的。他认为铁器不是于家的富贵之源，于家的辉煌永远不可能建立在铁器制造上。于富贵的爷爷于满仓接手父亲留下的铺子时，曾发誓一定要重兴祖上基业，不辜负父亲临终时的重托，也让大哥看看于家完全可以靠经营铁器重现昔日辉煌。可惜于满仓一接手父亲留下的铺子，就与刘福成的爷爷结下了怨仇。刘福成的爷爷倚仗铺子成立早、社会资源多、与官府关系好，处处掣肘于满仓，气得于满仓用火铳打伤了刘福成的爷爷，被官府抓去坐了一年多的牢，虽没死在牢里，但也落下了一身毛病，出狱的当年就死了。于满仓被官府抓去坐牢的时候，年仅二十一岁的大儿子于大海也就是于富贵的父亲挑起了家里的重担，他决心一定要把父亲两代人没有发展起来的铁匠铺发展壮大起来，不让六十里铺的老少爷们小瞧了于家。于大海将爷爷开业时挂在铺子大门上方的“凤祥铁器店”的牌匾摘下来，换上了一块气势恢宏的牌匾——火麒麟铁器铺，并改变了父亲以制造农具为主的经营思路，改以制造厨具为主、农具为副的经营策略，很快就在六十里铺打出了名堂。于大海一生娶了两房，大房王氏生了五个孩子，活下来的只有儿子于富贵、于富和和闺女于富美。二房严氏生了一个儿子一个闺女，闺女于富凤、儿子于富堂。于富贵等兄妹三人虽不是严氏所生，但她对他们三人视如己出，在丈夫撒手人寰时，她辅助继子励精图治，把火麒麟铁器铺经营得井井有条。于富堂不愿意待在哥哥的铁匠铺里打一辈子铁，当一辈子铁匠，于是在十六岁随母亲去济南看望姥姥时，偷偷跑到部队里当了兵，五六年杳无音讯，家里人都认为他没了，谁知四个月以前的一个晚上，于富堂突然回到了六十里铺。

于富堂突然回家，严氏和于富贵都喜出望外，他俩都希望于富堂不要再走了，安心在家帮助于富贵经营铺子，因为于富和小时候患过小儿麻痹症，留下了残疾，铺子里的事指望不上他，十分需要于富堂这样的帮手。对母亲和哥哥的挽留，于富堂没有答应，因为此时的于富堂已不是当年离家出走的那个懵懂少年了，而是工农红军的一名连长，他这次是奉组织委派回济南完成一项重要任务，顺便回六十里铺探望多年未见的母亲和哥哥、姐姐的。于富堂一回到家，就把自己的真实身份告诉了于富贵，并给哥哥讲了许多革命大道理，临走时还交给哥哥一项重要任务：为红军研制武器。

于富堂离开六十里铺没多久，就派人偷偷送来了一支长枪和一张图纸。收到枪的当天，于富贵就把弟弟于富和叫进密室商量了半宿，他要求于富和尽快把枪的构造鼓捣明白。于富和虽然身体不好，打不了铁、干不了铁匠活，但脑子灵光，喜欢琢磨事。于富贵虽然没告诉弟弟枪是从哪里来的、为什么要造枪，但于富和心里明镜似的，他猜测造枪的事一定与弟弟于富堂有关，因为他曾听到哥哥与弟弟谈论过枪的事情。一接到哥哥交办的任务，于富和就躲进了密室，除了吃喝拉撒睡，几乎足不出密室。不到一个月，于富和就造出了一支一模一样的枪，除枪管等个别零部件是于富贵跟另外两个贴实人帮忙造的以外，其他零部件都是于富和一个人制造的。

枪造出来的第六天，于富堂带着一个穿长袍马褂的人回到了铺子，跟伙计们介绍说来人是金先生，是济南金丰贸易有限公司大掌柜的，跟他是多年生意上的伙伴，这次到六十里铺，就是考察六十里铺的铁器制造能力，看看能不能制造保险柜、无缝钢管之类的东西，如果能生产，他就不用舍近求远去京津一带采购了。没等金先生开口，于富贵就忙不迭地应承说那些东西火麒麟铁器铺都能生产，让金先生不用再到其他铺子里考察了。金先生订购的那些东西，火麒麟铁器铺以前从未生产过，于富贵之所以敢一口应承下来，是因为于富堂事先跟他嘱咐好了的。于富堂和金先生都明白，“九一八事变”以后，日本人的胃口已不限于东北三省了，而是整个中国，跟日本人开战是迟早的事情,一旦战争全面爆发,充足的武器供应是决定战争胜负的重要因素。于富堂跟哥哥交代，金先生实际上是地下党济南地区的负责人，这次以商人身份到六十里铺订购与武器制造有关的商品，目的就是为了让尽可能多的铁匠在不知不觉中参与到武器制造中来，商人的身份也便于他往来方便。

金先生在火麒麟铁器铺订制了两台保险柜及部分铁管后就回了济南，临走时把于富和制造的枪也带走了。没多久，于富堂就托人捎信回来说，他们制造的枪与汉阳、德国制造的别无二致，经试验各项指标都符合要求。受到鼓舞的于富贵兄弟二人尤其是于富和的信心一下子提升起来，他没想到从小被人视为“废货”的自己竟然能造出枪来，连见多识广的弟弟都对自己刮目相看。

四

与火麒麟一次造枪成功相比较，兴隆的第一支枪造得有些不顺利。火麒麟成功造出第一支枪仅用了一个月的时间，基本上是凭于富和一己之力，而兴隆铁器铺十二个人造出第一支枪差不多也用了接近一个月的时间。枪是造出来了，但刘福成的心理压力更大了。枪造出来的第二天，瑞祥铁艺铺大掌柜的马三春突然登门造访，着实把刘福成吓了一跳，感觉心都快跳到嗓子眼里了。

两家鲜有走动，这老杂碎为何突然前来拜访呢？难道有人把造枪的事情说出去了？刘福成正想着，马三春笑呵呵地进来了，虚情假意一番后，直截了当把他登门造访的目的说了出来。

马三春说："听说刘掌柜的最近揽了一笔大买卖，伙计们加班加点干都不一定按时交得了货，顺达杂货公司的那单生意你就别跟小铺子争了，那单生意我们盯了很久了，原料都已经备齐了。鹬蚌相争，渔翁得利呀！"马三春说的那单生意刘福成当然知道。顺达杂货公司作为济南地区数一数二的杂货铺，自日本人入关，顺达想把购货渠道从京津唐转移到济南周边地区以后，三大铁匠铺就展开了激烈的竞争，虽然价格压到不能再低的程度，但三大铁匠铺都抱着"我干不成也不能让你干成"的想法，谁都没有主动退出的意思。顺达杂货公司的张老板是个城府极深之人，他了解三大铁匠铺素来不和，在没达到自己心里预期之前，他绝对不会跟任何一家店铺签订供货协议。正当三大铁匠铺各不相让、相互耗着的时候，马三春派去秘密监视兴隆铁匠铺的人报告说，燕子山上的土匪夜访刘福成，双方达成了造枪协议，马三春听后既震惊又高兴，暗暗盘算了许久，终于想出了一个逼退刘福成的办法。

杨有余知道马三春上门拜访刘福成的事情，但他并不知道马三春知道铺子帮土匪造枪的事。第一支枪造出来的那天晚上，杨有余想了大半宿。他认为，帮土匪造枪虽有风险，但利润丰厚，竞争力小，市场潜力巨大。在兴隆铁器铺参与造枪的十二人当中，只有自己最清楚每个零部件的研制细节，掌握了造枪的全部工艺。杨有余感觉自己已具备了独立创业的本领，这可是自己多年的梦想。苦思冥想之后，杨有余终于想出了一条"锦囊妙计"。

伙计们回家的回家，去河边乘凉的乘凉，铺子里只剩下刘福成和杨有余了。"什么事非得今晚上商量不可？不会又有谁家的闺女看上你们家喜庆了吧？"

喜庆是杨有余家的大小子，前两天东庄有个姓王家的闺女看上了喜庆，托媒人上门提亲，刘福成以为杨有余着急上火地找他商量这事。杨有余说喜庆的事不着急，也没有心情去考虑孩子的事，这些日子他满脑子想的都是枪的事，枪没造出来时愁，枪造出来以后更愁，愁得他整夜整夜地睡不着，还经常被梦惊醒，刘福梅笑话他心眼小，肚子里不藏事，没有福成大哥有气量。刘福成说自己哪是有气量，他满脑子装的何尝不是枪的事情，距疤瘌脸规定的交货日期满打满算还有一个月的时间，别说造不出来那么多枪来，就是能造出来，他也不敢造，他不想让兴隆铁器铺成为燕子山的帮凶。

“那枪不造肯定不行，惹恼了他们，一把火把铺子烧了怎么办？”杨有余瞅了刘福成一眼，继续说道：“我寻思很久了，节骨眼上我得替大哥替铺子顶上去，我如果不顶上去，那还算是亲戚吗？还对得起二掌柜这个称呼吗？”刘福成怔怔地望着杨有余，问他到底想出了什么好招数，杨有余就把自己的想法讲给刘福成听了。刘福成虽感觉很纠结，但为了保全兴隆铁器铺，也只能把杨有余豁出去了。第二天中午，刘福成与杨有余因为一件小事争吵了起来，伙计们怎么劝都劝不住，最后竟吵到要分手的地步。下午收工时，刘福成召集伙计们开了一次会，当众宣布与杨有余分家。

刘福成说：“二掌柜的十三岁就来铺子里当伙计，有功劳也有苦劳。兴隆铁器铺之所以能走到今天这一步，二掌柜的付出了不少心血。古人都说合久必分、分久必合，我们兄弟二人合伙干了这么多年，也到了该说分手的时候了。铺子搬迁到这个地方以后，老铺子一直闲置着，二掌柜的可以先在原来的那片宅子里干着，等有了合适的地方，再把那片宅子腾回来。铁匠铺的家什、工具随便拿、随便带，伙计中有愿意跟着去的，我不拦挡。兄弟们好合好散，只要出去后还记着兴隆、别把兴隆当死对头就行了。”分家第三天，杨有余就带着九个伙计去了新成立的铁匠铺——新兴铁器铺，其中参与造枪的去了六个。刘福成承诺，分家后三个月，杨有余带走的九个伙计的工钱还是由兴隆铁器铺出。为了让马三春等人不再拿造枪之事要挟兴隆铁器铺，刘福成安排人将一把带血的匕首连同一封“燕子山来信”偷偷插到了瑞祥铁艺铺的大门上，并将跟杨有余散伙的原因“无意”中泄露出去，把兴隆铁器铺帮土匪造枪一事推脱得一干二净。

一九三七年七月七日，震惊中外的“卢沟桥事变”爆发，日军开始了全面侵华战争。事变发生的第二天下午，金先生就来到了于富贵家，把这一消息告诉了于富贵兄弟二人。金先生估计，战火会很快燃烧至整个华北乃至济南地区。国难当头，共产党领导的工农红军已经相继开赴抗日前线。金先生要求于富贵兄弟一定想办法多制造武器，支援抗日前线。金先生匆匆离开六十里铺后，于富贵就把北京城发生的事情告诉了伙计们，并决定火麒麟铁匠铺转产生产制造刀枪。

蒋介石的庐山《对日宣言》发表不久，六十里铺小学教师王山岗就公开打出了“燕子山抗日义勇军”的旗帜，队伍很快发展到了近百人。抗日义勇军成立的当天，王山岗就相继拜访了三大铁匠铺的掌柜的，要求他们以民族大义为重，踊跃捐款捐物、制造武器。对王山岗的请求，于富贵爽快地答应了，现场就将家里的三支火铳和五把大刀捐献了出来，并承诺尽快再造些武器出来。但在马三春家里，王山岗碰了一鼻子灰。望着王山岗沮丧的背影，马三春轻蔑地“呸”了一声，说一个穷教师不好好教书，却整天想着出风头穷嘚瑟，打日本人是国军的事情，你一个穷教书的能打得了吗？完全是借打日本人之名，行敛财勾当之实。在兴隆铁器铺，刘福成虽满口应承王山岗，说只要是打日本人，他一定有钱出钱、有力出力，但自始至终没有实质性表现。

9 月下旬，日军沿平津线南下，前锋很快到了山东德州一带，距济南仅有一天的路程。大敌当前，各路武装加紧扩充力量，以防日军挥军南下。

于富贵一家人吃罢晚饭坐在自家院子里分享着刚从树上摘下来的新鲜石榴，农历八月，正是石榴采摘的季节，大门“吱呦”一声开了，金先生匆匆走了进来。于富贵连忙起身，把金先生让进屋里。金先生说日本人已经进入山东境内了，估计很快就会渡过黄河逼近济南，一场血战在所难免。按照国民政府的要求，共产党领导的工农红军已正式更名为国民革命军第八路军了，其中一支小分队近日将派到燕子山地区开展敌后抗日斗争，建立革命根据地。为支援八路军敌后抗日斗争，金先生希望于富贵帮忙动员三大铁匠铺，联合为八路军制造武器。对金先生的提议，于富贵直摇头。他说三大铁匠铺向来不和，谁也没有能力捏合到一起。当天晚上，于富贵陪金先生去六十里铺小学拜访了王山岗，两人促膝长谈到天亮。彻夜未眠的金先生第二天一大早就又以谈生意为名分别拜访了镇上主要铁匠铺，给他们讲了许多国际国内形势，希望大家团结一心，联合抗日。

金先生在六十里铺活动的消息很快传到了吕象山的耳朵里，他立即派人把金先生“请”到了946团。

“有人举报你近期频繁出没于六十里铺，意欲购置武器，散布不实言论，有意制造恐慌，老实交代，你到底是何方人士？来我防区意欲何为？”吕象山本想给金先生来个下马威，谁知金先生听了却哈哈大笑，不慌不忙地反问道：“吕团长言重了吧？我乃一介商人，本不过问政事，只因日寇侵我中华，所到之处哀鸿遍野，民不聊生，作为一个有良知的中国人岂能视而不见、坐视不管？目前战火已烧至山东境内，日寇铁蹄一旦踏过黄河，山东几千万父老乡亲就将惨遭蹂躏，作为驻军，不知吕团长有何盘算？”

“打仗乃军人职责所在，只要上峰一声令下，我们必冲锋陷阵，死而后已。至于国军下一步如何盘算，这不是你所能过问的问题。你一介商人如此关心国家时局当然是国家之幸，但你知道如何拿枪、如何打仗吗？”吕象山两眼盯着金先生，露出一脸的轻蔑。

“国家兴亡，匹夫有责。蒋委员长在《对日宣言》中明确指出：如果战端一开，那就是地无分南北、人无分老幼、无论何人皆有守土抗战之责任，皆应抱定牺牲一切之决心。保家卫国是军人的职责，也是每位国人的责任。近日，日本人的飞机整日像苍蝇一样在济南上空飞来飞去，诱降传单满天飞，其目的非常明确，如劝降不成，武力占领不可避免，作为军人，理应做好为国捐躯之准备。”

“够了！在946团还轮不到你讲这些没用的大道理。你说，你到底是什么人？我看你不像是做生意的，倒像是共产党的说客。”没等金先生讲完，旁边一位副官模样的人粗暴地打断了他，习惯性地去摸腰间的手枪。吕象山瞪了那人一眼，说道：“只要日本人过了黄河，蒋委员长和韩主席下令开打，946团的弟兄们绝无二话。先生知事甚多、谈吐不凡，不像个做生意的，倒像个搞政治的。”

金先生笑笑，说自己以前曾教过书，也曾在政府部门谋过职，养成了关心时事的习惯。他认为，成功的商人都是关心政治、了解政治的，否则做生意也赚不到什么钱。吕象山“嘿嘿”笑了两声，看似赞同，实则搪塞。虽然吕象山不相信金先生的商人身份，但他实在找不出拘禁金先生的理由，尤其在日本人已经打到家门口、对方身份又弄不清楚的情况下，多一事不如少一事。对吕象山放走金先生，那位副官感到不解，他断言金先生不是共产党就是日本人的密探，放走他等于放虎归山。吕象山长叹了一口气，说道：“汉初，你虽不是山东人，但你的家乡距山东并不遥远，日本人一旦占领了山东，下一个进攻目标就是你的家乡。在日本人占我国土、侵我家乡、杀我同胞的时候，军人的职责是保卫国家、保卫家乡、保卫委员长，节外生枝的事情还是不做为好。”那位被吕象山称为汉初的人姓孙，河南南阳人，是吕象山的中校副官。

孙汉初出生在商人家庭，自爷爷那辈算起已是三代经商。如果不是哥哥因商入狱，心力交瘁的父亲含恨而去，孙汉初可能会子承父业继续从商。孙汉初之所以毅然决然地选择参军，初衷是出头之日时替父兄讨回公道。谁知壮志未酬、家仇未报，日本人就发动了全面侵华战争，并把战火烧到了自己家门口。

吕象山趋前一步，小声对孙汉初嘀咕道："六十里铺自古以来就以铁器闻名，那位金先生之所以三番五次往来于六十里铺，广结铁匠，可能是就是看上了六十里铺的武器生产能力。据传燕子山上的土匪近期已在镇上订制了枪支，一旦这些非法武装有了足够的装备，其势力将难以控制。"孙汉初眼睛瞪得老大，问吕象山要不要派士兵把帮土匪造枪的铁匠抓起来，或者把燕子山给剿了。吕象山摇着头说，946团奉命驻防六十里铺，在没有接到上级命令的情况下擅自出兵是违犯军令，出现损兵折将更是罪加一等，弄不好还会被送上军事法庭。他说日本人说不上哪天就进犯济南，946团决不能未开始决战就先损兵折将。吕象山给孙汉初下了两道命令：一是暗中调查那位自称是金丰贸易有限公司总经理的金先生到底是什么来头；二是摸清兴隆铁器铺到底给没给燕子山上的土匪制造武器。接到命令的孙汉初当天就带着四个士兵去了兴隆铁器铺。

孙汉初把盒子枪往八仙桌上一拍，厉声问道："刘掌柜的，有人举报你暗中勾结土匪，私造枪支，密谋造反。我奉团座之命，前来查验，请你老实交代。"刘福成听后矢口否认，并要求孙汉初勿信谗言，还兴隆铁器铺一个清白。

一会儿工夫，伙计端上一壶上好的碧螺春。刘福成一边亲自给孙汉初沏茶，一边解释道："这是我前天刚托人从苏州带回来的洞庭碧螺春，请孙团长品尝一下，如果觉着好，走时带些回去。"四个士兵被伙计领到旁边的房间里休息后，刘福成顺手将一沓钱塞进了孙汉初的口袋里，孙汉初说话的语气立即软了下来。刘福成承认燕子山的土匪为造枪的事下山找过他，为这事他还跟他的妹夫、铁匠铺的二掌柜的闹翻了，一气之下把他赶出了兴隆铁器铺。刘福成说六十里铺有实力造枪的铁匠铺没有几家，但规模较大的几家肯定能造，据他了解有的铁匠铺已经开始造了。刘福成建议 946 团把镇上有能力造枪的店铺全部控制起来，这样既解决了部队的军饷问题，又避免武器制销混乱。离开兴隆铁器铺时，孙汉初反复嘱咐刘福成不要把他俩谈话的内容传扬出去，并说过几天他还将单独来铺子里商量双方合作事宜。

一连数日，新兴铁器铺安安静静的，没有发生刘福成想象的事情，这不免让他有些纳闷。刘福成认为，既然孙汉初已经知道杨有余为土匪造枪了，就一定会派人把铺子监视起来，这样一来，山上的土匪就不敢下山取枪了。第一批五支快枪被取走之后，鬼见愁又派人送来了二十支枪的订金，这让刘福成十分嫉妒和后悔。按照事先约定，杨有余每给鬼见愁造一支快枪，刘福成就要给杨有余二十块钱的额外补贴，作为保护兴隆铁器铺的补偿。实际上，孙汉初带人到兴隆铁器铺盘查的第二天，就派一名心腹上山密会了鬼见愁，谈妥了每支枪交纳五十法币的放行条件，鬼见愁才敢一次性又定制了二十支枪。

进入十月，日军展开了对山东的进攻，并很快推进到了黄河边上。面对日军的疯狂进攻，山东省政府主席兼第三集团军总司令韩复榘主动放弃黄河防线，率部队仓皇南撤，济南、青岛等地相继沦陷。1938 年初，整个山东地区都处于日寇的铁蹄之下。

吕象山率部队撤离六十里铺后不久，鬼见愁突然来到杨有余家，把杨有余一家人吓了个半死。鬼见愁劝杨有余一家人不要害怕，说他本来也是一个老实巴交的贫民，只因官府所逼才上山当了匪寇，他没有官府宣传得那样罪大恶极。鬼见愁告诉杨有余，说他帮山上造枪的事情国军早就知道了，之所以没有难为他们，是因为他花重金打点了。日本人来了以后，如果知道新兴铁器铺造枪，不管枪是用来干什么的，他们都会一律禁止取缔。为保护铁匠们的安全，他决定新兴铁匠铺全部搬迁到山上去，并让杨有余等人做好准备，三天之内完成搬迁任务。

“能容我跟伙计们商量商量吗？要是大家伙儿都不愿意去，我一个人去也没什么用呀！”杨有余惶恐不安地搓着手，幽幽地望着鬼见愁。鬼见愁以不容置疑的口吻说道：“没什么可商量的！通知他们做好准备就是了，三天后我就派人下山。”

望着鬼见愁远去的背影，听着“咯噔、咯噔”的马蹄声渐渐远去，杨有余感到从未有过的恐慌与无奈。

五

一进入腊月，天就冷得出奇，河里的冰早已厚得撑得住人、擎得了车，掉得见不到一片叶子的树寒风中瑟瑟地抖着，发出“嘎吱嘎吱”的声音，听着心都烦。如同恶劣的天气一样，马三春的心情近几天糟透了，先是铺子里的大师傅魏三湖请假回乡奔丧，几天后找人捎信回来说，日本矶谷廉介第十师团从他们家乡包抄济南时，血洗了他们村子，打死了他的父母、打残了他的哥哥，他不能再回铁匠铺干活了，以后还回不回去，实在说不准。其次是派往外地购货的大车路过济南时被日本人扣留了，托人请当地的维持会长出面斡旋，人虽放回来了，但货物被没收了。大师傅迟迟未归、原材料又供应不上，铺子基本处于半停工状态。更可气的是，十拿九稳能够拿下的顺达杂货公司的订单竟然让刘富成给搅和黄了，气得马三春看谁都不顺眼，见谁都想骂一顿。

马三春闷闷不乐地喝着茶，有人进来禀报说燕子山抗日义勇军司令王山岗前来拜会，问马三春见还是不见。“不见！谁也不见！天王老子来了也不见！”话音未落，王山岗竟笑呵呵地进来了。

“大掌柜的好大火气呀！不会是因为山岗前来讨扰吧？”马三春虽对王山岗未经同意就擅自进来十分反感，但考虑到他领导的队伍近来发展迅猛、说不上哪天就成了气候，贸然得罪将来会对自己不利，便强装笑脸搪塞说自己正与小女儿斗气，不是冲他王司令去的。马三春知道王山岗还是为上次之事而来,一上来就先把王山岗的嘴堵住了,让王山岗说也不是不说也不是。对此，王山岗十分生气，他毫不客气地把马三春数落了一番。他说日本人已经打到家里了，全国上下都在轰轰烈烈地开展抗日救亡运动，有钱的出钱，有力的出力,瑞祥作为六十里铺最大的商号,却对轰轰烈烈的抗日救亡运动无动于衷，他请马三春扪心自问一下，他这样做是否对得起自己的良心，对得起民族大义……本来就憋着一肚火的马三春腾地从座位上跳起来,指着王山岗吼道:“我瑞祥铁艺铺合法经营，童叟无欺，不拐不骗，我哪里对不起自己良心了？你随便扯出一面旗子，就强征强要，这跟土匪有何不同？你口口声声抗日救国，时至今日，你们抗过什么日？杀过多少鬼子？”王山岗脸憋得通红，大声说道:“恕我直言，如果不把日寇赶出中国，你瑞祥铁艺铺甭想安稳做生意！”王山岗说完头也不回地走了。马三春朝王山岗的背影“呸”了一声,骂道:“什么东西？这世道还轮不到你一个小学教师出来逞能！我瑞祥铁艺铺不偷不抢，合法经营，谁来了，也得让我们做生意。”

马三春正在呼哧呼哧地喘着粗气，儿子马晓平一步闯了进来:“爹，你不应该对人家王老师横眉竖眼的。人家王老师说得对，日本人为什么漂洋过海大老远跑到中国来？不就是为了杀人放火抢东西吗？不把这伙强盗打服打趴下，中国人就甭想过舒坦日子，咱家的铺子就甭想开安稳了！”马三春跟王山岗争吵的时候，马晓平就站在门外，两个人的话他听得真真的。马三春把眼一瞪，呵斥道：“你懂什么？日本人那样厉害，连国军都不是对手，他一个小学教师一没扛过枪、二没开过炮，就凭他们几个鸟人、几口破刀就能杀得了鬼子？我呸！再者说了，就算他真敢打日本人，那武器我们也不能造，如果造了，让日本人知道了怎么办？咱这铺子还开不开？头上这颗脑袋还要不要？你一个小鸡巴孩子懂什么？”

“如果中国人都像你这样这也不敢那也害怕，日本人就甭想被赶出中国了。真是个老顽固！”马晓平红着脸、嘟嘟囔囔走了。马三春一共生有四个儿女，大女儿、二女儿早已出嫁，儿子马晓平三年前也跟当地一个大户人家的闺女成了婚，家中只有最小的女儿还没有成婚，马三春跟亲家商量，准备来年选个好日子把孩子的婚事给办了。马晓平虽是马三春的儿子，但性格与父亲截然不同，不仅阳光、大气，而且还富有同情心与正义感。王山岗公开打出抗日义勇军大旗后，马晓平背着父亲偷偷加入了老师领导的义勇军，白天在铺子里干活，晚上跑到王山岗哪里学文化、练武术、研制武器。

农历腊月二十四，是北方人的小年，家家户户都吃饺子、放鞭炮，送灶王爷上天汇报工作。饺子下出来后，马三春出门看了好几趟也没有看见马晓平的影子，气得他又发脾气又骂人。男人一发脾气，媳妇张氏就更加焦躁不安起来，她担心天不亮就去济南办年货的儿子路上会出问题，自从日本人来了以后，人到哪都感觉不放心。

一阵“砰砰砰”的响声把马三春从睡梦中惊醒，他翻了一下身，不耐烦地嘟囔道：“这都几点了，还放鞭炮，还让人睡不？”一直未睡的张氏连忙搭话道：“儿子还没回来，咱俩一起去村头看看行不？”马三春的心咯噔了一下，脱口道：“坏了，刚才好像不是放鞭炮，是放枪。”听男人这么一讲，张氏立马吓出了一身冷汗，眼泪吧嗒吧嗒往下掉。马三春嘴上虽说没事、没事，但心里一直在打鼓，生怕儿子出什么事。午夜时分，马晓平回来了，看他那风尘仆仆、一脸疲惫的样子，母亲和媳妇都哭了，母亲一边哭，一边埋怨马三春不该让儿子去济南办年货。

疲惫不堪的马晓平躺下后却怎么也睡不着，一想起自己的鲁莽，不免后怕起来，他暗自庆幸多亏遇上那名好汉出手相助，否则自己跟王老师就可能永远回不了六十里铺了。马晓平努力回忆着那个人的模样，虽然天黑看不清楚，但他感觉自己曾在哪里见过，声音听起来不陌生。“枪法怎么那样准呢？两枪就放倒了两个鬼子，简直就是神枪手，要是将来自己有那样好的枪法就好了！”想着想着，马晓平就迷迷糊糊地睡着了，睡梦中还“嘿嘿嘿”地笑个不停。

于富贵睡到半夜，突然听到院子里“咕咚”一声，好像有人跳墙进来，立即警觉了起来。于富贵把窗户门帘往上卷了卷，轻轻问了一句：“谁？”那人轻声应道：“大哥，是我，富堂。”一听是三弟回来了，于富贵连忙下地开门，并把继母严氏也叫了起来。

看到儿子一身尘土、满脸疲惫的样子，严氏忍不住又唠叨起来。没多大工夫，嫂子把煎好的两盘饺子端了上来：“昨晚吃剩下的，我又煎了一下，凑合着吃吧，天亮后嫂子再给你包新的。”于富堂朝嫂子笑笑，狼吞虎咽地吃了起来，边吃边说“好吃好吃”，母亲和哥嫂坐在一旁一个劲地叮嘱“慢点吃，别噎着”。

“让你回来帮你哥哥管管铺子，你偏不听，非得在外面瞎闯荡，这兵荒马乱的，能让娘放心吗？明天你到镇子上打听打听，像你这般年纪的孩子，哪个不当爹了？你倒好，连个媳妇都没找着，错过了年龄，到哪里找去？”严氏埋怨道。

“娘，你放心，打不了光棍的，过两天我就给您领回来一个，保准您老满意。”于富堂说着又把另一盘饺子拉到自己面前。

于富堂一觉醒来的时候已近中午了，去娘屋里说了会话，就去了哥哥的铺子。

“怎么不多睡会儿？睡时鸡都打两遍鸣了，满打满算不过五六个时辰。”看到于富堂进来，于富贵欠了欠身子。

“五六个时辰就不少了，好长时间没睡这么多觉了！”于富堂说着在旁边的一把椅子上坐了下来。

“早上当着娘的面我没敢多问，有件事你得跟我说实话。昨天晚上西南方向噼里啪啦响了半天，那声音不像是放鞭炮，倒像是放枪，是不是与你有关系？”于富堂伸了伸大拇指，笑道：“不愧为火麒麟大掌柜的，判断力就是比普通人强。”接着，于富堂就把头天晚上发生的事情跟大哥描述了一番。本来于富堂是想赶回家跟家人一起过小年的，在距六十里铺还有六七公里的时候，身后忽然响起了枪声，他立即找了个地方隐蔽了起来。没多大会儿，从西北方向跑过来四个人，其中一人边跑边朝身后的鬼子开枪射击。前面就是六十里铺，一旦被追赶的人跑到镇子上，镇上的老百姓就别想过囫囵小年了。情急之下，于富堂掏出手枪“啪啪”两枪放倒了两个鬼子，带着被追赶的人拼命往燕子山方向跑。看到被追赶的人跑得没影了，鬼子和汉奸就没再往前追赶，他们害怕路上有埋伏。放心不下的于富堂，趁着夜色在鬼子和汉奸后面跟了一程，确信敌人认定被追赶之人是燕子山上的土匪时，才放心地回了六十里铺。

于富堂说六十里铺自古以来就是铁器生产基地，具备制造枪支弹药的优势。东南方向的燕子山地区，群山连绵、地形复杂，具有发展抗日武装、建立敌后根据地的有利条件。为此，部队派他率领一支小分队回到了六十里铺，发动群众组织抗日武装，建立敌后革命根据地。于富堂请求哥哥尽快把自己家的铺子改造成八路军的秘密武器加工厂，为小分队扩编队伍、扩充实力提供支持。于富贵说鬼子已经打到家门口了，以后的日子安生不了了，别说部队还给钱，就是不给钱，那武器火麒麟也必须造。于富贵说于家在六十里铺繁衍生息了上千年，历朝历代都没出过奸臣，到了他们这一代更不能出孬种。两个人正说着，于富和推门进来了，端起桌上的杯子一口气喝饱了肚子，抹着嘴说道:“其实快枪并没有想象中的那样难造,咱们不是已经造出两支了吗?只要有样子照着，什么式样的枪咱们都能造。”

于富贵笑着对于富堂说:“你二哥现在都成枪痴了。自从看到金先生送来的那支枪后，连做梦都是造枪的事。咱爹没走的时候，最放心不下的就是你二哥，咽气那天还把我叫到跟前嘱咐了一遍又一遍，让我一定照顾好你二哥，就他这等本事，还需要我当大哥的照顾吗？他刚才不是瞎吹，只要有现成东西照着，大炮说不定他都能造出来。”于富贵一夸奖，于富和倒不好意思起来了，“嘿嘿嘿”地傻笑着，端着杯子假装喝水。

六十里铺距济南不远，距城外的鬼子据点更近，一旦火麒麟造枪的事让鬼子知道了，肯定会来报复，镇上的老百姓也会跟着遭殃。于富堂跟两个哥哥商量，造枪的事一定不能大张旗鼓，要秘密进行，表面上还是在制造农具、炊具，实际上大部分铁匠都在造枪支弹药了。于富贵说这事他已经跟于富和商量过了，零部件要分散开制造，像击针、击针定位片、突耳、准星等这些小零部件和枪管、枪托、枪栓、扳机等这些明眼人一看就明白的东西，都放到地下室、地瓜窖子等人看不到的地方制造，那些不容易引起别人怀疑或注意的零部件，可以直接在铺子里制造，等所有的零部件造齐了，再集中到于富和老丈人住的那个屯子里组装起来,因为那个屯子地处深山,只有七户人家，且都是近支。

于富堂说小分队要真正在六十里铺周边地区打出点名堂，建立起像样的根据地，仅靠现有的这些人和枪肯定不行，必须扩张队伍，配备武器，否则就上不了战场，杀不了鬼子。为此，于富堂要求两位哥哥不仅想办法多造枪，而且还得保证造出来的枪质量好，敢跟德国造的、日本造的比一比。如果质量不过关，打仗时出现哑巴枪、炸膛枪，那可就害死人了。于富和说哑巴枪不可能出现，但枪会不会炸膛他不敢保证，因为前面造的两支枪用的都是打农具、炊具的普通铁，硬度不够，如果有上好的钢铁，造出来的枪肯定不会出现炸膛问题。于富堂问哪些算是上好的钢铁，上好的钢铁哪里能够找得到？于富贵说用火车轨道造枪肯定没问题。于富堂笑着说，他跟战友们正商量着把给小鬼子运送兵员、物资的胶济铁路给扒了，轨道正好运回来造枪用。

小分队潜入燕子山东北部山区的第五天，于富堂装扮成药农进了山，被巡山的土匪抓住后蒙上眼睛带到了鬼见愁面前。面对气宇轩昂、不卑不亢的于富堂，鬼见愁马上意识到面前之人并非一般药农，而是大有来头，便喝退左右，让于富堂坐下说话。于富堂细细打量着鬼见愁，感觉面前之人虽称不上慈眉善目、相貌堂堂，但无论如何也与鬼见愁的名号靠不上边。于富堂微微一笑，双手抱拳，笑道："想不到大当家的如此善待私闯山寨之人，这可与您的威名极不相符呀！"鬼见愁说燕子山上的弟兄虽不能与梁山好汉相提并论，但绝无传说中那样可恶，许多打家劫舍的坏事并非他们所为，而是有人假借燕子山之名，行祸害百姓之实。于富堂听后哈哈大笑，说日本人打进济南府后，到处鱼肉乡邻、祸害百姓，作为拥有二三百人队伍的燕子山，却躲在山上胡吃海喝，这样的队伍怎好与梁山好汉相提并论？

"俗话说，养兵千日，用兵一时，可日本人一来，韩主席不发一枪就带着队伍跑了，让日本人轻而易举地把济南城给占了，这样的队伍还不如我们这些人，最少我们没有糟蹋国家的粮饷。蒋委员长发的粮饷，燕子山可是一分一厘都没有捞到，凭什么要求山上的弟兄们跟日本人拼命？打仗是你们当兵的事情。"鬼见愁瞟了于富堂一眼，讥笑道："八路军队伍小、装备差、不经打，跟日本人干，纯粹是鸡蛋碰石头，那个能你们就别逞了！日本人打过来后，山上许多兄弟的亲人被日本人杀害了，这个仇我一定替他们报，他们杀我兄弟家一个亲人，我就杀他们两个人，我说到做到。”鬼见愁两眼透着杀气，胸脯拍得啪啪响。

于富堂严肃纠正道：“替兄弟出头，那是江湖做派。只要鬼子一天不停止杀戮，你的兄弟、你兄弟的亲人每天都有被屠杀的危险，那仇你能报得过来吗？”于富堂说，“九一八”事变以来，中日矛盾已上升为敌我矛盾、民族矛盾，在穷凶极恶的日本侵略者面前，只有全国人民团结起来、共同抗争，才能完成抗击侵略者的重任。于富堂在山上待了一天，跟鬼见愁讲了一天，辩论了一天。于富堂要求鬼见愁一定要跟各抗日武装密切配合，狠狠打击东洋鬼子，才能替被杀害的千千万万中国人包括山上兄弟的亲人报仇。鬼见愁承诺，如果鬼子进犯燕子山地区，他一定力所能及地给予配合，绝不袖手旁观。

六

接到撤退命令的吕象山，带着部队一路狂奔到了河南商丘。一天，吕象山闲来无事带着两个士兵到大街上溜达，忽然听到身后有人叫他，回头一看，原来是侄子吕黄河。望着又黑又瘦、差点认不出来的侄子，吕象山惊诧万分。话未出口，吕黄河先“呜呜”地哭了。吕象山急忙把吕黄河拉进旁边的一家酒馆，要了两碗面，让吕黄河一边吃，一边慢慢讲他因何到了河南。原来，在吕象山率部撤离六十里铺的当天，日本人就杀进了吕家村，打死了近三十口子人，其中就包括吕象山七十岁高龄的父亲，悲痛欲绝的母亲在父亲去世后的第三天也跟着走了。为把噩耗通知吕象山，吕黄河风餐露宿一路追到了河南，好不容易才找到了他，吕黄河说着又“呜呜”地哭了起来。待哭声停止后，矮个士兵问吕黄河，距吕家村八里路远的杨村遭没遭到日本人的袭击，他这么一问，本来已经不哭的吕黄河又哭了起来。吕黄河说日本人攻下济南之前，曾在杨村跟国军打过一仗，死了很多人，听说村子里都血流成河了。矮个士兵听了立即担心起来，恨不得立即长出一副翅膀飞回家看看。

听说团长的侄子来了，大家急忙围拢过来打听家乡的消息，因为946团的士兵绝大多数是山东人，自匆忙撤离山东后，家中音信全无，焦虑和担心不言而喻。

“团长，你带我们打回老家去吧，我们不能老是这样退、退、退，退到哪里是个头？”刚才随吕象山上街的矮个士兵率先打破了沉默。

“小鬼子在祸害我们的亲人，我们却当缩头乌龟，国家养我们这些人干什么？”人群中有人回应。

“对，打回山东去，大不了跟小鬼子拼了！”

“小鬼子也是爹娘养的，他们也没长三头六臂，我们有什么好怕的？”

“咱手里的家伙也不是吃素的，我就不相信，子弹打在小鬼子身子上他会不死？”

大家越说越激动，越说群情越激奋，吕象山害怕事态失控，就让大家先回去休息，等他去师部找魏师长请示后，再给大家个准信。魏师长也是山东人，他何尝不想在家乡父老面前争一口气？可上级没命令，他不敢贸然把一支部队派回六十里铺。

对吕象山带队打回山东的想法，孙汉初思想上是矛盾的，那里是敌占区，处处充满着危险；可对他来说，那里又充满了诱惑。撤离六十里铺的两个多月里，他每时每刻不在思念着桂花——那个身子光洁、体态丰腴得让他魂牵梦萦的女人。桂花的男人成年累月在外跑生意，一年回不了几趟家，她的家门随时为孙汉初开着。还有一个对孙汉初充满诱惑的因素是利益。六十里铺店铺林立、商业发达，来来往往的客商络绎不绝，这对商人家庭出身的孙汉初来讲，自然是千载难逢的发财机会。

家乡传来的坏消息越来越多，士兵们的情绪也越来越不稳定。吕象山一连跑了好几趟师部，要求回六十里铺跟日本人大干一场。魏师长说日本人马上就要对豫北发起进攻了，大敌当前，部队如贸然北上，不仅有正面遇敌之险，而且还有临阵逃脱之嫌。魏师长承诺打完眼前一仗后再做决定。二月初，土肥原师团发起了对豫北的进攻，按照战前部署，吕象山率部快速穿插至敌人左翼，从后面对敌发起进攻，以期形成两面夹击之势。谁知战斗一打响，正面迎敌的部队就撤了，已被隔断南撤通道的946团，只好仓促撤回山东境内。在一处山坳里，吕象山清点了一下人数，还有二百四十六人。营以上干部中，一人阵亡、一人负伤、副团长孙汉初不知去向。好不容易跟师部取得了联系，吕象山把946团的所处位置、环境等情况跟师部做了汇报，请求师部命令。魏师长说部队都在南撤，撤往何处谁也不知道，让吕象山自行决断。话未讲完，电话就断了。吕象山跟部下简单商量后决定返回六十里铺：一是那里地形复杂，有利于部队机动；二是情况了解，便于部队筹粮筹款。部队在山坳里隐蔽到天黑后才继续北上，一连数日都是昼伏夜行，到达泰山山脉时，部队仅剩二百一十五人，三十多人趁着夜色溜号了。

赶了一晚上的夜路，部队隐蔽在山里正在休息，忽听西北方向枪声大作，吕象山带着几个人迅速爬上一个山头，用望远镜朝远处一望，发现四五十个日伪军正追赶着一群武装人员，被追赶的人群拼命往燕子山方向跑，边跑边慌乱地朝身后开枪。

“一群乌合之众！手里的家伙都他妈的成烧火棍子了！”吕象山骂出了声。

“团长，打不打？再不打那伙人可就没命了！”旁边有人提醒。

“打什么打？你知道被小鬼子追赶的那伙人是谁吗？是燕子山上的土匪。老子两次围剿都没把他们收拾干净，这次让小鬼子替咱们收拾吧！”吕象山幸灾乐祸地说。

“骑马的那家伙好像是鬼见愁。”旁边有人一提醒，吕象山立即又拿起望远镜仔细看了看，十分肯定地点了点头。

“快看，鬼见愁被打下马来了。”旁边有人喊道。

“这次鬼见愁是在劫难逃了！”吕象山的话音刚落，忽然从鬼子和伪军身后斜插出一伙人来，他们边跑边朝鬼子和伪军开枪，十几个日伪军被撂倒在地，鬼见愁带着人马趁机逃回了燕子山，边逃边喊道：“兄弟，救命之恩，来日必报！”

看到鬼见愁带着残兵败将逃回了山，旁边有人惋惜道：“又让他逃过了一劫！这老土匪的命怎么这么硬呢？救土匪的那伙人到底是些什么人？看那枪法不像是土匪。”

“土匪能有那么好的军事素养？那伙人不是国军就是八路军。”吕象山拿着望远镜张望了好大一阵子，确信所有人都安全撤离后，才长舒了一口气。

趁着夜晚，吕象山的部队悄悄地进了新“营房”——946团曾经的秘密弹药库。仓库位于燕子山东翼的山崖上，那里群山环抱，地势险要，如洞门不开，谁都不会注意到山底下还有一处秘密弹药库。为掩人耳目，吕象山的前任在通往秘密仓库的唯一一条小道上修建了一处二层建筑物，派驻一个班的兵力把守，对外称是情报观察所，实则是看管守护仓库。由于仓库建在十分隐秘的山林中，不仅当地老百姓不知道，就是946团营一级干部都不清楚。疤瘌脸、鬼见愁等人虽占据燕子山多年，但他们的活动范围仅限于燕子山地区中央地段，对驻军的秘密仓库并不知晓。当吕象山把队伍带进山洞的时候，所有的士兵都惊呆了，他们做梦都没想到六十里铺还有这么一处秘密仓库，面积之大令人咋舌，只可惜日本人进犯济南之前，仓库里的辎重武器、食品药品都秘密转移走了，否则一个团驻扎上一年半载绝没问题。为制造国军打回六十里铺的假象，部队回来的头两天，吕象山带着部分士兵装模作样地在镇子里走了几个来回，组织镇上规模最大的几家铁匠铺子召开会议，下达了筹粮筹款、制造武器弹药的命令。吕象山明白，自己率领的二百多人是一支活动在日本人眼皮子底下的孤军，所需一切都得自己筹集，谁也指望不上。

对于吕象山的命令，于富贵第一个表态支持。刘福成虽然心里不情愿，但表面上不敢不拥护。三大铺子中，唯有瑞祥铁艺铺的马三春表现不积极，对此，吕象山十分恼怒，当众给马三春使了个下马威。为有效监督瑞祥铁艺铺的武器制造，吕象山特意选派了几个有过铁匠经历的士兵，装扮成铁匠模样，毛遂自荐进了瑞祥铁艺铺。

国军打回六十里铺的消息很快传到了鬼子的耳朵里，他们派出两拨奸细到六十里铺进行侦察，从当地老百姓嘴中得知确有部分国军回到过六十里铺。鬼子派出的奸细刚到六十里铺，就被镇上的八路军侦察员识破了，他们报告于富堂后，于富堂亲自前往把鬼子要来突袭的消息告诉了吕象山，并建议吕象山带着部队大摇大摆地离开六十里铺，制造已经开拔的假象。果不其然，当天夜里鬼子和伪军就包围了吕象山部曾经驻扎的营地。面对空空如也的营地，龟井小队长把两个奸细叫过来就是一顿耳光，嘴里还“巴嘎、巴嘎”地骂个不停。

睡梦中的人们被赶到镇中央的开阔地里，逼问国军的去向。镇长战战兢兢地说：“确有小股国军来镇子上待了两天，他们是被皇军打散的部队，到镇上想筹点钱回家。气急败坏的日伪军打伤了十几个人，抢了些东西就回了城。”

远远望见鬼子们撤了，吕象山深深地松了一口气，打心里感激于富堂，要不是他将鬼子偷袭的消息及时通知自己，并建议自己带着小部分人马大摇大摆地撤离六十里铺，镇子上的老百姓还不知要遭多大殃呢！吕象山躺在山洞里翻来覆去怎么也睡不着，于富堂的音容笑貌又浮现在他眼前，他忽然想起报信之人就是前几天从望远镜里看到的那个身手不凡、救了燕子山土匪的那个人，他应该对六十里铺及其周边地区十分熟悉，否则不可能那样进退自如。“他到底是什么人？为什么每当有人需要帮忙时他都能准时出现……”一连串的疑问，搞得吕象山头昏脑涨。

鬼子撤走的第二天，吕象山回了家，在父母坟前大哭了一场，念叨了半天，然后磕了三个响头，带着两个伙计打扮的士兵头也没回地进了城。

吕象山进城那天，于富堂跟战士孙进财也进了城，他想找金先生商量如何发动镇上所有的铁匠铺都参与武器制造。经过一段时间的努力，镇上已有部分铁匠铺开始为抗日武装制造武器了，但大多数铁匠铺以铺子小、技术力量薄弱为由，不愿意加入到武器制造行列，他们害怕日本人知道后惹火烧身。于富堂明白，要把六十里铺变成抗日武装的兵工厂，三大铁匠铺的态度和带头作用至关重要，三大铁匠铺不动，其他铁匠铺都动不起来。三大铁匠铺中，瑞祥铁艺铺消极抵触情绪明显，武器制造能力在三大铁匠铺中最弱。兴隆铁器铺虽然研制枪支较早，但会造枪的铁匠大都被鬼见愁劫持到了山上。自从上山会过鬼见愁后，于富堂感觉鬼见愁并非传说中的那样顽固不化。上次鬼见愁带人下山替兄弟报仇，结果仇没报成，还差点丢了性命，要不是自己及时出手相救，他可能早就成为日本人的刀下鬼了。于富堂认为，如果鬼见愁能带山上的二三百人加入抗日队伍，兴隆铁器铺为他们制造武器就等于为抗日武装制造武器。三大铁匠铺中，唯有火麒麟铁器铺的大部分铁匠投入到武器制造中了。六十里铺距济南只有三四个时辰的路程，鬼子随时都可能突袭镇子，为保证铁匠们的安全，于富堂跟金先生商量，决定将铺子里的大部分铁匠转移到山里，或化整为零隐藏在各处造枪。

从金先生那里出来的时候已近中午了，于富堂跟孙进财先去省城最大的绸缎店给母亲扯了三丈上好的绸缎，再过十几天就是母亲五十岁寿辰了。看看天已大晌，两个人进了绸缎店旁边的醉仙楼，在一楼僻静处找了个地方坐了下来。一碗水没喝完，一个汉奸陪着两个鬼子吆五喝六地进了饭馆，趾高气扬地上了二楼。一看鬼子进饭馆，孙进财习惯性地去摸身上的枪，被于富堂制止了。一盘花生米刚吃了一半，楼上就传来“哐、哐”“哗啦啦”的声音，接着是客人尖叫、奔跑声。大街上巡逻的鬼子边吹哨子边朝从二楼窗户上跳下来的三个人开枪。鬼子越聚越多，很快把三个人追进了一座废弃的破楼里，并死死封住了出口。楼后面是一个乱石岕子，足足有十五六米高，人如果从窗户上跳下去，即使摔不死也得摔残。正当三个人绝望的时候，楼后石岕里有人低声喊道：“兄弟，接住。”三个人还没反应过来，一个包袱就从下面扔了上来。吕象山朝于富堂和孙进财伸了伸大拇指，快速打开了包袱。

“里面的八路听着，你们跑不了了，赶快缴械投降，皇军饶你们不死！”外面的汉奸连喊两遍后，就有几个鬼子和汉奸冲了进来，被吕象山等人一顿乱枪又打了回去。

“楼里的八路听着，不要再做无谓的抵抗了，赶快缴械投降，皇军饶你们不死！”连喊数遍没人应声，鬼子和汉奸小心翼翼地进了楼内，早已人走楼空，只有挂在窗户上的绸缎随风飘扬，气得鬼子“哇哇”大叫。

五个人在城外一处山岗上会了合。吕象山见于富堂的第一句话就是：“你真是及时雨宋江再生呀！”

“别忘了还我三丈上等绸缎，那可是我专门买来为老娘贺寿的！”于富堂答非所问。

“为老娘祝寿三丈怎够？来日送你一匹咋样？”

“救你们两回了，一匹绸缎哪能够？”

“兄弟开个价，多少钱才够？”

“一百条步枪，外加三挺机关枪咋样？”

“抢劫呀？兄弟我去哪弄那么多枪？十支步枪，就十支！”看于富堂笑而不答，吕象山接着又伸出了两个指头。

“吕团长因何如此小气？守着一个军火库，什么样的武器没有？”一听到军火库三个字，吕象山的脸色骤变。

“你到底是什么人？如何知道军火库之事？”吕象山厉声问道。

“兄弟我不仅知道军火库的位置，还知道军火库里住着二百多个国军弟兄。”闻听此言，吕象山忽地从腰间拔出手枪，对准了于富堂。

于富堂不慌不忙地把吕象山的枪口推向一边，笑道：“吕团长不要紧张，我乃八路军燕子山小分队队长于富堂，此次带小分队深入敌后，目的是团结一切可以团结的抗日武装，开创敌后根据地，打击日本侵略者。”接着于富堂把小分队的情况跟吕象山做了介绍，请吕象山帮忙解决队伍扩张过程中遇到的武器短缺问题。吕象山面露难色，解释说不是他吝啬，也不是他不帮忙，因为军火库里的枪支弹药早在日本人占领山东之前就已经转移走了。看在两次救自己一命的份上，吕象山承诺给于富堂提供二十支步枪、一挺机枪。

“吕团长的胆够大的，在城内就敢跟鬼子动起手来，别忘了，现在的济南可是小鬼子的天下。”于富堂一夸奖，吕象山立即来了精神，把他们在酒楼上如何椅砸鬼子、刀刃汉奸的过程添油加醋地描述了一遍，并豪情万丈地吹嘘说只要他一天不离开济南周边，他就带着他的弟兄们一天不停地闹腾小鬼子，让他们食不甘、睡不安。于富堂开玩道：“下次吕团长再进城的话，务必提前通知兄弟我一声，我好做好半路接应的准备，要是通知不到，可别怪友军不配合呀！小鬼子可是挺能追的呀！哈哈哈……”吕象山鼻子“哼哼”了两声，诡异地眨了眨眼睛，一副不以为然的样子。

七

鸡叫头遍的时候，负责接枪的张大有和王勇谋回到了营地，于富堂连忙迎出门外，见两名队员只取回来十支步枪，没有机关枪，感觉有些奇怪，急问何故，张大有气呼呼地说，负责交接的两名国军士兵说，他们从河南打回六十里铺的时候，一人只带了一件武器回来，把枪都送八路军后他们就无法打鬼子了，那样金贵的东西，送给八路军有些可惜了。

“他们还说，机关枪鬼子那里有，让咱们自己去城里取。”王勇谋补充道。

“吕象山真不是东西，救他们时说得蜜甜，怎么一转身就不认账了？早知这样，当初就不该救他们。”孙进财发牢骚道。

“上行下效，有什么样的官就有什么样的兵。日本人没打进山东的时候，那个自称韩青天的人信誓旦旦，可日本人一到黄河北岸，他就吓得带着人跑了，把山东这片大好河山拱手送给了日本人。他们的话你能相信？”另一名战士附和道。

“都不要说了。国共合作时期，一切不利团结抗日的言论都不要乱讲。”于富堂瞅了瞅孙进财等人，继续讲道：“我看吕象山还是条汉子，就凭带部队潜回六十里铺、大闹醉仙楼这一点，就比韩复榘强百倍。人家说的没错，机关枪鬼子那里有，就看咱们有没有本事去取了。”于富堂命令战士回铺上休息，自己却坐在原地想了好久。

第二天一早，于富堂只身去了于富和的秘密造枪点，找他商量制造重武器的事情。到达山上的时候，于富和正跟两名铁匠在铁轨上打磨着枪筒：一个铁匠手摇着一个大轮子，大轮子用牛皮带带动一个小轮子，小轮子带动固定转头在铁轨上磨出枪筒和来复线。于富堂看后啧啧称赞道:“二哥确实是个枪械天才，什么时候又鼓捣出这么个玩意儿来?有了这玩意儿，打磨枪筒可就省时省力多了!”于富和笑呵呵地领着于富堂去了另一间棚子，三个铁匠正卖力地造着子弹。每个铁匠手上都有一个子弹模子，一块铁套在子弹头模样的模子上，用锤子把铁敲打成子弹头形状后，用钳子一个个地剪下来……两个人转了一圈后，就进了里屋嘀咕了老半天。

大白天五六个士兵被打死，凶手却没有抓住，这让城里的鬼子大为恼火，他们决定对周边地区组织一次大扫荡，重点是六十里铺及其周边地区。醉仙楼所在防区的指挥官中野大佐认为，前些日子奸细探听到国军潜回六十里铺的消息应该是真的，大闹醉仙楼就是他们所为。中野决定派龟井小队长带一队鬼子连夜突袭六十里铺。

从于富和那里出来的时候已经日薄西山了，于富堂决定当天夜里就去省城找金先生，让他想办法尽快搞一挺机关枪回来，没有样品，二哥再厉害也造不出机关枪来。走到半路上月牙儿就藏起来了，周围漆黑一团，连声狗叫都听不到。于富堂躺在路边的田埂上一边啃着随身携带的玉米饼子，一边思量着如何躲过城门口巡逻的鬼子兵，这时听到远处传来“吧嗒、吧嗒”的脚步声，由远而近。于富堂迅速躲进路边的小水沟里，没多大会儿就看到一队人马走了过来，领头的两个一人骑着一匹大洋马。于富堂的心咯噔了一下，心想坏了，鬼子可能要偷袭六十里铺。正在这时，一个扛转盘枪的鬼子匆匆忙忙下了公路，把枪往地上一放，褪下裤子背对着于富堂就大便起来，熏得于富堂差点把刚吃进去的玉米饼子吐了出来，心里暗暗骂道:“狗日的，送死来了!”于富堂悄悄往前挪了挪身子，拔出腰刀对准鬼子的后背用力捅了进去，那个可怜的鬼子连“哼哼”一声都没来得及就被于富堂摁进水沟里死了。于富堂伸手将转盘枪拽进水沟里，用力塞进了烂泥里。可能感觉异常，两个鬼子端着枪朝水沟方向走了过来。于富堂一跃而起，撒开脚丫就朝旁边的坟茔地里跑去，后面的鬼子随即“叽里呱啦”地跟了上来。可能是怕暴露目标，也可能认为被追赶之人身上没带武器，追赶的鬼子竟然没有开枪。

“叭、叭”两声清脆的枪声打破了黑夜的宁静，公路上的鬼子像被捅了的马蜂窝，“哗”的一声散开了，朝枪声传来的方向一齐开了枪。看到从侧冀斜插过来的两个人率先朝鬼子开了枪，于富堂也迅速拔出手枪朝身后的鬼子开了火。

枪声渐渐停止后，于富堂从坟茔地出来寻找引开鬼子的两个人，找了二里多路才在山岗乱草丛中找到了身负重伤的孙进财，又在不远处找到了已经牺牲的张大有。原来孙进财和张大有是奉命去济南城打探消息的，出城时他俩发现一队鬼子也出了城，其中三四个鬼子肩上还扛着机关枪和转盘枪，把他俩眼馋的就差上去抢了。他俩偷偷跟在敌人屁股后面走了半晚上，愣是没有找到下手的机会。好不容易等来下手的机会了，谁知从水沟里爬出一个人抢在他俩前面动了手。当于富堂被鬼子从水沟里赶出来的时候，孙进财和张大有隐约感觉抢先动手之人是队长于富堂，于是就向鬼子开了枪，把鬼子引向了另外一个方向。于富堂和前来接应的战友含泪把张大有埋了，把孙进财抬回了驻地。当天晚上，于富堂就把战友用生命保护下来的转盘枪送到了于富和那里，要求于富和一定想办法尽快仿制出同样的枪来。

距六十里铺八九公里处发生枪战的事情吕象山当晚就知道了，是山上的暗哨告诉他的。第二天一早他就派出两拨人马化装前去侦察，看看头天晚上到底发生了什么事情。派出去的第一拨人马回来汇报说，头天晚上发生枪战的地方是一片乱山岗、坟茔地，估计是鬼子追赶土匪或者八路军到那里后发生了枪战。第二拨人马天上黑影时才回来，还带回来一个人——副官孙汉初。酒足饭饱之后，孙汉初把自己如何跟队伍打散了、如何回到六十里铺的经过描述了一番，并对镇子外发生的枪战谈了自己的看法。孙汉初认为头天晚上的枪战不是一次偶然事件，很可能是鬼子在执行一次军事行动中不经意间发生了意外，而军事行动的目标十有八九是946团。鬼子夜间出动，偷袭的目标不可能是燕子山上的土匪，因为燕子山地形复杂，当地老百姓白天进出山都困难，何况是对地形一点都不熟悉的日伪军了，他们偷袭的唯一可能就是946团。孙汉初说尽管946团潜回六十里铺后一直躲在军火库里，好像神不知鬼不觉，但谁都保证不了没有走了风声，万一小鬼子知道洞里藏着二百多个弟兄，一下子把洞口封住了，山洞里的弟兄们可就死路一条了。吕象山一听，吓出来一身冷汗，好在部队马上就要转移到新驻扎地点了。早在前两年，吕象山就令人在山势陡峭的燕子山东南冀，依山势和洞穴秘密修筑了一处据点，当时曾想留作他用，没想到这个时候却派上了用场。

农历的五月十九是个黄道吉日，按皇历是个“宜婚嫁”的日子，瑞祥铁艺铺的大掌柜马三春就选在这一天嫁闺女。一切都准备妥当了，可西王庄迎亲的花轿却迟迟没有到，这让马三春十分不快。

“金子，你去村头看看，西王庄的花轿怎么还没到？从西王庄到六十里铺不过八里路，这都东南晌了花轿为什么还不到？耽误了你妹妹晌午过门怎么办？”那个被称为金子的小伙子一转身出了大门，急匆匆地去了镇西头。按照当地风俗，大姑娘出嫁必须在中午十二点前过门，否则大家会误认为不是头婚。金子去镇西头没多大会儿就慌里慌张地跑回来了，脸色蜡黄，嘴哆嗦地说不出话来。

“有话快说，有屁快放。西王庄老乔家的花轿到底到哪儿了？”马三春的话还没说完，村子中央就“叭、叭、叭”地响起了枪声，前来送亲的人顿时乱作一团。正在这时，一群鬼子和汉奸冲进了院子，把送亲的人群团团围住。

“皇军，别误会，我们是良民，大大的良民。”马三春满面笑容地迎了上去，又是作揖，又是递烟。挎着大洋刀、蓄着一撮胡须的龟井鄙视地扫了马三春一眼，径直进了房间，把里面的人全赶了出来。听到屋子里马晓燕的喊叫声和龟井“巴嘎、巴嘎”的骂声，心急如焚的马三春几次想冲进去都被守在门口的鬼子用枪逼了回来。一袋烟的工夫，龟井小队长满脸淫笑地出来了，嘴还不停地“呦西、呦西”着。

马晓燕跳井死了。马晓平从外地赶回家的时候马晓燕的尸体刚刚从井里捞出来摆放在井台上，马三春坐在一旁不停地抽着闷烟，母亲张氏呆呆地坐在尸体旁。自从昏死过去被人掐过来之后，她就这样呆呆地坐着，安静得让人心慌。

马三春抬头望了望儿子，眼泪唰唰地流着。“乔老七那个老王八羔子，是他害死了你妹妹，这辈子我马三春跟他没完！”乔老七是马晓燕未嫁过门去的公公，家住西王庄，是当地有名的牲口贩子。马晓平知道父亲气糊涂了，妹妹明明是日本人害死的，怎么能怨人家乔老七呢？人家希望将要过门的儿媳妇出事吗？可马三春不依不饶，不停地大骂乔老七，说他们家的花轿要是早一点到，马晓燕就不会被日本人给祸害了。看父亲悲痛欲绝的样子，马晓平不忍心再呛呛他。

马晓燕死后，马三春不吃不喝在炕上躺了整整两天，终于明白当初王山岗说的话是正确的了。马三春从炕上爬起来，吩咐伙计把跟瑞艺铁艺铺有姻亲或合作关系的掌柜的全找来，他有话要说。人都到齐后，马三春开始了两天以来的第一次讲话：“各位掌柜的，我马三春是个孬种、胆小鬼，眼睁睁地看着小鬼子把闺女给祸害了却连声屁都没敢放，这样的人还配做爹吗？不配！以前我还幻想只要咱不招惹他们，他们也不会把咱们怎么样。可是我错了，我错把畜生当人看。晓平说得对，只要日本人一天不滚回他们那个小岛子，中国人就一天不会有安稳日子过。我躺在炕上想了整整两天两夜，终于悟出来一个道理，豺狼的本性是改变不了的，谁对它们抱有幻想，谁就是傻瓜笨蛋。

从今天开始，我马三春的铁匠铺不打铁了，改打枪炮了，哪种武器能打鬼子，我就打哪种武器。在座的各位跟我合作多年，是我马三春的恩人，今后愿意跟我合作造枪的，我马三春一定感恩图报，不愿意跟我合作造枪的，我马三春也决不强求。”

“好！讲得好！”马晓平陪着王山岗和于富堂一边鼓着掌，一边走了进来。马晓平指着于富堂介绍道：“各位掌柜的可能对这位不太熟悉，他是八路军燕子山小分队队长，跟火麒麟铁器铺于掌柜的是亲兄弟，这次带队伍回到六十里铺，就是为了打鬼子替咱老百姓报仇。目前镇子上很多铁匠铺已经改行造武器了，个别铁匠铺甚至还有能力造机关枪、转盘枪这样的重型武器，如果我们再不为抗日武装做点实事、好事，将来我们就无颜面对子孙后代。”马晓平讲完后于富堂着重就六十里铺的对敌斗争形势、保密工作等问题做了介绍，提醒大家要树立防范和自我保护意识，避免无谓的牺牲。

有人很快把马三春为八路军造枪的事报告给了吕象山，他十分恼怒，决定找机会问马三春个究竟。吕象山明白，在六十里铺，谁控制了三大铁匠铺，谁就控制了当地的经济命脉。三大铁器铺中，火麒麟铁器铺他控制不了，兴隆铁器铺基本上被鬼见愁控制了，如果瑞祥铁艺铺再被于富堂控制，他在六十里铺就一点话语权都没有了。

马三春召集人开会的第五六天，孙汉初带着一个人来了，一进门就责怪马三春不该既答应给国军造武器，又答应给八路军造武器，哪有一个闺女嫁两个婆家的？一听到闺女二字，马三春立即又想起了马晓燕，火气腾地就上来了，他反驳孙汉初说946团回六十里铺后就知道天天猫在山里面，这样的部队要枪有何用？孙汉初知道马晓燕刚死，马三春的心情不好，话多不宜，安慰了几句就匆匆离开了。出了瑞祥铁艺铺，孙汉初打发随从士兵去镇上其他铁匠铺看看，自己转身去了桂花家。大半年了，他想桂花都快想疯了。

八

冬天说来就来了。进入腊月的第一天，天就飘起了雪花，一下就是一夜。望着厚厚的积雪，杨有余犹豫再三，还是决定去见鬼见愁，求他想办法兑付点钱，批准他两天假。腊月初六是儿子喜庆定亲的日子，杨有余算来算去还是没办法凑齐三百块钱的彩礼钱。杨有余深一脚浅一脚地朝山顶走去，虽说枪械所就在山上，距鬼见愁住的那间被土匪们称为大王府的石头屋只有一里多路，但山路悬崖陡峭，别说是下雪天了，就是好天气也不容易走，所以一里多路杨有余差不多走了一个时辰。快到大王府的时候，杨有余被岗哨拦下了，说大掌柜的还没起来，让杨有余过会儿再来。杨有余小声问岗哨，说大掌柜的每天都起得挺早，太阳就要出山了，大掌柜的为什么还不起床？岗哨把嘴凑到杨有余耳边小声说，二掌柜的刚从城里给大掌柜的搞来个小娘们，水嫩水嫩的，稀罕死人了，有美人陪着，大掌柜的能舍得起来？一提起女人，杨有余就又想起了蓉儿，一晃两年快过去了，他不知道蓉儿还在不在艳春楼，自己这辈子还有没有机会见到她。一想起蓉儿，杨有余就又埋怨起刘福成来，要不是他把去保定城上货的差事交给刘老憨去办，自己可能也不会上山给鬼见愁造枪。自打上了山，自己跟犯人一样失去了自由，上哪都得先报告，晚上回家都不允许住下。

大约过了半个时辰，鬼见愁起来了，看样子心情挺好，杨有余就大着胆子把自己想说的事全说了。对杨有余的要求，鬼见愁显得有些为难。他说自打日本人占了济南城以后，山上就没干过一票像样的买卖，上次他带十多个弟兄去济南想大干一票，结果事没办成还死伤了好几个弟兄，要不是姓于的好汉出手相救，他鬼见愁可能早去阎王爷那里报到了。他说他跟姓于的好汉发过毒誓，以后绝不祸害老百姓，这几天他正为山上过冬的粮草发愁，谁知大雪没征兆地说下就下了。“你回去跟铁匠们说，二十多支枪的钱月底前一定兑付，耽误不了回家过年，让大家伙儿再等几天，要不是东洋鬼子来了，我鬼见愁还差那两个鸟钱？”看鬼见愁咬牙切齿的样子，杨有余只好悻悻地走了，边走边嘟囔道：“土匪要成君子了，那世上还有坏人吗？”

杨有余一走，鬼见愁就让岗哨去叫疤瘌脸，说有事要商量。岗哨说二当家的昨晚下山没回来，估计雪太大没法回山。鬼见愁眉头皱成一个疙瘩，骂骂咧咧地进了屋。天上黑影的时候疤瘌脸回来了，一回山就火烧火燎地去见鬼见愁，报告说鬼子一批战备物资明天要运抵济南，他准备带人半路上把那批物资给劫了。鬼见愁满脸狐疑地问疤瘌脸，说那样重要的事情他是怎么知道的？鬼子不可能傻到满大街上吆喝吧？疤瘌脸虽对鬼见愁的冷嘲热讽十分不悦，但考虑到自己前些日子刚冒犯过他，好不容易给他搞来个压寨夫人才缓和了关系，自己决不能再无事生非。为了让鬼见愁相信自己的话是真的，疤瘌脸就把昨晚在萃花楼过夜时如何从隔壁伪军大队长那里听到信息的经过跟鬼见愁讲了，并拍着胸脯保证信息绝对准确。

鬼见愁带着一干人马在一处适合设伏的地方埋伏了下来，他们爬在雪窝里等到天黑也没看见一辆运输车过来，就猜想可能是雪天路滑，鬼子改变了运输时间。鬼见愁带着队伍往回走到半路上，听到前面传来“嘎吱、嘎吱”的脚步声，立即命令隐蔽起来。没多大会儿，一支日伪军开了过来，领头的鬼子还不停地催促着：“八格牙鲁，快快地。”

鬼子的队伍刚过去，前面就响起了密集的枪声和手榴弹的爆炸声。

“妈的，白挨了一天的冻，让哪个王八蛋捡了便宜？”鬼见愁命令队伍赶紧跟上，从后面打鬼子一个措手不及。

远远看见前面火光冲天，押送运输车的鬼子利用车辆作掩护拼命抵抗。鬼见愁指着右前方一个山头吩咐道："占领那个山头后立即开火，再晚了两边的鬼子就汇合到一起了。"疤瘌脸不解地问鬼见愁说："东西已被人家劫下了，再打还有必要吗？千万别偷鸡不成反蚀一把米。"鬼见愁说："东西被人家劫了也要打，谁让小鬼子曾打死我们好多弟兄的？"鬼见愁的部队从后面一打，正往前冲的日伪军立即乱了。两面夹击，日伪军很快被打垮了。

两支队伍一汇合，鬼见愁才发现他出手相助的不是别人，而是一心想消灭自己的吕象山，心里十分懊丧。心想要是知道劫车的是自己的仇人，说什么也不会出手相助，让日本人灭了他，也好替被打死的兄弟报仇。望着满满两车作战物资，疤瘌脸不由分说爬上去就要搬，被吕象山的部队强行制止了。

"吕长官，你这是什么意思？我帮国军打跑了鬼子，还死伤了十几个弟兄，总不能两车东西你们独吞吧？俗话说，见面劈一半，何况这两车物资是我们联手劫下来的。"鬼见愁双手握枪，怒目圆睁。

"独吞又能怎样？为截下这批物资，国军弟兄死伤了二三十人，要不是我们从后面戳鬼子的屁股眼，你们那个小山头一袋烟的工夫就被鬼子攻下来了。劈一半？没门！"看孙汉初那盛气凌人的样子，疤瘌脸呼啦一声拔出了腰间的盒子炮，两边人员立即拉开了开打的架势。吕象山见状，忙喝退士兵，把鬼见愁叫到一边小声嘀咕了大半天，最后达成了一致协议：迫击炮、掷弹筒、捷克式快枪、转盘式机枪、挂牌撸子等重型武器全部归国军；三八大盖和食品罐头一家一半。吕象山说日本人的增援部队估计很快又会回来，如果因为分配不均大打出手，最终吃亏的肯定是燕子山。鬼见愁虽然对分配方案不满意，但考虑到自己这边势单力薄，只好勉强同意。回山的路上，鬼见愁问疤瘌脸，说鬼子的运输车经过六十里铺的事情吕象山是怎么知道的？总不能他也是从萃花楼里得到的消息吧？对此，疤瘌脸也是一脸的茫然，他实在想不明白946团是如何截获鬼子情报的。

打了回六十里铺的第一个胜仗，打死打伤四五十名日伪军，还缴获了大批物资，这让吕象山十分高兴，一回营地，他就命令杀猪宰羊，犒劳士兵。庆功宴一结束，吕象山和孙汉初就把负责监视鬼见愁的两个士兵叫进团部，表扬了一番，每人赏了二百块钱。自打转移到燕子山下驻防后，吕象山就听从孙汉初的建议，派人不分昼夜地监视燕子山上的一举一动。孙汉初之所以建议吕象山严密监视鬼见愁，除了防备他对946团采取危险行动以外，更重要的是想从鬼见愁那里寻觅敲诈的机会。自从鬼见愁把杨有余等人弄上山造枪以后，就再没缴纳过“放行费”，对此孙汉初耿耿于怀。鬼见愁带人从燕子山上一下来，两个士兵就偷偷跟了上去，并很快弄清了他们下山的目的。

在吕象山、孙汉初犒劳士兵的同时，鬼见愁和疤瘌脸也在山上大办宴会。庆功宴结束后，余兴未了的鬼见愁非让疤瘌脸继续陪他喝，还把压寨夫人揽在怀里陪酒。鬼见愁之所以如此亢奋，除了缴获大批武器装备和食品以外，更重要的是向世人证明，燕子山上的土匪是一支有着民族正义感的抗日武装，一旦时机成熟，他就可以效仿梁山宋江，率部投靠政府，万世留名。伏击战取得胜利，疤瘌脸却高兴不起来。他认为，伏击日军成功，自己是首功一件，理应论功行赏，但鬼见愁整个晚上对奖赏的事只字未提。更让疤瘌脸担心的是，一旦鬼见愁在山上的威信进一步提升，就更加对自己不当回事了，晚上当着自己的面跟压寨夫人嘴对嘴地喂酒就是有意在恶心、埋汰自己。疤瘌脸认为，鬼见愁的心思早已不放在山寨经营了，而是整天琢磨着如何打日本人，日本人那样强大，兵强马壮的大军阀韩复榘都吓得跑了，为此被老蒋抓住吃了枪子，就凭山上现有的力量，吓唬吓唬老百姓倒绰绰有余，真刀实枪地跟装备精良、训练有素的日本人干，那绝对是拿山上兄弟们的性命开玩笑。

武器被劫，中野十分恼火，命令龟井彻查货物被劫真相，惩治劫匪、夺回武器。龟井把逃回城里的日伪军召集到一起，让他们回忆当晚的情景，他们都说参与劫车的人穿什么服装的都有，实在分不清到底是八路军、国民党军队还是土匪。为搜集到被劫军火藏匿地点，龟井安排三拨人马化装成猎户沿脚印一路寻找，虽然大部分脚印被积雪覆盖或被人为处理，但他们断定武器就藏山里面。

腊月初五那天，杨有余起了个大早，带上鬼见愁送他的两盒牛肉罐头下了山，初六是儿子定亲的日子，鬼见愁特意准了他两天假。杨有余一下山，就被中野安排在燕子山出入口的便衣打晕了，当他醒来时发现自己已经躺在鬼子的兵营里了，当场就吓得尿了裤子。鬼子一审讯，杨有余就把自己知道的全说了，还把疤瘌脸经常去萃花楼的事情也跟鬼子讲了。审讯完毕后，中野把杨有余放回了六十里铺。受到惊吓的杨有余回家就病倒了，并且病得下不了炕。没有按时归山，这让鬼见愁十分恼火，第三天夜里就令疤瘌脸带人摸进了杨有余家，现场绑了一副担架，连夜把杨有余抬上了山。

杨有余被抬走后，疤瘌脸没有随手下一起回山，而是连夜去了济南城，一进萃花楼就被鬼子捉住了。疤瘌脸第二天就回到了山上，回山时还带来两个人，说是他表弟，家住黄河北岸的陶村，父母被鬼子打死后，一心想上山入伙打鬼子替父母报仇。

伏击战一晃就过去了十多天，寂寞难耐的孙汉初以去瑞祥铁艺铺查看造枪为名下了山，自劫了鬼子的运输车后，吕象山禁止手下人随意出入946团驻地，憋得孙汉初整日坐立不安。孙汉初在马三春的铁匠铺转悠了一圈就去了桂花家，两个人赤身裸体正在火热之际，房门突然开了，走进来一个身穿绛紫色对襟绸缎棉袄、头戴瓜皮帽子的中年男子，吓得桂花脸色煞白，嘴哆嗦得不知说什么好。闯进房里的不是别人，正是桂花的男人秦耀庭。往常年，秦耀庭都是过了小年后才回家，桂花万万没想到刚刚腊月十五，自己的男人突然就回来了。气愤至极的秦耀庭抄起身后的炉火钩子就朝一丝不挂的孙汉初身上抡去，可当秦耀庭将炉火钩子举过头顶时，一支乌黑的枪口对准了他的脑门子。孙汉初不紧不慢地穿好衣服，出门时还得意地朝秦耀庭吹了一声口哨。门“咣当”一声关死了，秦耀庭像一头发疯的狮子，拿着蘸水的麻绳狠狠抽打着被剥光衣服的桂花，每抽打一下，桂花都发出狼一般的嚎叫，这更加激发起秦耀庭原始的冲动和无与伦比的快感。望着雪白滚圆的桂花满身的伤痕，秦耀庭发出瘆人的狂笑。

第二天一早，秦耀庭就骑车出了家门。昨天晚上，秦耀庭一夜没睡好，一想起自己老婆躺在其他男人怀里的样子，心里就有一种说不出的滋味，特别是想起孙汉初那得意、轻浮、挑衅的眼神，秦耀庭就恨得牙根直痒痒。他打定主意，第二天一早就进城找自己曾经的一位熟人，此人姓阎名书达，沈阳一个破落资本家的公子哥，早年曾在日本人办的学校里读过几年书，生意失败被债主追杀时自己曾资助过他。谁知这样一个一度靠别人施舍过日子的人，却在日本人入关后摇身一变成了日本人的翻译官，由他出面跟日本人说说，一定会把孙汉初那个小王八羔子碎尸万段。

临近傍晚的时候，秦耀庭才见到了陪中野外出巡查的阎书达，两人在酒馆雅间里刚一坐定，秦耀庭就迫不及待地把孙汉初带人抢劫皇军运输车的事情跟阎书达讲了，还把946团驻地方位报告给了阎书达，请求阎书达一定派兵把孙汉初给灭了。酒足饭饱之后，两人又去萃花楼玩了个通宵。

大年除夕那天，于富堂早早回到了镇上，除了给母亲叩头拜年以外，他还想将自家铺子里制造的武器运回八路军小分队驻地，他害怕武器放在铺子里久了不安全。自火麒麟铁匠铺转产制造武器以来，制造能力日益提升，不仅制造出了步枪，还制造出了机关枪、王八盒子。给娘叩头请安后，于富堂带着两个战士进了山，他想亲自把二哥接下山，大半年都让他窝在山里，真是难为他了。进山后，三个人有意朝相反方向走了很长一段路，然后找了个僻静、不易被人发现的地方坐了下来，每次进山，于富堂和队友们都是拐弯抹角、走走停停，生怕一不小心把敌人引到二哥的秘密造枪点。大约半个时辰，从山里传来急促的脚步声。于富堂探出半个脑袋朝外望了望，看见两个人鬼鬼祟祟从山里走出来，边走边窃窃私语。由于距离太远，两个人说了些什么于富堂等人没有听到，但分手时一个人对另外一个人说的那句“速去报告”的话三个人听得真真的。

到达秘密造枪点的时候，于富堂突然又想起“速去报告”那句话，大喊了一声：“不好！鬼子要偷袭！”众人急问何故，于富堂就把自己的判断说给大家听了。于富堂认为进山时看到的两个人一定是鬼子的密探，他们很可能在除夕夜、大家都放松警惕的时候搞一次突袭，目标是国军 946 团。于富堂当机立断，立即派一名队员进山报告吕象山，提醒他务必做好应战准备，千万不能麻痹大意。命令另一名队员跑步去找王山岗，让他立即组织队伍前往燕子山东南部的老秃岭方向待命。于富堂亲自上山找鬼见愁，让他带领队伍埋伏在燕子山的西南部，一旦鬼子搞突然袭击，东南、西南两个方向的武装力量同时发起攻击，对来犯之敌形成夹击之势。由于八路军小分队驻扎地距 946 团太远，派人通知前来参战已来不及，于是于富堂安排两名铁匠尽快回镇子找于富贵，让他把铺子里参加过射击训练的铁匠组织起来，在燕子山南部的鸟爪岭附近待命。

九

一上燕子山，于富堂就被暗哨抓住了，二话没说就被蒙上眼睛押到了鬼见愁面前。那几日，鬼见愁正患风寒，高烧不退，刚喝完姜汤蒙头捂汗，听说救命恩人来山上了，立即起身下地迎接。待众人都退下后，于富堂把鬼子晚上可能偷袭燕子山的事情跟鬼见愁讲了，要求鬼见愁派兵下山助战。对此，鬼见愁显得十分为难。他说自己身患风寒，动不得身、下不了炕，山上的弟兄普遍又对吕象山恨之入骨，他没办法说服手下在大年除夕之夜去帮自己的仇人打仗。于富堂苦口婆心讲了大半天，鬼见愁才勉强同意派疤瘌脸率部分人下山助战。

得到于富堂派人送来的消息后，吕象山跟孙汉初虽然将信将疑，但他俩还是吩咐手下做了比较充分的准备：把从鬼子那里缴获的迫击炮、掷弹筒等重型武器安放在隐秘位置，在营防四周架设了六挺机关枪、转盘式机枪，增加了一倍的暗哨、流动哨，取消了当晚的酒宴。

镇子上稀稀拉拉响起了鞭炮声，新的一年已经到来了。孙汉初一边拍打着身上的尘土，一边骂骂咧咧地回了屋。鸡叫头遍的时候，镇子上放鞭炮的人家明显多了起来。在噼里啪啦鞭炮声的掩护下，一队鬼子悄悄接近946团驻地，他们干净利索地干掉几个哨兵后，迅速向营房围拢。眼看就到营房大院了，这时枪声响了，紧接着暗哨、流动哨、架设在营房四周的机枪、转盘枪一齐开了火。946团的枪声一响，埋伏在东南方向的于富堂和王山岗率部迅速从后面包抄了上来。指挥突袭任务的鬼子少佐发现中了埋伏，急令部队撤退，要是疤瘌脸不早早撤回山上，兴许三路人马能把鬼子包了饺子。

死了二十多个鬼子却没能夺回被抢走的武器，这让中野大佐大为恼火，他把负责指挥偷袭任务的鬼子少佐训斥了一顿，又要以谎报军情、贻误战机的罪名枪毙阎书达，吓得阎书达“扑腾”一声跪下了。

正月初三，六十里铺来了一个货郎，在大街小巷转悠、吆喝了一整天。天上黑影的时候，货郎趁没人注意转身进了秦耀庭家，把秦耀庭和桂花吓了一跳。货郎把胡须一摘，秦耀庭才认出进门之人原来是阎书达。阎书达把货郎担子往地上一扔，毫不客气地进了屋。

“秦掌柜的，你提供给皇军的信息大大的有问题，除夕之夜皇军吃了大亏，要派人来抓你，让我先通知你一声。”闻听此言，秦耀庭早已吓得语无伦次、浑身发抖，一个劲地央求阎书达一定在皇军面前替他开脱。阎书达答应秦耀庭在皇军面前替他美言，但他必须将功折罪，想办法搞到抗日武装的行动轨迹和武器窝藏点信息。

酒菜上桌后，阎书达就像到了自己家里一样盘腿上了炕，一边喝着酒，一边不停地撩逗着桂花。秦耀庭酒量很小，几杯酒下肚就醉眼蒙眬、倒炕不起。一看秦耀庭醉了，阎书达毫不客气地把桂花揽进了怀里。完事后，两个人索性光着身子一边喝酒，一边调情。从桂花的诉说埋怨中，阎书达了解到秦耀庭身有病疾，无法履行丈夫的义务，加上长年累月在外面跑，两人又没有子嗣，所以感情十分淡漠。

镇子上的公鸡开始叫的时候，阎书达醒来了，用力推了推还烂醉如泥的秦耀庭，十分不屑地骂道：“看你那熊样，一点男人样都没有，怪不得天天戴绿帽子！”阎书达说着又钻进桂花的被窝里一直折腾到天快亮才穿衣走了。

一晃就到了三月，万物复苏，山上又变得生机盎然起来。一天，于富堂、于富和兄弟二人装扮成农夫去了946团驻地，吕象山见了十分高兴，令人备酒备肴款待二人。吕象山说：“上次多亏兄弟相助，946团才逃过一劫，大恩无以相报，好不容易把于队长盼来了，就一定多在山上待几天，叙叙旧，也帮愚兄打打谱。”吕象山说去年冬天以来，946团先是劫了鬼子的运输车，又把偷袭的鬼子痛打了一顿，目标算是彻底暴露了，为这事他一直食不甘、觉不香，正想找于富堂商量商量，没承想他自己主动送上门来了。于富堂说据城里的地下党同志介绍，鬼子原认为燕子山地区仅有小股部队活动，没承想有那样大的实力，这让他们倍感惶恐不安，总想除之而后快，在这种情况下，抗日武装只有精诚团结，相互支持，才能粉碎敌人分化瓦解的阴谋。于富堂说近日镇子里突然多了一些不明身份的人，他们很可能是假借磨刀、修鞋、卖胭脂香粉之名来镇子上刺探消息的密探，对这些不明身份之人一定要倍加提防，稍不留意，极有可能大意失荆州，尤其是已经暴露实力和位置的946团。两次及时提醒、两次出手相助，让吕象山对于富堂倍感佩服，席间多次试探于富堂愿不愿意到946团给他当助手，于富堂总是笑而不答。提起除夕夜鬼见愁临阵脱逃一事，吕象山十分激动，大骂鬼见愁不仁不义，发誓灭了他们，把燕子山作为946团的大本营。对此，于富堂是坚决反对。于富堂认为，大敌当前，一切内耗都不利于抗战，况且把燕子山作为946团驻地后，目标就完全暴露在敌人面前了。酒过三巡、菜过五味，于富堂提出借几个铁匠帮八路军造枪，吕象山想都没想就同意了，并且还答应借迫击炮给于富和带回去研究。

按照于富堂的建议，吕象山将946团一分为三，犄角驻扎，遥相呼应，一旦一处有事，另外两处快速驰援。一天，孙汉初闲来无事，换上便装出了营地去了镇上。酒足饭饱之后，孙汉初跟马三春移到里屋说话。马三春告诉孙汉初，说前些日子秦耀庭来铺子里找过他两次，愿意出一倍半的价钱收购武器。据他介绍，刘福成、于富贵已答应将武器高价卖给他了。孙汉初笑问马三春，瑞艺铁器铺是不是也跟秦耀庭合作了，马三春虽矢口否认，但孙汉初还是感觉马三春已将铺子里的部分武器卖给秦耀庭了。孙汉初故意吓唬马三春，说吕团长近期要派人来铺子里取枪，让马三春提前把枪包装好。孙汉初虽满口应承，但心里十分紧张，因为前天他刚把二十支步枪卖给了秦耀庭，还领他去地道里看了正在制造中的机关枪。一壶茶没喝透，孙汉初就匆匆忙忙地走了，因为从马三春的口中得知，孙耀庭前天刚带着一批货去了山西，最快也得十天半个月才回六十里铺。

孙汉初来到桂花家的大门外，用力推了推大门，见大门紧关，心中不免纳闷起来。孙汉初双手捂住嘴巴模仿起布谷鸟叫来，这是他跟桂花以前约好的联络暗号。连叫了七八遍，里屋门才"哗啦"一声开了，桂花把半个脑袋探出屋外望了望，又朝身后看了看，才一边整理着发髻，一边朝大门走来。一进大门，孙汉初就搂住桂花要亲嘴，却被桂花用手挡开了。

"屋子里有人？"

"没、没人。"

"那你害怕什么？"

"你能不能进屋再亲？"

"怎么那么长时间才开门？是不是背着我又勾搭其他野汉子了？"望着炕上凌乱的被子，孙汉初一本正经地问桂花。

"这几天身子一直不舒服，刚迷瞪了一会儿，就听到外面有鸟叫。"

"是不是因为我很长时间没来你身子才不舒服的？我来了你不就舒服了？"孙汉初淫笑着又把桂花揽了过来，上下其手，还在桂花脸上"吧嗒、吧嗒"地亲着。

"你个死鬼，这么长时间也不来看我，莫非又勾上其他小妖精了？"桂花浪声浪气地说着，眼不停地瞅着炕边的橱子。

"我倒想天天来，可你那中看不中用的男人天天在家，我怎么来？过两天我把你弄到兵营里去，让你好好陪陪老子。”

“你就是个团副，哪有那本事？你要是真能把我弄到兵营里去，你们团座不把你生剥了才怪了！”

“哼！946团现在分为东西北三个兵营，在东营，老子是老大！”怕桂花不相信，孙汉初就把东西北三个兵营的位置、人员数量、火力配备、带兵长官的姓名一股脑地说了。桂花故意问孙汉初，说她男人不知听谁说军火生意好做、就放弃做了多年的铁器生意改做武器生意了，问孙汉初有没有办法帮他联系一些客户。孙汉初说镇上的铁匠铺都会造武器，只要出价高，不愁没客户。桂花说他男人跟铁匠铺都联系过了，可人家都说只造炊具农具不造武器，急得她男人天天在家发脾气。合同都跟人家签了，到时要是交不出货，家底都得赔给人家。正在兴头上的孙汉初拍着胸脯说，组织货源的事包在他身上，如果946团控制的五百多名铁匠还造不出来的话，他可以找八路军、甚至燕子山上的土匪帮助造，他们还控制着六七百名铁匠。桂花害怕孙汉初待得时间久了发现藏在橱子里的人，就谎称她表姑一会儿要来家里，催促孙汉初完事后快走人。孙汉初一出房门，阎书达就迫不及待地从橱子里出来了，大口喘着粗气，骂骂咧咧道：“妈的，你们想把老子憋死呀！”

“为了给你套情报，我啥都豁出去了，你挨会儿憋还能咋的？没良心的东西！”桂花怒叱道。

“你还别说，听戏比演戏刺激、过瘾。你看我这裤子，都他妈的湿透了！”阎书达抖弄着湿漉漉的裤子，一脸的淫笑。

派秦耀庭外出的第二天，阎书达就借故溜进了六十里铺，自从跟桂花有了第一次之后，阎书达就一直对桂花念念不忘，他感觉桂花比以前玩过的所有窑姐都有味。

“孙汉初刚才已经说了，仅六十里铺就有一千多名铁匠造武器，那些武器都是用来对付皇军的，如不及早铲除，将来后患无穷。下次他再来你家的时候，你一定想办法把铁匠的名字、造枪地点给我盘问出来，皇军会大大地有赏！”阎书达搂着桂花睡到半夜就依依不舍地离开了六十里铺，临走时，还送给桂花一个大大的金镏子。

阎书达离开六十里铺的第三天夜里，946团的三个营地同时遭到了日本人的袭击，首尾难以相顾，相互无法驰援，只好各自为战，人员损失大半，重武器丧失殆尽，两个制枪点被摧毁，五十多名铁匠惨遭杀害。

六十里铺东南方向枪声一响，于富贵就立即意识到鬼子可能进山了，连忙招呼伙计把武器和设备全部运到山上埋了起来。于富贵不放心弟弟于富和，带上几名铁匠摸黑上了山，路上正好遇上三个日伪军正在追赶四处逃散的铁匠，其中两名受伤的铁匠于富贵还认识，是兴隆铁匠铺的人。于富贵一把将受伤的铁匠按倒在地，掏出手枪“叭、叭、叭”连开了七八枪，把三个鬼子和伪军全部撂倒在地。于富贵把受伤的铁匠背到于富和的秘密造枪点，包扎了伤口，嘱咐他们暂时先不要回镇子上。同时，安排两个伙计以最快的速度赶到兴隆铁匠铺，让刘福成赶紧把造好的枪支弹药和设备藏严实了，他估计鬼子可能抓到活口了。果不其然，刘福成刚把造好的枪支、设备藏匿好，鬼子的搜查队就到了，他们把铺子里里外外搜了个遍，连地窖都打开看了，什么可疑的东西都没有搜到。鬼子不死心，硬逼着刘福成说出武器藏在哪里了，否则就把铺子给烧了。刘福成装出一副可怜兮兮的样子，说他就是因为不愿意造武器，所以很多铁匠都离开铺子不干了。收了刘福成大礼的阎书达也一个劲地帮刘福成说好话，连哄带骗才把鬼子带到了别处。

鬼子一撤，刘福成就瘫坐在了地上。家人连忙把他扶进屋里，替他换下湿漉漉的衣服，沏上一壶热茶。惊魂未定的刘福成长舒了一口气，喃喃道：“得好好谢谢人家于掌柜的，要不是人家派人来家里通风报信，咱怎么能知道鬼子把铺子里的伙计抓了？要是地窖里的那些东西没藏起来的话，刘家可就在劫难逃了！真是大人有大量呀！”

鬼子一进镇子，就把进出口全封锁了，外面的人进不来，里面的人也出不去，看那阵势，非把镇上造枪的铁匠全部找出来不可。狼烟滚滚、枪声阵阵，镇子外的八路军和义勇军队员心急如焚，他们知道，在鬼子的严密搜查下，镇子里所有的铁匠都面临着被杀害的危险。于富堂跟王山岗简短商量后决定由王山岗带部分队员从镇子东面发起佯攻，一旦把日伪军吸引过去，就立即撤回山里。当鬼子向镇东面集中的时候，于富堂率八路军小分队从南面冲进镇子，边打边从镇子北面撤出。当敌人被吸引到东、北两个方向时，马晓平利用熟悉地形的优势，快速疏散被集中在一起的群众。任务下达下去十五六分钟，镇子东、南两个方向枪声大作，八路军战士以迅雷不及掩耳之势冲进镇子，把日伪军打了个措手不及，他们不知道从哪里一下子冒出来那么多穿八路军制服的战士，个个行动敏捷、身手不凡，仅用不到二十分钟的时间就从镇子的南头打到了镇子北头，打死打伤了二十多个日伪军。气急败坏的鬼子打死了十几个没来得及撤离的老人和孩子，放火烧了几十间民房、五六家铺子，急匆匆地撤出了镇子，他们害怕被打散的国军946团一旦重新组织起来与八路军联手进行反扑，一定会对困乏不堪的皇军不利。

于富堂率领战士从镇子北面撤出去之后，立即与王山岗率领的队伍汇合，决定急行军至二十公里处的鹰王嘴附近设伏，那里道路狭窄、山岗林立、树木茂密，是打伏击的最佳位置。于富堂分析，鬼子从六十里铺行军至鹰王嘴附近时估计天就黑了，队员打完伏击撤离时，鬼子不敢追赶太远。决心一下，于富堂和王山岗立即率领战士快速运动至鹰王嘴一带设伏，等一百多个日伪军进入伏击圈时，天色已大黑，人困马乏的日伪军刚想放慢脚步休息一下，就被埋伏在山岗松树林的八路军和义勇军打了个措手不及，四挺机关枪和转盘枪如四条火蛇喷发着愤怒的火焰，把趾高气扬的鬼子一下子给打懵了，他们万万没有想到，在距济南不到十公里的地方竟有人敢设伏袭击他们。当敌人组织起来准备发起进攻时，枪声突然戛然而止，人一下子消失得无影无踪，气得冲上山岗的鬼子像疯了一样乱砍乱叫。

十

遭受鬼子偷袭后的946团元气大伤，士气低落，开小差现象严重，人员迅速锐减到了五六十人，对此，吕象山一筹莫展。他想不明白，部队分散驻防刚几天，敌人就把情况摸得如此清楚，难道内部出了问题？孙汉初说部队分散驻防后，946团的人基本没跟外界接触过，根本不可能将信息透露出去，唯一可能泄露国军分散驻防消息的只能是于富堂。孙汉初说六十里铺是于富堂的家乡，又是北方最大的铁器生产基地，将来还有可能成为北方最大的民间武器制造基地，如果于富堂借日本人之手把国军赶出了六十里铺，六十里铺就完全被于家控制了。吕象山起初不相信于富堂会做出丧失民族大义的事情，但经不住孙汉初天天在耳边叨叨，就开始怀疑于富堂当初劝他分散驻防的动机了。在消极悲观情绪蔓延之时，吕象山也曾产生过解散队伍、归家种田的想法，但念头仅在脑海中一闪而过。吕象山认为，即使946团就剩他一个人了，他也不能脱去军装归隐故里，除了跟日本人有杀父之仇之外，还有一个重要原因就是家乡是敌占区，别说自己回不去了，就是能回去，他也没法回去，因为十里八乡都知道老吕家的公子在国军当团长，手下有近千号兄弟，被日本人打成光杆司令后再回家，父母在天之灵也不会原谅他。苦闷之时，吕象山终于又跟撤退到江西一带的魏师长取得了联系，魏师长电令他务必把队伍重新建立起来，决不能让八路军在燕子山地区一军独大。据魏师长分析，抗日战争已进入战略相持阶段，三五年之内很可能转入战略进攻阶段，一旦抗战胜利，国共两党必有一争，谁控制了六十里铺，谁就控制了具有战略地位的济南东大门。虽然没从魏师长那里得到实质性援助，但魏师长的上报委员长予以嘉奖的承诺，还是给吕象山打了一针强心剂。

吕象山和孙汉初都认为,要在短时期内恢复946团的元气,办法只有两个,一是扩充队伍，二是控制铁匠。快速扩充队伍，除了抓壮丁之外，还有一条路可走，就是占领燕子山，收编山上的土匪。在现有力量无法强占燕子山的情况下，挑起鬼见愁与疤瘌脸之间的矛盾，分化瓦解燕子山是唯一选择。至于如何进一步控制镇上的铁匠铺，吕象山认为，只要收购武器时价钱高一些，唯利是图的铁匠铺肯定愿意给946团制造武器，总归946团是国军，日本人撤走后，六十里铺还将是国军的天下。

一大早，孙汉初就打扮成商人模样带着两个伙计打扮的士兵进了城，因为魏师长派来的特派员当天到达济南城。魏师长在电台中说，这次他派姜特派员专程赴济南，除带去部分黄金作为946团的军饷外，还将带去几张空白委任状，以便将来发展队伍时用。孙汉初在约定地点等到下午也没等来姜特派员，就安排一个人在客店里守着，自己带上另一个士兵上了街。孙汉初二人正在街上溜达着，远远看见疤瘌脸跟另外一个人大摇大摆地进了旁边一家酒馆，孙汉初在门口等了一会儿后，也跟着走了进去。双方虚情假意寒暄过后，就聚到了一张桌子上。孙汉初从疤瘌脸的表情、言谈等方面判断，跟他在一起的那个人肯定不是他表弟，所以讲话时格外小心。那人起身去茅厕后，孙汉初小声问疤瘌脸那人是谁，疤瘌脸用力挤了挤小眼睛，意思是让孙汉初不要再问了，并示意孙汉初早一点离开他俩。

“946团有一个少校副团长空缺，不知二当家的有没有兴趣，如果有兴趣，我回去跟吕团长说说给你留段时间。跟着鬼见愁干有什么出息？”孙汉初小声说道。看到“表弟”从茅厕里出来，疤瘌脸故意调高嗓门说：“你说的那单生意我回去再考虑考虑，只要价钱合理，我们还是可以商量的！”孙汉初用暗语提醒疤瘌脸，说生意能做就做，不能做也早给捎个话，他好找其他人合作，因为那头掌柜的催得紧。

收到姜特派员送来的军饷，吕象山的底气一下子提高了许多。他让人把马三春、刘福成等人组织到一起开会，明确要求所有铁匠铺都必须为国军制造武器，否则将以汉奸罪论处。同时，又派孙汉初加紧做疤瘌脸的策反工作，承诺每带一人一枪加入国军，赏黄金三十两；如果能将山上所有的铁匠全部带下山，重奖黄金五百两……跟946团谈好条件后，疤瘌脸跟他的两个“表弟”开始暗暗做工作，并约定八月十五晚上起事，杀了鬼见愁、夺了燕子山、集体投奔国军。疤瘌脸的“表弟”之所以支持他这样做，主要是感觉鬼见愁虽占山为匪，但民族气节犹存，策反他率部加入皇军无望。如果燕子山上的土匪成功加入吕象山的946团，不仅可以有效掌控946团的动向，而且还可以通过946团掌握燕子山地区其他抗日武装甚至国军的整体战略部署。策反工作虽是秘密进行的，且策反对象都是对鬼见愁心存不满或抱有升官发财幻想之人，但鬼见愁对疤瘌脸背着他做的一些事却十分清楚。趁疤瘌脸进城的机会，鬼见愁偷偷下山密会了于富堂，把山上的情况跟于富堂交了实底，让于富堂帮忙拿个主意。于富堂送给他八个字的“锦囊妙计”：秘密准备、以静制动。回到山上的鬼见愁安排亲信不动声色地做好了一切应对准备。

八月十五那天，天下起了小雨，无月可赏的土匪们早早熄了灯上了炕。半夜时分，火把忽然点起，把燕子山顶照得通亮，疤瘌脸一手握着一把盒子枪，带人攻进了鬼见愁住的屋里，一把将赤身裸体、睡得正香的山寨夫人从被窝里拽了出来，厉声问道：“鬼见愁呢？”山寨夫人瑟瑟发抖道：“他说晚上巡山，不回来睡觉了！”疤瘌脸一听，大喊“不好！”话音未落，外面枪声响起，整个燕子山乱作一团。疤瘌脸带着三四十个人边打边撤，等撤到山下时，身后只剩下七八个人。

禁止铁匠铺为共产党领导的抗日武装制造武器、到处散布八路军不抗日的谣言、煽动燕子山武装火并等一系列不利于抗日事件的发生，让于富堂意识到吕象山那边一定出了问题，多次想找机会找他谈谈，但吕象山始终避而不见。为弄清946团被袭真相，金先生巧妙安排两名地下党员打入敌人内部，经过半年多的潜伏，终于弄清了事情的来龙去脉。

半年多前，当阎书达把孙汉初跟暗探秦耀庭的老婆相好的事情报告给中野的时候，中野并没有令人把孙汉初立即抓起来，而是命令秦耀庭放任老婆与孙汉初的不正当关系。为防止秦耀庭掐断孙汉初这条信息链，中野命令阎书达将秦耀庭安排进日本人开的贸易公司担任副经理，让寂寞难耐的桂花能够有机会经常约会孙汉初，以便从孙汉初那里获得尽可能多的信息。那天孙汉初借故又下了山，当他七转八拐进了桂花家的时候，负责监视桂花的暗探立即通过隔壁房子的暗道进入桂花家，被于富堂早已安排好的人制服了。于富堂带吕象山通过暗道进入桂花家，亲耳听到孙汉初将许多不该说的秘密告诉了桂花，气得吕象山牙差点都咬碎了，当场就想把孙汉初拽出来崩了，被于富堂制止了。孙汉初一回到营地，就被士兵抓了起来，当吕象山把真相告诉他时，他头摇得像拨浪鼓，大声分辩道：“不可能！绝对不可能！”

一晃两年过去了，八路军小分队在其他抗日武装的支持和配合下，连续打了多个漂亮的伏击战、遭遇战，消灭日伪军四五百人，极大地鼓舞了燕子山地区人民的抗日热情，他们纷纷加入抗日队伍，加入武器制造行列，短短几年内，八路军小分队由最初的二十多人迅速发展壮大到近五百人，被纵队授予燕子山独立团番号;辖属的铁匠也由初期的几个人发展到上千人,歪把子、重机枪、迫击炮都装备进了独立团。经过几年的斗争，王山岗领导的义勇军也发展成为燕子山民兵大队，王山岗任大队长，马晓平任副大队长。经过两年的恢复扩张，吕象山领导的946团兵员数量也达到了四百多人。疤瘌脸带着七八条人枪投奔吕象山后，鬼见愁也曾想率部投奔八路军独立团，但于富堂没有同意，而是要求他一定要牢牢控制燕子山天堑，决不能拱手让给其他武装力量，尤其是疤瘌脸或周边地区的土匪武装。带着小股土匪下山的疤瘌脸，在946团过得并不如意，整天琢磨着如何重回燕子山，杀了鬼见愁，夺回大当家的宝座。除上述武装力量之外，在燕子山地区还有一支不容小觑的抗日力量，那就是以铁匠为主组建而成的“铁汉团”，他们白天打铁，晚上练武，人数接近两千人。铁汉团中不少人身怀绝技，有的大刀耍得好，有的飞刀用得快，有的铁蛋掷得远。铁汉团中有一名叫金子的铁匠，就喜欢耍锤子，不仅腰里整天别着两把小锤子，而且肩上还扛着一把大锤子。当然金子腰别肩扛的锤子，不是普通式样的锤子，而是铁匠师傅打铁时用得那种“指挥锤”。铁匠打铁时一般三人一组，两个人使大锤，一个人用小锤，用小锤的是师傅，使大锤的是徒弟。大锤把长、量重，小锤把短、重量大约是大锤的四分之一。每当烧红的铁器从火炉里取出来准备锻造时，师傅必将把小锤往锻造台上一敲，意思是提醒徒弟做好准备。锻造时，师傅的小锤落在哪个部位，徒弟的大锤就要打在哪个部位；师傅的小锤轻打，徒弟的大锤就轻打，师傅的小锤重打，徒弟的大锤就重打。作为一名合格的铁匠，不仅会看，而且还要会听。金子的爷爷是镇上有名的铁匠师傅，打了一辈子铁，带出了无数个徒弟，用废了几十把锤子。从小把小锤当玩具的金子，练就了一手娴熟的玩锤技艺。金子长大成为铁匠后，将爷爷用过的短把小锤换上了二米多长的锤把，平时玩耍，夜里放在家里看家。

燕子山地区抗日武装力量的发展壮大，让济南及其周边地区的日伪军寝食难安。为防止抗日武装和抗日根据地联手成片，武器制造能力更加强大，他们制定了一套全歼抗日武装、彻底摧毁六十里铺，将燕子山地区变为一片焦土的计划，代号“黑焦计划”。敌人准备调集一个步兵大队和一个团的皇协军，共计一千五多人，兵分三路发起攻击：其中，棋山中佐率四百日伪军从中路直扑六十里铺，在捣毁镇上的铁匠铺、销毁武器制造设备、有效控制人质后，分出部分兵力进入山区搜寻藏匿在山里的兵工厂。佐佐木中佐率五百多日伪军从南路发起进攻，目标是全歼国军 946 团。北路由山本一郎中佐率四百兵力，对燕子山东北部八路军根据地发起攻击，消灭独立团主力部队后，南下与中路部队会合。剩余一百多人作为预备队，由中野大佐亲自率领。中野乐观地估计，棋山率领的中路军将很快结束战斗，一旦腾出兵力驰援南路军，燕子山地区力量最强的 946 团就将很快缴械投降，整个“黑焦计划”预计五六个小时内即可顺利完成。中野的作战计划被八路军破获，纵队领导立即制定了粉碎敌人阴谋的作战方案，并决定调集部分部队参与“破焦行动”。从纵队火速赶回六十里铺的于富堂，秘密将吕象山、王山岗、鬼见愁、于富贵等人召集到一起，通报了纵队的作战计划，分解了作战任务，宣布了保密纪律。联合会议一结束，吕象山、王山岗、鬼见愁等人就马不停蹄地回到了各自的营地，秘密进行战前准备。

十一

吕象山、鬼见愁等人走后，于富堂让于富贵把马三春、刘福成等人请到了火麒麟铁匠铺。

“接纵队命令，鬼子准备对六十里铺及其周边地区实施一次惨绝人寰的大扫荡，六十里铺已到了生死存亡的时刻。在这生死存亡的紧要关头，各位老大一定要摒弃前嫌，团结一致，共同粉碎敌人妄图摧毁六十里铺及其周边地区人民意志的阴谋。今天请各位来，除了把六十里铺当前面临的严峻形势通报给大家以外，更重要的是商讨如何让六十里铺这个千年古镇和广大父老乡亲免遭涂炭之策。”于富堂说。

“于团长，我们都是打铁的，军事上的事不懂，你就说我们怎么办吧！”没等于富堂讲完，马三春就迫不及待地表了态。

“只要别让小鬼子把镇子给毁了，我跟马掌柜的都听你的，要钱出钱，要人出人。”刘福成回应道。

于富堂笑着朝刘福成和马三春点了点头，分析道：“血洗六十里铺、彻底捣毁武器制造业虽是鬼子本次计划的重点，但三条进攻线路中，进攻镇子的兵力最为薄弱，鬼子妄图通过掐两头、断中间战术，把燕子地区的抗日武装切块包围，分段消灭。一旦中路鬼子的战略目标达成，他们必然腾出兵力南打北阻，让南北两个方向的抗日武装连不成一片，形不成支撑。为彻底打乱敌人的战略部署，根据上级首长的指示，八路军准备集中优势兵力先打掉敌人的中路部队，断其腰，让其南北不能相顾。负责斩腰行动的是纵队派来的一个营、八路军独立团的两个连以及民兵大队和镇上的铁汉团。斩腰成功后，纵队参战部队和民兵大队立即北上围堵北路的日伪军，形成南北夹击之势。这就叫以其人之道还治其人之身。”

王山岗眉头紧皱，不无担心地问于富堂，说独立团抽调两个连参加中路折腰行动后，北路的防御力量就显得有些薄弱，能否顶住敌人的疯狂进攻？

于富堂笑笑，说纵队领导分析，敌人这次行动的首要目标是彻底摧毁六十里铺的武器制造业，消灭六十里铺的武器制造能力，一旦敌人的阴谋得逞，燕子山及其周边地区的抗日武装力量就失去了支撑和基础。如果镇子没了，铁匠被消灭了，没人敢支持抗日了，燕子山敌后抗日根据地也就不复存在了。只要我们充分利用天时地利人和的优势，打乱敌人的部署，敌人的围剿计划就彻底破产了。于富堂把纵队批准的作战计划详细进行了部署，细致到每个铺子、每条街道、每个作战小组。为迷惑敌人，于富堂要求战前准备工作要悄然进行，内紧外松。对秦耀庭、桂花等重点嫌疑对象要严密监控、限制出入。

在镇子上开完会后，于富堂又连夜返回八路军独立团驻地，召集连以上干部开会。于富堂明白，抽调两个连参加中路战斗后，根据地内各类参战人数仅剩五百多人，要顶住装备精良日伪军的进攻，困难和压力可想而知。一旦燕北的八路军溃败，敌人的北路与中路进攻部队连成一片，敌人的“黑焦计划”就算成功了。因此，要彻底粉碎敌人的图谋，独立团必须拖住并消灭北路的日伪军，绝不能让中路、北路之敌联手成片。

五更天，去山里运武器的一排长杨二猛和十多名战士回来了，大家“呼啦”一下围拢了过来，争先一睹刚运回来的三门迫击炮，既激动又忐忑。激动的是，有了迫击炮，就能在战场上有效压制敌人的火力。忐忑的是，这些没在战场上试验过的铁家伙，能不能也像小鬼子的迫击炮那样，一炸一大片？

望着一双双复杂的眼睛，于富和憨憨地笑了，他十分肯定地告诉大家，迫击炮是经过多次试验过的，各项指标都没问题，绝对不会比小鬼子手里的东西差。望着于富和瘦弱的身体和黄表纸般的脸色，于富堂眼睛湿润了，他紧紧握着二哥的手，情不自禁说了一声：“二哥，您辛苦了！我代表八路军独立团和六十里铺的父老乡亲向您致敬！”于富堂后退两步，规规矩矩地行了一个标准的军礼，搞得于富和有些不知所措。望着周围一群生死相依、不怕流血牺牲的汉子们齐刷刷地朝自己致敬，于富和感动地哭了。

一大早，中野大佐就起身擦拭着他的指挥刀，从北京城一路杀到济南府，他记不清手中的刀已沾过多少中国人的鲜血了，他的老师、黑山少将临终前曾告诉过他：宝刀是需要人血祭奠的，没有一百颗人头祭奠，再精美的刀也称不上宝刀。再过一天，“黑焦计划”就要实施了，他希望自己手中的刀在计划顺利实施后，能够成为老师心目中的宝刀。

中野正专心致志地擦拭着，阎书达慌慌张张地进来了，后面还跟着一个人。“报告太君，侯三从燕子山回来了，他有重要情报要向您汇报。”那位被称为侯三的人一脸媚笑地走到中野面前，点头哈腰地连“嗨”了几声。侯三是日本人的谍报人员，疤瘌脸在萃花楼被抓后，为控制燕子山上的土匪，以便时机成熟时为日本人所用，他们把侯三和另外一名谍报人员以疤瘌脸表弟的名义派往燕子山，疤瘌脸中秋夜反水时，其中的一名“表弟”被乱枪打死。侯三跟着疤瘌脸投奔吕象山后，疤瘌脸被委任为上尉副营长，侯三在疤瘌脸手下当班长。对吕象山的任命，疤瘌脸十分不满，除了职务由少校副团长变为上尉副营长外，承诺的奖赏一分也没有兑现，所以疤瘌脸天天盼着日本人尽快灭了吕象山和鬼见愁。听说日本人要攻打946团，疤瘌脸高兴极了，认为苦日子终于熬到头了。他偷偷告诉侯三，让他尽快想办法把946团的军事部署报告给皇军，可军营封锁严密，任何人未经批准不得擅自出入。一连等了好几天，侯三才在昨天夜里趁岗哨放松警惕的时候偷偷溜出了946团驻地，一路狂奔来到了济南。

侯三领着赏钱喜滋滋地走后，中野把棋山、佐佐木和山本一郎叫来，把侯三报告的情况通报给了三路指挥官。中野认为，“黑焦计划”十有八九被泄露出去了，否则，946团就不会进行军事部署，派回六十里铺打探消息的秦耀庭就不可能不按时返回，但三路指挥官对此却不以为然。他们认为，“黑焦计划”属于绝密文件，中国军队不可能获得，一定是疤瘌脸等人邀功心切，混淆视听。即使作战计划真的被泄露出去了，他们感觉也没什么好担心的，对付一群乌合之众，根本不需要调动一个大队的兵力。

战斗是在晌午十点钟打响的，三路日伪军同时发起了进攻。棋山率领的中路军距六十里铺还有二里多路时，突然从山丘中冲出来一支部队，打完一排子枪，打死了十多个鬼子，一眨眼就消失得无影无踪。气急败坏的棋山拔出指挥刀,朝前方一指:“兔子给给！”日伪军潮水般地涌向六十里铺。“哗啦、哗啦”，冲到前面的日伪军掉进了民兵设计的陷阱里，几十名日伪军让竹签或穿死或穿伤。刚过了民兵的陷阱区，又进了八路军的地雷区，随着“轰隆隆”几声巨响，又有几十名日伪军被炸上了天。好不容易才冲进了镇子，鬼子和伪军又陷入了八路军和民兵的分隔包围中，他们利用房屋、院落作掩护，与敌人展开了激烈的巷战。于富贵、刘福成、马三春各率一部分铁匠，利用地形熟、人数多、刀斧使用灵便的优势，与进入巷子、铺子、院落的敌人展开了近身肉搏。金子手拿两米多长的锤子左打右砍，一连打死两个鬼子后，自己的肚子也被戳了一个大窟窿，鲜血咕咕直往外流。这时，一个鬼子端着刺刀朝金子冲过来，金子拔出腰间的锤子，尽力朝鬼子砸去，小鬼子脑浆迸出，一命呜呼。一个鬼子冲进铁匠铺，跟一个叫铁蛋的铁匠扭打在一起，情急之下的铁蛋抓起火炉里一块烧红的铁块朝鬼子的太阳穴砸去，“吱啦”一声，铁块冒着浓烟镶进了鬼子的太阳穴里，铁蛋伸着被烧焦的、露着骨头的右手哈哈大笑。一队日伪军冲进了瑞祥铁艺铺，把马三春团团围困在铁匠房里。马三春坦然端坐在喷着火苗的炼铁炉中间，用轻蔑的眼神扫了一眼鬼子，不慌不忙地拿起烧红的炉火钩子，点燃一支香烟，深深地吸了两口，然后引爆了安放在铁匠房里的炸药……

在八路军、民兵大队、铁汉团与镇子里的敌人进行殊死搏斗的时候，于富堂率领八路军独立团也与进攻根据地的山本一郎展开了殊死较量。在鬼子发起进攻的前两天，于富和就带着几名八路军战士对周边地形进行了细致的考察，经过反复测算，最终确定了三门迫击炮的安放地点和移动线路。按照于富堂多年的作战经验，敌人在发起进攻前一定会对八路军的前沿阵地进行一番轰炸，在消灭八路军有生力量的同时，也给八路军造成尽可能大的心理压力。于富堂要求于富和一定要准确估算出敌人山炮可能安放的大体方位，争取在敌人山炮未发生威力之前悉数摧毁。果不其然，山本一郎率领的部队一到达预定位置，山炮部队就立即着手安装山炮，当四门 41 式山炮安装完毕准备发射时，藏在斜对面小树林里的八路军的三门迫击炮一齐响了，鬼子的四门山炮顷刻间被炸上了天。恼羞成怒的山本一郎指挥刀一挥，四百多日伪军朝八路军阵地发起了猛攻。打掉鬼子的四门山炮后，于富和率领炮兵小组快速移动位置，不停地向日伪军开炮。一队鬼子偷偷摸了上来，眼看就到跟前了，排长杨二猛一面组织阻击，一面命令于富和快撤。于富和明白，身边的六名战士是抵挡不住鬼子疯狂进攻的，一旦全部阵亡，敌人一定会调转炮口朝八路军独立团阵地开炮。“决不能把炮留给鬼子！决不能让鬼子用自己制造的炮伤害自己的兄弟！”于富和拖着两条伤腿艰难地爬向迫击炮，当最后两名八路军战士将刺刀刺向敌人自己也被刺刀戳穿的时候，于富和含着骄傲的微笑引爆了四颗手雷，把自己亲手制造的迫击炮炸得粉碎。

当敌人的第六次冲锋被打退、被迫仓皇撤退时，于富堂冲上阵地，端起机关枪朝后退之敌猛烈扫射，当机关枪里的子弹打完之后，他抽出插在阵地上的大刀，大喊一声，直奔山本一郎而去。“咔嚓”一声，山本一郎的左胳膊被削了下来，疼得山本像猪一样嗷嗷大叫。

北路、中路相继溃败，这是中野万万没有想到的，他无论如何也想不明白，战无不胜的大日本皇军为何在一群乌合之众面前如此不堪一击。为挽回败局，中野命令预备队全力压上，不惜一切代价摧毁六十里铺。一百多名鬼子刚冲进镇子，就与于富堂率领的增援部队相遇，队员们迅速爬上房顶、树杈、院落，利用一切可以利用的地形与鬼子周旋。民兵大队、铁汉团以及老百姓自发组织的护城队，配合八路军完成对鬼子的切块包围后，迅速堵住镇子的所有进出口，让镇子里的鬼子成了瓮中之鳖。一看大事不妙，阎书达匆忙换上一套老百姓的服装仓皇出逃，与正在出逃的秦耀庭和桂花迎面相遇，大喜过望的阎书达刚喊了一声“桂花”，就被秦耀庭一枪打死了。望着痛苦万状的阎书达，秦耀庭大笑不止。

南路的战斗一打响，疤癞脸就率几十人阵前叛变，并按佐佐木的命令从侧面向946团发起攻击。腹背受敌，吕象山被迫命令部队回撤到第二道防线。原本以为实力最强的南路军，刚一交手就出现退却，这让中野更加狂妄。他对周围的人说：“支那军队大大地不行，在大日本皇军面前不堪一击。命令佐佐木加快进攻，一个小时内消灭支那军队。”传令兵刚把命令传达下去，鬼见愁就带一支队伍从侧冀杀了出来，两面夹击，日伪军大乱。

北路、中路进攻部队相继溃败，预示着中野精心策划的“黑焦计划”已经失败。眼看大势已去，中野急令南路部队快速撤离，仓皇逃往济南。第三天，从济南地下党处获悉，大败而归的中野剖腹自杀。

各路抗日武装齐聚六十里铺，他们尽情欢呼，大声歌唱，欢快跳跃。望着一张张兴奋激动的笑脸，于富堂陷入了沉思。他深知，敌人是绝不会因为“黑焦计划”的破产而放弃消灭燕子山抗日武装、摧毁六十里铺武器制造业妄想的，他们一定会发动更疯狂、更残忍的反扑与进攻，但六十里铺永远不会被征服，因为这里是铁匠的故乡，每个人都是铮铮铁骨的汉子，他们身上流淌着的是炽热、滚烫的热血，永不言败，永不服输。

燕山出产好儿郎，深山密林建厂房，不造炊具专打枪，消灭鬼子东洋狼。

（原载于《参花》）

初到美国

一

满载着两百多名乘客的大型波音 747 客机，经过十七八个小时的长途跋涉，终于降落在纽约肯尼迪国际机场，虽比预定的时间迟了两个半小时，但人们还是露出了舒心的微笑："唉！终于到了！"很多人发出了不知是喜是忧的感叹。

飞机还没有完全停稳，王国豪就迫不及待地收拾他那两大包行李，这个已经整整做了八年美国梦的铁杆"美国迷"，此时的心情恐怕世界上所有的语言都难以表达。

对很多人当然也包括王国豪来说，美国就是人间天堂。

"虽不敢说遍地黄金，但钱绝对比在国内好赚得多！听我表叔讲，在美国，即使干粗活的，一年下来也能剩下三五万美元。等我们赚足了钱，可以到学校去读书，读完书，就可以找一份舒适体面的工作，然后成为世界头号大国的公民，到那时，豪房、华车、洋妞还愁不主动送上门来吗？"王国豪提出的这个让所有年轻人听了都会激动不已的“宏伟规划”，韦北已听过不知多少次了。本来，在王国豪看来，韦北称得上是最顽固的“封建残余”和最热心的“红娘”，如今也如醉如痴地做起了美国发财梦。

王国豪在国内有一份令人艳羡的银行职业，可他就是不安心，一门心思想出国，以至于过了而立之年，也没有立起来。

为了达到出国的目的，他连续考了三年托福都未能如愿。“此路不通，另辟蹊径，我就不相信老子这辈子就踏不上美国佬的那片土地！”王国豪不知狠狠地发过多少遍誓。这蹊径终于让他找到了。

王国豪先是通过在台湾的大伯的关系，搞了个假独资企业，然后又通过该企业向美国移民规划局申请到海外分公司的签证，就这样，王国豪和韦北这对假独资企业的海外分公司的正副经理，轻而易举地拿到了让很多仍在为圆美国梦而战斗不止的“美国迷”们惊羡不已的 L1 签证，这当然得感谢王国豪侨居美国多年的表叔刘明的“英明指点”。

“都说老外是鬼子，我看就是傻 B 一个，几份复印件就把他们给糊弄过去了！”拿到签证的当天，王国豪不无惊喜地对韦北说。

飞机终于停稳了。王国豪背上他那两大包行李，一下子冲上飞机铉梯，两只眼睛隔着玻璃贪婪地张望着窗外，过于激动的脸涨得像正在下蛋的老母鸡，嘴里自言自语道：“踏上了，我终于踏上美国的土地了！”

到达纽约的当晚，天下着小雨，北风夹着寒气，急急地刮着，整个天空像被一块黑布紧紧地裹住了似的，远处不时传来几声清脆的玻璃碎裂的声音。

王国豪与韦北围着机场大厅转了好几圈也没看到来接机的刘明。韦北跑进机场洗手间，从缝着五张百元美钞内裤的暗袋里，抽出一张，攥着朝机场里的售货厅跑去。

“Hello，buy something（您好，买点什么）？”售货厅的女服务员笑容灿烂地跟韦北打着招呼。

韦北用半生不熟的“中国式英语”跟女服务员说明想换几个硬币打电话用，女服务员的笑容立即收藏起来：“Sorry，No change（对不起，没有零钱）！”

韦北连续跑了三个售货厅也没有兑换到一枚硬币，虽然对方语气还算友好，但韦北明显感到不买点什么，他可能永远也兑换不开这百元美钞。

“喂，国豪，你去买两瓶汽水，顺便换几个 Quarter（25 美分硬币），我们打电话用！”显然，韦北不愿再重新回到售货厅。

“你看看，又土了不是？我不是告诉过你吗，我现在不是王国豪了，是大卫，Mr.Davy，吉瑞先生！”王国豪一边接过钱，一边认真地纠正韦北。

大卫、吉瑞是王国豪和韦北来美国前给自己起好的英文名字。按照王国豪的说法，到了国外就必须有个洋名，否则人家就瞧不起你，就说你是“土老帽”。“土”了三十多年，一下子“洋气”起来，韦北还真有些不习惯。

“但愿以后能习惯！”韦北暗暗地想。

王国豪和韦北一边喝着汽水，一边不停往刘明家里打着电话，可打了十多遍，一直没人接。王国豪和韦北开始后悔在阿拉斯加入关的时候，没有把航班晚点的消息提前告诉刘明。

“妈的！要不是那个哥伦比亚‘黄毛’携带违禁物品上飞机，我们就不会在安卡拉奇（阿拉斯加州府）多待两个小时了，表叔就不会等不及先走掉了。”大卫大声地骂着。

机场的人陆续走了，偌大的机场只剩下大卫、吉瑞和一个躺在机场外屋檐下睡觉的流浪汉。

大卫和吉瑞在机场门口焦急地等待着，三月的风虽不是十分刺骨，但也让人感到丝丝的凉意。此时，对于在大学里读了四年马列主义的吉瑞来说，感慨良多，他想到了马克思在《资本论》中对资本主义社会的诸多描述。

“喂，想什么呢？”大卫抬头望了望有些焦急的吉瑞，问道。

吉瑞苦笑着说：“我在想，如果今天不来美国的话，说不定现在正跟老婆忙活着呢！”吉瑞想放松一下焦灼的气氛，可他自己也放松不下来。

大卫一遍又一遍地往刘明家里打着电话，就是没人接。

“怎么会没人在家呢？刘先生不在家，刘太太怎么也不在家？难道一起出去吃夜宵了？或者一起出去谈生意了？”吉瑞不解地问。

“有可能。在美国，人人都是夜猫子。”大卫说。

大卫从口袋里掏出刘明回国时送给他的名片，不无炫耀地说：“我表叔是大公司的董事，平时肯定很忙！可再怎么忙，一点多了，也该回家休息了！”

谢天谢地，深夜两点多钟的时候，大卫和吉瑞终于跟刘明联系上了。

“我已经睡了，再说，我这里也没有车去接你俩，你们自己搭个出租过来吧！”说完，刘明就把电话挂断了。

“大公司的董事，连车都没有，鬼才相信呢！”吉瑞有些不满地嘟囔道。

“他不愿意来，我也没办法。我们还是坐出租车过去吧！”大卫也有些不快地说。

大卫和吉瑞叫来了一辆出租车，经过讨价还价后，司机同意一百美元送他俩过去。事后，两人才知道，从肯尼迪机场到刘明家所在的法拉盛，最多也就四十多美元的车程。一到美国，大卫和吉瑞就让人家给宰了，“文明社会”并非一切都文明。

到达刘明家的时候，已是深夜两点半多了，四十五六岁的刘明和看起来比他年轻得多的太太张萍跟大卫和吉瑞见了一面。

刘明现在的住房，是刚从一个香港来的华人老太太那里租来的，两室一厅一间（洗漱间），面积大约五十多平方米。

“我原来不住在这里，因为只有我和太太两个人居住，所以没必要那么宽敞，知道你们要来，就调换了这套大一点的房子。这下好了，四个人分担九百六十美元的房租，负担就不会太重了！”说这话的时候，刘明的心情好像无比舒畅。

大卫和吉瑞没来美国之前，就听说美国的房租很贵，但万万没有想到的是，五十多平米的房子，月租竟然小一千美元。还好，一到美国就有了一个安身之处，有了家的感觉，并且条件不错：新地毯、新冰箱彩电，水电气全包，而且一天二十四小时有热水供应。

大卫和吉瑞到达纽约的晚上，张萍腾出她住的那个房间，搬进了刘明的那间。

大卫和吉瑞十分纳闷：“夫妻俩为什么要分房住呢？难道美国人有分住的习惯？”

大卫和吉瑞躺在床上怎么也睡不着，可能是心情太激动的原因，也可能是时差的缘故，反正那天晚上，严格地说，那天早晨，他俩几乎没有合眼，直到天快亮的时候才迷糊了一会儿。

九点多钟，大卫和吉瑞起了床，张萍已经去衣厂上班了，刘明正在客厅里看中文版的《世界日报》。

匆匆洗了把脸，吃了两片面包，大卫和吉瑞就随刘明去了法拉盛。

法拉盛是纽约皇后区的一个小区，是皇后区政府所在地。

“在纽约，除了唐人街就数法拉盛的华人多了，可以说是纽约的第二唐人街！”刘明边走边给大卫和吉瑞介绍着。

法拉盛的高层建筑并不多，大多是些三四层楼高的建筑，但华人店铺特别多：唐记当铺、菲菲理发店、丽人按摩院……走在大街上，仿佛就置身于中国大陆。

他们边走边聊着，忽然大卫尖叫了一声。吉瑞和刘明循声而望，只见大卫被一个跪在地上的乞丐紧紧抱住了双腿。那乞丐又老又丑，脏乱的长发几乎遮住了他那张刀把子脸，乱糟糟的胡子上沾满了浓黄的鼻涕，左眼角上有一处明显的新伤，哀怨的眼睛惊恐地望着大卫。看大卫西装革履的，一定是把他当作有钱的主儿了。

虽然刘明一再向乞丐解释说大卫只是刚从中国大陆来美国的探亲者，不是什么大富翁，可他就是不肯放手。没办法，吉瑞只好从口袋里摸出二十美元塞进了他那近似黑色的“白茶缸”里，大卫才像受到惊吓的兔子般逃脱了。吉瑞为失去二十美元，心疼了好多天。在当时国内人均月工资只有人民币三四百元的年代，二十美元相当于国内半个月的工资啊！

从法拉盛回到住处的时候，已是晚上七点多钟了。刘明把从超市买回来的熟食摆上长条桌，三个人围坐下来。

吉瑞说，等刘太太回来后一起吃吧。谁知刘明竟恶狠狠地说：“等她干什么，谁知那个骚货什么时候回来？”虽然大卫和吉瑞对刘明的举止有些不解，但谁也没好意思多问。

三个人围坐在桌子旁，品尝着中国人自己酿造的茅台酒，说笑着白天的经历，谈论着白天遇到的那个乞丐老头。

九点多钟的时候，张萍回来了。大卫和吉瑞赶紧站起身来跟她打招呼，邀她坐下来一起吃饭，她说她已经在外面吃过了。

张萍换完拖鞋拿着睡衣走进了洗漱间。很响的小便声和马桶冲水声响过之后，是唰唰唰淋浴的声音。刘明看了看大卫和吉瑞，一句话没说，端起桌上剩余的大半杯酒一饮而尽。

第二天早晨大卫和吉瑞起床的时候，张萍又上早班走了。刘明还躺在他那张小床上，仔细研读着《世界日报》《星岛日报》上的分类广告。

吃过早饭，刘明告诉大卫、吉瑞：“我今天有事，不能陪你俩一起到曼哈顿了！”虽然大卫和吉瑞十分希望他能带他俩去看看只在图片、电影、电视里看过的帝国大厦、世界贸易中心和闻名遐迩的“红灯区”，但考虑到人家是大公司的董事，事务繁多，加之这几天心情又不是太好，所以也就不好勉为其难了。

大卫和吉瑞简单熟悉了一下纽约市旅游图和地铁交通图，就上路了。

纽约恐怕是世界上地铁里程最长的城市了，地铁站覆盖了整个纽约市，23路地铁不停地在纽约市地上地下盘旋。第一次在纽约坐地铁确实有些刺激：地铁一会儿穿梭在地下，一会儿又爬到地上，一群群高大建筑物一晃而过，每每偶然看到一处标有中文名字的建筑，吉瑞心中便产生无限的亲切。

十几站过后，大卫发现有些不对头，一问旁边站着的几个“大鹰钩鼻子”，才知道坐反了方向。

纽约地铁的方向是用Up和Down来区分的，往上走是Up，往下走是Down，往哪个方向走，必须从哪个方向的站口进入。

车刚在一个地铁站停下，大卫和吉瑞就急匆匆地随着人群下了车。

下车的地铁站较大，站里面的标识又不太好认，在地铁站里面转悠了二十多分钟后，大卫和吉瑞终于转出了地铁站。没办法，两人只好又花了两美元重新买票进了站。

一辆地铁开进了车站，大卫和吉瑞撒开脚丫子往车上跑。“咕咚”一声，迎面急行过来的一名“大老黑”与吉瑞撞了个满怀，还没等吉瑞反应过来，肩上就重重地挨了一拳，吓得吉瑞以百米冲刺的速度冲进了车里。

“谢天谢地，终于躲过了一场‘劫难’！”吉瑞心中暗暗庆幸道。

走在曼哈顿的街道，心里总有一种被压抑的感觉。街道两旁高高的建筑群，几乎把整个天空都包了起来，只留下一条又窄又长的缝，路显得又窄又暗，阳光是照不到地面的。风夹着纸屑、塑料袋之类的东西，从街道的这头急急地飞往街道的那头。

“如果长期在这样的环境下生活，不少活三年五载的才怪了！”吉瑞心中总有一种失落和惆怅的感觉。

和吉瑞相比，大卫的感觉好多了。“哇，这楼真高啊！哇，那女人真漂亮啊！”这里的每一样东西，好像都能调动起大卫的每一根神经，让他产生出莫名其妙的兴奋。每当遇到一座比较高的建筑物，他总喜欢停下来测一测楼的高度，数一数有多少层，但每次还没数不完就看串了。

“反正有六七十层，不知要比咱们家乡二十二层的东方大厦高多少层！”大卫往往会这样说。

刚到吃午饭的时候，肚子就有些挺不住了。“先找个餐馆吃点东西吧，顺便方便一下，我这泡尿已经憋了老半天了！”吉瑞提议道。

“是该吃点东西了！”大卫附和道。

餐馆倒经过好几个，但大卫和吉瑞都没敢进去，因为贴在门口的菜谱已明明白白地告诉他俩：最便宜的芥蓝鸡也要八美元一份。“您想想，八美元要折合多少人民币啊！”大卫感慨地说。

餐馆进不得，大卫和吉瑞只好沿街寻找路边的零食摊。还好，没走多远就找到一个卖“热狗”的。

大卫掏出四美元，每人买了一条“热狗”。

说是“热狗”，其实是冰凉冰凉的，尤其是“狗肚子”里红红的、黏糊糊的、又酸又甜的果酱汁，真让人消受不了。

“什么鸟‘热狗’？真他妈不如热地瓜好吃！”大卫愤愤地说。

不如热地瓜好吃的“热狗”，没几口也进了肚。吉瑞感觉肚子好像舒服点了，但下边憋得更厉害了。

大卫和吉瑞沿着街道急急地找了十多分钟也没有找到一个能方便地地方。

“什么发达国家！连个厕所都建不起，难道连我们那个‘初级阶段’都赶不上？”吉瑞狠狠地骂着。

在美国，沿街很难找到公共厕所，除大的车站、公共场所外，有厕所的地方就只有餐馆、咖啡店、写字楼之类的地方了。不在餐馆就餐，你不能随便用人家的厕所；写字楼门口又整日有人把守，很难进入。

“在美国，是不可以随便有屎有尿的，这就是现代文明！”大卫有些幸灾乐祸地说。

“什么鸟文明，难道美国佬都是些只知吃喝，不会拉尿的怪物？”吉瑞有些狠毒地骂道。

小肚子越来越大也越来越硬，膀胱真有些要炸掉的感觉。吉瑞快步拐进旁边一条店铺不多、行人稀少、两边都是写字楼的街道，看看有没有适合解决难题的地方，可刚跑了几步，就不得不停下来，因为一跑，膀胱震得十分疼痛，他真担心把那玩意儿震裂。

天无绝人之路，在那条“人烟稀少”的街道深处，有一个大大的铁皮垃圾箱，足足有两米高，垃圾已溢出箱面。

吉瑞一边把身体紧贴到垃圾箱上，一边慌乱地解着裤腰带，不知怎的，腰带好像怎么也解不开。好不容易解开了，却怎么也尿不出来，等了好大一会儿，一股混浊的、气味扑鼻的液体才流了出来。此时，吉瑞感觉好像下面憋得更厉害了。

突然，站在对面“放哨”的大卫向吉瑞发出警告。吉瑞抬头一看，天呀，两名全副武装的警察正朝着吉瑞站立的方向走过来，离那个垃圾箱只有十多米远了。吉瑞迅速提好裤子，由于收得太急，裤裆湿了一大片。

吉瑞装作若无其事朝两个警察走过来的方向走去，当回头看他们已远离垃圾箱时，又快速折返回来，继续着未完成的“大业”，嘴里不住地骂道：“狗日的，把老子吓了个半死！”吉瑞感觉那泡尿持续的时间之长，完全有资格申报吉尼斯世界纪录了。

“大事”解决了，吉瑞一脸轻松地与大卫沿着纽约第五大道走进了一家时装店。店里的女服务员立即笑容可掬地迎上来：“我能帮您做点什么？”悦耳的声音带着甜丝丝的味道。

她像风，无论大卫和吉瑞走到哪里，她就飘到哪里，只要大卫和吉瑞在某件服装前稍一停步，她就马上滔滔不绝地介绍个不停，虽然大卫和吉瑞听不大真切所讲的全部内容，但大体意思无非是说衣服做工如何如何精细、价格如何如何公道，穿在阁下身上如何如何合适云云。说着说着，就要帮脱大卫的上衣，让他亲自试一试。

看惯了国内“冰天雪地”的脸，再看“春暖花开”的脸，大卫和吉瑞还真有些不太习惯。“快走吧，我感觉受不了了！”吉瑞小声对大卫说。

走出服装店已很远了，吉瑞还感觉脊梁紧得不自在，好像后面还有人紧跟着似的。

从商店里出来，大卫话匣子又打开了：“你看人家老外的服务，态度多好啊！那服务员长得真漂亮，胸脯真大，屁股滚圆滚圆的！你看，喝牛奶长大的和喝玉米糊糊长大的就是不一样！”

回到住处，已是华灯初上，刘明和张萍都还没有回家。疲惫不堪的大卫和吉瑞草草吃了几口饭，就上床休息了。

凌晨三点多钟的时候，吉瑞被大卫的梦话惊醒了。睡梦中，大卫嘟嘟囔囔梦呓着：“啊，太好了，真漂亮……”看到睡梦中一脸幸福的大卫，吉瑞禁不住哑然失笑：“可能又梦见白天那个漂亮的女服务员了！”

早晨醒来，吉瑞不停地追问大卫昨天晚上是不是又梦见那个女服务员滚圆的屁股了，大卫的脸刷得一下就红了，紧张地用被子捂住下半身。吉瑞用力把被子扯开时，看见大卫内裤黏糊糊地湿了一大片。

吃早饭的时候，刘明告诉大卫和吉瑞，他在报纸上看到长岛有家中国餐馆在请新手 Waiter，他已经替他俩跟餐馆联系过了，餐馆老板让晚上再跟他联系一下。

吃过早饭，吉瑞问大卫上午还出不出去，大卫说:“干吗不出去！美好时光岂能虚度？”

“那我们今天去曼哈顿唐人街吧！”吉瑞跟大卫商量。

“唐人街有什么好看的，我就不愿意到中国人多的地方去，素质太差！”大卫一边吃着面包夹鸡蛋，一边说。

“好你个王国豪，才来美国几天呀，就把你狂成这个样子了！难道你一辈子不回国了？”吉瑞有些愤愤地问。

“是的。我来美国就没打算再回那穷乡僻壤、蛮夷之地了，这里的月亮就是比国内的圆！”看着大卫那副得意相，吉瑞也懒得与他争辩，心想：美国要是不好，自己又何必倾尽所有跟着跑来呢？

虽然大卫说不愿意去唐人街，但那天他还是跟吉瑞一起去了。

二

在唐人街，确实还是在国内的那种感觉:华人开的理发店、杂货店、餐馆、灵堂毗邻而立，中国神话故事传说中的王母娘娘、张大仙、观音菩萨、土地爷爷等神灵的身影，在唐人街都能看到，进进出出烧香叩头的信男信女们还真不少。

中午，大卫和吉瑞进了一家中国人开的小拉面馆，叫了两碗拉面，还不算太贵，每碗加税五块七毛九。

快吃完的时候，大卫问吉瑞还给不给服务员小费，吉瑞想了想，小声说道："给什么小费！厕所旁边有个侧门，我装着上厕所，从那边先出去，你再瞅机会溜出去。"

吉瑞走出小拉面馆隔着玻璃窗子往里看时，只见大卫坐在座位上沉思了半天，然后从上衣口袋里貌似很慷慨地掏出了两张一美元的票子，压在桌子上，雄赳赳、气昂昂地朝大门走去。走到服务台前时，对正在忙着招呼客人的服务员说："喂，在桌子上！"那神态就像是他救活了一个将要饿死的乞丐而被人们广为传颂似的。

大卫和吉瑞沿着街道漫无边际地走着，不知不觉来到了闻名遐迩的四十二街，那可能是全世界男人们最心驰神往的地方。这时，一个黑人走过来，塞给大卫和吉瑞每人一张宣传广告，然后指着一扇门，一个劲地说："Please！Please！ Come in，Please！"

吉瑞瞅瞅了那张宣传纸，醒目的"Big top"映入眼帘，两个人还没有看清下边的那些英文小字的意思，就被热情的黑人兄弟请进了大门。

一进门，大卫和吉瑞每人就被收去两美元的入场费。再往里走终于看清了：里面站了七八个几乎全身赤裸的妙龄女郎，原来这是一家脱衣舞厅。

"来啊，过来呀！"一个体态丰腴的女子，一边打着手势，一边抛着媚眼走过来，窄得不能再窄的内裤，紧紧地勒住她那过于夸张白嫩的肥臀，使其显得更加苍白、肥硕。她一边走着，一边夸张地向场内不多的几个人展示着她那硕大的胸部，吉瑞顿时明白"Big top"的意思了。

吉瑞顾不上喊大卫一声，就自己夺门而逃，跑出去老远，心还突突地跳个不停："她妈的，穷得连裤子都穿不上了！"

晚上回到住处后，大卫按刘明说的电话号码跟长岛那家餐馆联系上了，餐馆经理说明天就可以去试工。

第二天,大卫没顾上吃早饭就急急地试工去了。吉瑞一个人懒得出去转悠，就找来纸笔给远在大陆的妻子写了一封平安信。寄信回来，吉瑞顺便从附近的便利店买了点猪肉和蔬菜，那天刘明在家没出去，他想跟他喝两盅。

回到住处，刘明要帮吉瑞下厨，吉瑞说不用，你在外边歇着吧，今天让你尝尝大师傅的手艺如何！其实吉瑞对烹饪没什么研究，只是在家的时候偶尔给妻子打打下手，好在大部分东西都是现成的。

吉瑞和刘明一边喝着酒，一边深一句浅一句地闲聊着。

一瓶酒喝到接近一半的时候，刘明有了些醉意道："兄弟，今天咱哥俩要好好地喝一喝，好好地说一说，一吐为快，一醉方休！"

"好，大哥您说怎么喝，兄弟我就怎么喝，不醉不休！"吉瑞爽快地答应。

喝着喝着，刘明就哭了起来。从刘明的哭诉中，吉瑞知道了他和张萍的事情。

其实刘明并不是什么大公司的董事，这点即使他自己不说，吉瑞也能猜个八九不离十。回国时，为了在父老乡亲们面前找到一点衣锦还乡的感觉，得到一些廉价的慰藉和外人一时的艳羡,他才编造出一个美丽动人的"故事"。

刘明到美国后，也和绝大多数初到美国淘金的中国人一样，靠给人家打工维持生计。两年前，在一个风雪交加的夜晚，刘明在骑自行车送外卖回来的路上，与迎面疾驶过来的一辆出租车相撞，牙齿被撞落，腰部被撞伤。

车祸发生后，刘明一直没有找到合适的工作，跟出租车司机打了一年多的官司，也没有个说法。由于没有收入，太太张萍每月一千出点头的工资又不够维持家用，所以一直跟他闹别扭，可就在这期间，刘明在送外卖时跟一个广东女子相好的事情,不知怎么传到张萍耳朵里了,从此,刘明家就成了"波黑战场”，大打三六九，小打天天有，夫妻俩从同床异梦，到分床而睡，继而互不搭理。最后，张萍公开投入了对她垂涎已久的衣厂老板的怀抱，成为其无数情人中的一个。一次，刘明大白天撞见两人赤条条地睡在一起。对此，刘明也没有办法，自己一年多没有收入，吃人家的喝人家的，况且还有把柄落在人家手里。

吉瑞把醉如烂泥的刘明扶上床，后悔自己不该让他喝那么多。

下午三点多钟，吉瑞正躺在床上迷糊着，大卫试工回来了，从他的表情看得出来，试工并不顺利。“他妈的，一分钱没赚到，还搭上了来回的路费！”看大卫心情不好，吉瑞没有多问，只能一个劲地帮大卫骂那个“狼心狗肺”的餐馆老板。

到美国刚一周，吉瑞就感觉像过了一年那样漫长。算算两人来美国时随身携带的八百元钱，“黄瓜打驴”去了一半。

晚上吃饭的时候，刘明告诉吉瑞和大卫，说那个女人已交了本月的房租了。“那个女人”显然说的是张萍。他说这话的意思，吉瑞和大卫心里都明白：月底快到了，你们是不是也该交纳你们应该承担的那一份了？大卫和吉瑞第一次感到了危机和压力。

天刚亮，大卫就急急地起了床。吉瑞问他干什么去，他只说出去一趟。吉瑞开玩笑说，你不会因为钱的事，出去拦路抢劫吧？大卫苦笑着出去了。

二十多分钟后，大卫从外面回来了，胳膊里夹了一大摞当天的中文报纸，有《世界日报》《星岛日报》《侨报》等。不言而喻，他是想看看今天的分类广告里，有没有适合他俩干的工作，以便及早跟人家联系，免得联系晚了被人抢了先。

当天的报纸里，请工的广告启示不少，但去的地方大都是佛罗里达、南卡罗来纳、威斯康星等比较偏远的州，纽约及周边州市的聘工广告极少。

大卫和吉瑞细细地找了半天，连报缝都看了几遍，觉得只有一份纽约瓷器城杂工的工作可以去试试：一则公司就在唐人街，路途比较近；二则杂工的工作不需要什么技术，去就能干；三则公司实行八小时工作制，时间短，不像餐馆工作，一天要干十几个小时，每月一千元的工资也还说得过去。权衡再三，吉瑞认为还是大卫去比较合适，因为他体格好，力气也大。

晚上六点多钟，大卫从唐人街回来了，看样子心情很好，一进门就喋喋不休："这工作还不错，简单得很！有货运来的时候，把货从卡车上卸下来，搬到三楼的仓库里。如果有客户要货的话，再把货从三楼仓库里搬到卡车上，然后跟车把货送到客人指定的位置就好了。老板是个四十多岁的广东佬，粤语说得比鸟语还难懂，但人看起来还不错！"

大卫上班走了，刘明一早也出去了，吉瑞一个人在家，忧愁集于一身，不知如何排遣难熬的时光，便在地毯上铺开当天新买的报纸，仔细研读起来，看到值得一试的公司、商店或餐馆之类的广告，便用圆珠笔圈起来，接着就一个一个地打电话询问，每次拿起电话，都踌躇良久，不知如何开口。

吉瑞用颤抖的手，拨了很多号码，回答多半是找到人了。有一次，那人跟吉瑞谈了很久，似乎非常满意，吉瑞赶紧问没有绿卡是否可以，那人一听大怒："你干吗不早说呢？真是吃饱了撑的！"

总算一个肉店的老板答应下午两点给吉瑞回电话，可等到下午三点，也没有听到回音。既然他们不打过来，我为什么不主动打过去呢？吉瑞暗想。

电话打到肉食店，接电话的人先是说老板不在，等找到老板后，他竟回答已经雇到人了，气得吉瑞差点昏过去，大骂半天也不觉着解恨。

快到中午时，吉瑞到附近的超市买了点菜和米，回来的途中，经过一幢三层小楼，瞥见大门上贴着"招人启事"，上面写道："诚招员工，三楼面议。"

吉瑞提着菜直接上了三楼。三楼的门半掩半闭，吉瑞轻轻地敲了几下，没听到有人回应，就怯生生地推门而入。

大房间里只摆放着几张床，每张床上都躺着一个雪白滚圆穿着比基尼泳衣的女人，像一只只蠢笨的企鹅，其中靠近门边上的那个，眼睛朝吉瑞一瞄，便骨碌一声翻过身去，把她那硕大的肥臀甩向吉瑞。这时，一个三十多岁的女子从房间后边的办公室里走出来，把吉瑞领到门外，问他有何贵干。吉瑞说明来意，她抱歉地笑笑，说："对不起，我们这里是女子减肥中心，只请女助理，不要男雇工！"吉瑞顿时羞得面红耳赤，抱头鼠窜般逃下了三楼，手中的方便袋被楼梯的扶手撕了个粉碎，菜米撒了一楼梯。

晚上，吉瑞把白天发生的事情说给大卫听，大卫笑得满地打滚。笑够了他又安慰吉瑞："不要着急，过几天我问问我们店的老板是否还请人，如果请人的话，我跟他说说能否也让你一起到店里干。"大卫顿了顿，接着说，"再过几天，我半个月的工资就发下来了，这个月咱俩的房租我出，你就不用担心了！"

大卫很快就睡过去了，呼噜打得震天响。吉瑞翻来覆去睡不着，就起身伏在床头，给刘明和大卫写了一封信：

亲爱的刘先生并大卫：

我明天一早就到唐人街找工作去，介绍所给我派什么工作，我就做什么工作，无论是去冰天雪地的阿拉斯加，还是烈日炎炎的佛罗里达也在所不惜……

一大早，吉瑞就去了唐人街，找的第一家职业介绍所在"中国城"的勿街上，名字叫广利职业介绍所。

介绍所里，一边是近似S型的柜台，上面铁栅栏直通天花板；另一边靠墙是两张长长的木连椅，长椅子上坐满了寻工的人，有的正拼命吸着炝人的烟卷，有的用广东话或闽南话大声交谈着，还有两个正津津有味地吃着夹心面包。

柜台后面的转椅上坐着一老一少两个女人，年龄大的那位，寻工的人都称她“陈太”，据说是从越南来的华侨；年轻的那个，人们都喊她“付小姐”。

陈太和付小姐不停地用粤语或闽南话同各自的顾客讨价还价，有时也夹杂着几个发音不太准确的英文。她们的谈话不时被外面打进来寻工的电话打断。

“不是我不给你派工，我曾经给你派过四份工，OK？每次雇主都嫌你手脚太慢，炒了鱿鱼，那我就无能为力了，OK？”

“再给我一次机会嘛，OK？这次我一定搞定，OK？”老汉不服气地央求着陈太。

陈太终于被老汉说服了：“OK！我再给你一次机会，如果你再搞不定，被炒了，那我就真得无能为力了，钱也不会再退给你了。OK？”

老汉走后，吉瑞挤到刚才老汉站的那个位置。

“找工？”陈太问。

吉瑞点点头。

“以前做过什么？哪里来的？会不会炒锅？”陈太连珠炮似的问。

吉瑞说他刚从东北来，到美国后还没有做过什么。

“OK，你先在边上坐着吧，待会儿我再叫你。”陈太接着又跟另一位寻工的人打着招呼。

吉瑞坐在一边的木椅子上，等待陈太的“召见”。坐了一会儿，吉瑞就发现，介绍所里能够介绍的工作，基本上不是餐馆就是衣厂，问旁边坐着的一位好像“美国通”的广东人，他用惊愕的目光看了看吉瑞，说：“哇！你以为你是克林顿啊！能找到工作就不错了！”

等了大半天也没有听到陈太叫自己的名字，吉瑞怀疑陈太是不是把自己忘了，就又挤到柜台前询问。

“耐心点么！怎么可能会把你忘了呢！我实在忙不过来呀！”陈太一边往外拨着电话号码，一边说。

吉瑞估计陈太一时半会儿还没有合适的工作派给他，就想先到外面找个地方填饱肚子。

吉瑞一边吃着夹心面包，一边来到了另一家职业介绍所。

介绍所里同样挤满了找工的人群，老板娘正在跟一个听口音像从福建来的小伙子争论着。

“我只干了两天，为什么只退我五十块钱？”小伙子生气地质问老板娘。

“不是老板炒你的鱿鱼，是你自己辞的工，所以只能退你一半的佣金啦！”老板娘解释说。

“那能怪我吗？你给我派了个什么鸟活？每天工作十三四个小时不说，老板吝啬得饭都舍不得让我们吃饱……”小伙子争辩道。

看看老板娘没有再退佣金的意思，小伙子拿起放在柜台上的小包，骂骂咧咧地走出了介绍所。

吉瑞重新回到陈太那里的时候，她大叫起来：“哎呀！你刚才上哪儿了？到处喊你喊不到，你再晚一会儿，我就把这份工作派给别人了！”

陈太要派给吉瑞的工作，是去餐馆洗碗，地点在新泽西州，月薪一千美元。

“要是你愿意的话，我现在就把餐馆地址和电话号码给你。要是不愿意的话，我可就派给别人了！”陈太说。

“一千块钱是不是少点？你再给老板讲讲，能不能再加点？”吉瑞试探性地问道。

"哇！一千块钱已经很高了！大部分餐馆也就八九百，而且路途比这个远多了！我看你这人比较老实，才把这么个好活派给你！"陈太故弄玄虚道。

"您看，我刚到美国，手头很紧，佣金您能不能少收点？"吉瑞跟她商量道。

"哎哟，这已经很照顾您啦！OK？不信，你到别的介绍所打听打听，看看还有比我这里收费低的吗？"陈太说。

吉瑞知道陈太在骗他，因为他刚才去的那家职业介绍所，佣金也是按月薪的8%收取。吉瑞害怕再犹豫工作被别人抢了去，就把八十美元交到陈太的手里。

回到住处，天已经很黑了。刘明和大卫都已经回家，听说吉瑞找到了工作，都很高兴。

晚上八点多钟，吉瑞接到第二天要去的那家餐馆老板的电话，问他认不认路，自己能不能坐车找到他的餐馆。吉瑞说够呛。

餐馆老板说："OK，明天早上九点半以前，你到四十二街的Penn Station火车站，找一个也在我这里上班的林先生，让他带你到餐馆来。为便于联系，你手里拿一份《世界日报》，站在一个比较显眼的地方。OK？"

第二天，天蒙蒙亮，吉瑞就起了床，带了几件要换洗的衣服和日常用品就出了门。换乘了几路地铁后，终于找到了位于四十二街上的Penn Station火车站，看了一下手表，才刚刚八点半多一点。

吉瑞找了一个比较显眼的位置，把手里的《世界日报》高高举起，生怕林先生找不到自己。

九点二十分左右，林先生来了。他帮吉瑞买了火车票后，就一起坐上去餐馆的火车。大约一个小时后，到达了餐馆所在的那个城镇。

餐馆所在的那个城镇叫新布朗斯维克，名字跟苏联共产党的名字差不多。餐馆的老板姓李，四十五六岁的年纪，原来也是洗碗打杂出身，逐渐升至大厨位置后，便用挣来的钱开了这家餐馆，生意越做越红火。

老板的妻子比老板大好几岁，是从香港移民来的，跟老板在一个餐馆打工时认识的。

老板和老板娘刚结婚的时候，因为收入低，没有能力生养孩子，等有能力生养的时候，老板娘又过了生育年龄，所以夫妻俩膝下没有一男半女。

到达餐馆后，老板简单地问了一下吉瑞的情况，就先让他用清水把地拖了一遍，然后喊他坐下来一起吃早饭，边吃饭边开导说："不管你以前在大陆做什么，到了这个国家后就什么用也没有了，你应该忘掉过去，重新做人！"

天哪，"重新做人"这个词，在国内专门用来正告犯罪分子，为其指出"光明前途"的，吉瑞怎么也弄不明白，到美国洗个碗，怎么就变成"重新做人"了？他百感交集，懊恼、愤恨、沮丧一起涌上心头，但他马上又意识到，这个老板可能文化水平不高，说话用词不当，说这话也是出于一片好心。

吃过早餐，老板让吉瑞系上一个围裙，接着向他交代每天应该做的工作，项目多得一时记不过来：每天先剥大约15磅大虾的壳；用沉重的大锅煮完白米煮黄米；把垃圾捆好先搬到餐馆旁边的小胡同里，等晚上七八点钟以后，再从小胡同里搬到路边，以便垃圾车能够及时运走；饭煮好后，要用一把大叉子把饭耙松……约莫中午十二点左右，吉瑞站到了宽大的洗涤槽前，Waiter们把吃剩的盘子和碗端进来，朝洗涤槽内一丢，吉瑞就开始不停地洗啊洗……

几天下来，吉瑞对餐馆的情况有了一个基本的了解。餐馆除了老板、老板娘外，还有九个伙计：厨房里有大厨、二厨、助炒、油锅、肉杂和吉瑞这个洗碗兼菜杂，餐厅里有两个Waiter和一个叫作Busboy的助手。除吉瑞外，餐馆的八个工仔自然而然分成两大派：一派是以大厨为首的包括油锅和两个Waiter在内的广东来的"粤派"；另一派是以二厨为首的包括其他三人在内的“闽派”，因为吉瑞是东北人，既入不了“粤派”，也入不了“闽派”，两大“派系”都对吉瑞这个“北派”的态度不冷不热，吉瑞真恨自己没有生在珠江边或生在闽江旁。

餐馆的工作与其说是辛苦，不如说是残酷。劳动的强度不说，每天十二个小时以上的工作时间也不说，仅厨房里一直开着的油锅、高达摄氏四十三四度的温度、嗡嗡响个不停的油烟机声和“两大派”的不和谐造成的窒息气氛，就足以让人发疯抓狂。

来餐馆工作的第三天，吉瑞就有些坚持不住了，想打退堂鼓，但一想到自己因为出国，不仅辞掉了国内的工作，而且还欠了五万多块钱的债务，这样空手而归，不仅面子上过不去，而且连债务也还不清，于是不停告诫自己：韦北啊韦北，你既然能坚持三天，你就能坚持一个礼拜、一个月，甚至一年。为了自己，也为了家庭，你一定要坚持啊！

吉瑞到餐馆的第十一天，就到月底发工资的时间了。下午，老板把用橡皮筋套住的一小打工资交到吉瑞手里，说：“你来餐馆一共十一天，这是你这些日子的工钱。”

吉瑞装着很平静的样子接过工资，心激动地怦怦直跳，他真想立刻打开数一数，但还是控制住了自己，害怕别人说没出息。

在忍受了十多分钟的煎熬后，吉瑞假装去厕所。一进厕所，就迫不及待地把十一天赚到的三百六十三美元连数了三遍，并立即按一比八的比例换算成人民币。虽然没有换算出一个准确的数字出来，但他坚信那个数距三千元不远了。整个下午，吉瑞干得特别卖力，且没觉着累。

拖地、剥虾、洗碗、切菜……吉瑞像一台不知疲倦的机器，沿着同一轨迹，不停地做着机械运动。

距收工还有不到两个小时，吉瑞匆匆从冷藏室里搬出各种蔬菜，想准备好第二天所用，由于切得太快，刀子一下子砍到了左手手指上，雪白的骨头一下子暴露出来，浓黑的鲜血立即流满了全手。

吉瑞右手紧紧攥着被砍伤的手指，跑到前台问老板娘是否有“创可贴”之类的包扎药品，老板娘正跟一个大胡子老外笑嘻嘻地聊着，见吉瑞攥着血淋淋的手跑到前台，很不高兴地说：“后面货架上不是有药品吗？跑到前台来干什么？”说完，又继续说笑着。

吉瑞在货架上找了半天，才找到那个装有药品的小纸盒子，自己吃力地包扎起来，没有人主动走过来搭把手，也没有人说一句安慰的话。

吉瑞强忍着剧烈的疼痛，重新回到菜板前，血湿透了绷带，流到菜刀上，也流到了菜上。那天晚上，吉瑞没有吃饭，也没有睡好觉。

第二天，吉瑞照常赶到餐馆上班，因为老板没有批准他的请假。

吉瑞忍着剧疼清洗着前一天晚上留下的盘碗，忽然老板从外面冲进来，朝着吉瑞大声吼道：“你是怎么煮的饭？”

“怎么了，老板？”吉瑞怯怯地问。

“怎么了！你自己看看去！”说完，老板气冲冲地走出厨房。

吉瑞跑到煮米饭的大锅前一看，立刻傻了眼，一上班就煮上的那锅米饭，由于忘记盖锅盖，全部“夹生”了，而这时客人已经陆续进餐馆吃饭了。

“这可怎么办啊！这可怎么办呀！”吉瑞急得像热锅上的蚂蚁团团转，眼泪几乎要流出来。

看吉瑞可怜兮兮的样子，大厨动了恻隐之心。他叫吉瑞把那锅“夹生”米饭倒掉，又教吉瑞先少煮一点米，煮米的时候，不要用冷水，要用热水。吉瑞立即按大厨说的办法重新煮上米。

刚煮上米饭没多久，外面的 Waiter 就催促开了：“怎么搞的！米饭怎么还没有好？”老板也走进厨房看了好几遍，每进来一次，就瞪上吉瑞一眼，嘴里还嘀嘀咕咕地说:“操!”那锅米饭吉瑞感觉煮了半个世纪。

吉瑞在忐忑不安中度过了一天。吃晚饭的时候，老板把吉瑞叫到一边说:“你在我这里就干到今天了，这是你这几天的工钱，祝你走运!”他把用橡皮筋捆好的工资交到吉瑞手上后，转身出去了。吉瑞知道自己被炒鱿鱼了。

吉瑞背着行李赶回纽约住处的时候，已是晚上十二点多了，刘明和大卫还坐在客厅里聊天。

“明天不休息，今晚回来干什么?”刘明问。

吉瑞把白天在餐馆发生的事从头到尾跟刘明和大卫叙述了一遍。

“妈的，美国的老板没有一个好东西，个个心黑得像锅底!”大卫大声骂道。原来，他也被老板炒了鱿鱼，而且已经在家待了两天了。

三

吉瑞和大卫在家耗了一天后，又到纽约职业介绍所找了一天的工，还好，那天他俩都找到了新工作:大卫去宾州做 Busboy，吉瑞在纽约的一家餐馆继续洗碗打杂。

由于是“熟手”,吉瑞干起来没那么紧张了,并且在工作中总结出一条经验:凡是老板或大厨没有安排的事情，千万别主动去干，否则，这个差事就永远属于你了!

餐馆里的打工仔像走马灯似的换了一茬又一茬，但不管是新走的，还是新来的，面部表情几乎都是相同的:眉头紧锁、两眼呆直，而且脾气都很暴躁,经常为一件小事,或一句听起来非常稀松平常的玩笑而大打出手。刚开始,吉瑞还有些迷惑不解，在餐馆干得时间一长，就逐渐明白其中的缘由了。

有人说，美国的餐馆就像是关押犯人的监狱。这话虽然听起来有些偏颇，但并非毫无道理。当工仔们上午十点走进餐馆大门的那一刻起，就预示着一天十二三个小时牢笼般生活开始了。阳光是看不到了，每天面对的只是滴着血的各类动物肉，一锅锅一直保持着灼热温度滚动着的油，和一张张疲惫不堪而又阴沉抑郁的脸……

平时，几乎所有的脸都是“梅雨天气”，只有两个时间除外：一是发薪水的那天晚上；二是每周休息的那一天。相互之间的距离好像没有那样远了，话题也多了起来:明天准备到哪个场子赌一把？今晚还到那个“鸡窝”去过夜？

赌、嫖几乎是工友们的共同嗜好，很多人为打发无限的空虚，或满足一时的痛快,几乎月月把辛辛苦苦赚来的浸透着血水、汗水和泪水的钱,丢到“大西洋城”，或扔到四十二街的鸡窝里去。

在人性被严重扭曲的美国,敢赌是勇敢的象征,能嫖是潇洒人生的代名词。好像只有敢赌，才有可能一夜暴富，脱离生存的煎熬；只有会嫖，才证明你这一生没有白活。

有一天，厨房的二厨问吉瑞来美国后到哪些地方玩过，吉瑞说去过法拉盛、唐人街和其他地方时，他有些不耐烦地说:“谁问你这些了！我问你到没到过‘大西洋’，去没去过‘伊甸园’？”吉瑞终于明白二厨的意思了，他如实说从未去过，并且显露出不屑一顾的神情。起初，二厨不相信，继而开始猛烈攻击，其他工友也围过来讥笑他、攻击他，好像吉瑞犯了弥天大罪似的，吓得吉瑞再也不敢出声了。

一天休息的时候,“油锅”阿陈约吉瑞一起去“大西洋城”。吉瑞心想,也行,来美国三个多月了，还没有一睹“赌城”的风采。吉瑞从工友们那里了解到，赌场为了吸引尽可能多的顾客前往，不仅如数报销来往“赌城”的车资，而且每次还多给来“赌城”玩耍的人们十元八块的奖赏，所以，很多无事可干的老人每天坐车往来于“大西洋城”，为的就是领取这部分奖赏。

“跑一趟不仅不蚀本，还能多赚钱，为什么不去看看呢？”吉瑞想。

从纽约到“大西洋城”并不远，大约两个多小时的车程。下车后，阿陈带吉瑞先到退票处退回车票钱，然后就进了一个叫百乐门的赌场。

赌场内熙熙攘攘，黑的、白的、黄的，各种肤色的人种交织在一起；香烟味、香水味、汗臭味搅和在一起，让人感觉眼花缭乱，头晕目眩。

吉瑞只是想见见世面，丝毫没有赌的兴趣，可阿陈一个劲地催促道：“快买色子，我带你到那边玩老虎机去，我买了一百块钱的！”

好不容易来了一趟赌城，不玩玩回到餐馆，工友们又要把我当活靶子了，再说，赌一赌也未必能输！吉瑞咬了咬牙，买了八十块钱的色子，就随阿陈找了一台老虎机玩起来。

没多大工夫，八十块钱的色子全被老虎机吃掉了，阿陈的一百元钱的色子也一个不少被老虎机吞进了肚里。

玩完老虎机，阿陈又喊吉瑞去玩“二十一点”。吉瑞说什么也不玩了，他不想把辛辛苦苦赚来的血汗钱全部扔进“大西洋”，再说自己对“二十一点”一窍不通。

“你去玩吧，我出去走一走，过会儿再来找你。”说完，吉瑞走出了百乐门。

赌场外的停车场围了一大群人，吉瑞快步走了过去，一个年龄三十三四岁的女人，正坐在地上嗎嗎地哭泣着，一打听，才知道，她来“大西洋”不仅把家中所有的积蓄都输光了，而且还把房子和她先生刚买的“大林肯”也输了进去。

旁边一位上了年纪的人劝道：“别哭了，已经输了，哭又有什么用呢？再说，输钱的也不止你一个。上次也有一位小姐，一下子输了好几万，难道人家就不过日子了吗？”

过了一会儿，警察把围观的人驱赶走了，把那位小姐架上了回程的大巴士。

吉瑞漫无边际地转悠了两三个小时，当他回到阿陈那里的时候，发现阿陈已赢回了一部分赌资。

吉瑞劝他见好就收，可阿陈说如果这把赢了的话就撤退。还好，还真赢了。

阿陈把桌子上的钱收起来数了数，一共三百六十元，除去前面被老虎机吃掉的一百元，阿陈净赚两百六十元钱。

“怎么样？比打工来得容易吧？走，今晚我请你吃饭！”阿陈说完，拉着吉瑞说笑着来到附近的一家小餐馆。

阿陈心情特别好，一直跟吉瑞喋喋不休：“今年我一共来这里六七次，这是第一次赢钱，看来今年我的好运来了！如果有时间的话，下周我还来！”

回程巴士到达唐人街的时候，已是晚上八点多钟了，阿陈要带吉瑞找个妞玩玩，吉瑞推说晚上还有事就独自回去了，阿陈只好一个人找乐子去了。

回到住处，刘明呆呆地坐在客厅里，张萍正翻箱倒柜地找着什么。最近一个时期，吉瑞和刘明独自相处的时间不多，虽然每晚都回住处睡觉，但每次下班回家的时候都近十二点了，两个人很难碰到一起。

上个月，刘明在法拉盛一家华人报社找了一份核稿的工作，每晚要工作到深夜三四点钟。为了多赚点钱，刘明有时连星期天也不休息，深度近视的眼睛整日布满了血丝。吉瑞真担心有一天他吃不消倒下去。

至于张萍，吉瑞已经有二十多天没有看到她了。自从张萍正式向刘明提出离婚后，就再也没有回来过，听说她自己在外面租了一间公寓房。

张萍收拾完自己的行李，很客气地对吉瑞说：“你和大卫来美国后，我也没顾上请你们吃顿饭，这个账我先给你们记着，等以后有机会我再请你们。”她转过身来又对刘明说，“虽然我们离了婚，又没有孩子这个纽带连着，但我不希望彼此成为仇敌，你也没必要老记恨我，我祝福你今后能生活得快乐！”

张萍提着行李往门外走，吉瑞坚持帮她把行李提到下面等候她的车上。张萍和开车的小伙子很有礼貌地跟吉瑞握手道别后，车子很快就转过一条街道消失在茫茫夜幕中。

上楼以后，吉瑞劝了一会儿刘明，看他情绪还不太坏，就放心地回到自己的房间去了。

躺在床上，吉瑞翻来覆去睡不着，忽然想起应该给宾州的大卫写封信，吉瑞已有十多天没有听到他的音信了。

信中吉瑞问了大卫最近的工作情况，然后把他表叔离婚的消息告诉了他，最后跟他商量是否由他跟刘明说一下，重新租一间小一点的房子，因为过去四个人住的房子，现在实际上只有两个人居住了，租这么大的房子有些浪费，而且租金压力太大。信写好后，第二天上班时，吉瑞顺便丢进了路边的邮箱里。

来到上班的餐馆，工友们都问吉瑞，“陈司令”今天怎么没来？是不是昨天“吃鸡”吃大了，累倒了？吉瑞这才注意到阿陈没来餐馆上班。

“陈司令”是阿陈的绰号。他祖籍广东，三年前从墨西哥辗转到美国，三十多岁了还孤身一人。由于阿陈经常流连于花街柳巷，且每每吹嘘自己“火力”多么多么凶猛，因此就得了个“炮兵司令”的头衔。

整个一天没有见到阿陈的影子，第二天阿陈也没有到餐馆上班，吉瑞问经理，经理说不知道，并说老板已在介绍所里请到了新的“油锅”，明天就来上班。问其他工友，工友们都说，自己的事都管不过来，操那么多闲心干什么！吉瑞一想，也是，人家来不来上班与你有什么关系？可每当 Waiter 拿着菜单到厨房朝油锅方向喊一声“春卷一个、五成熟的牛排一个”时，吉瑞都自觉不自觉地朝阿陈原来站的那个方向望一望，心里不住地嘀咕：“难道阿陈出事了？如果不出事的话，为什么不来店里收拾他的东西呢？如果他出事了，警察会不会怀疑我呢？因为餐馆的人都知道，星期天是我跟他一起出去的。”吉瑞越想越害怕，在惶恐不安中度过了几天后，心情才渐渐平静下来。

一天上午，吉瑞正在剥虾壳，前台的经理大声喊道：“吉瑞，你的电话！”吉瑞心里咯噔一下，心想，是不是警察找上门来了？

当吉瑞颤抖着拿起话筒的时候，才知道电话是大卫打过来的。大卫说吉瑞寄给他的信已经收到了，最近几天他可能回纽约看看他表叔。大卫告诉吉瑞，跟他一起干的 Busboy 准备辞职，他想跟老板说说，让吉瑞也到那边去干，问吉瑞愿不愿意。大卫告诉吉瑞，租房子的事情他已经跟他表叔讲了，他准备再交一个月的房租。

一天，吉瑞和工友们正在忙活着各自的那一堆活，经理拿着一份《星岛日报》风风火火地进了厨房：“你们快来看，这不是阿陈吗？”工友们呼啦一下全围了过来，争抢着看经理手里的报纸。

报纸上的照片的确是阿陈，旁边的文字是这样描述的：八月十七日夜间，一陈姓华青，在迷你夜总会过夜时，突然对该会所一名纪姓陪夜女郎实施猛烈攻击，致使该女子当场死亡。该华青来自中国广东省，八六年移民来美，捕前系一中餐馆杂工。据该夜总会其他人介绍，以前该华青曾来此夜总会过过夜，从未发现过有殴打、残害陪夜女郎的现象。八月十七日凌晨三时左右，该华青与纪姓女子发生关系时，突然对被害人实施猛烈攻击，先是拳打口咬，继而用双手紧紧卡住被害人的脖子，直至其死亡。据警方调查，该华青与被害人素无仇怨，至于其为何对被害者实施暴力行为，目前尚未查清。警方怀疑该华青有精神疾病……

看完这段文字，吉瑞既感到害怕，又不禁为阿陈的前途感到担忧，等待他的可能是终身监禁，也可能是更加严厉的惩罚。

休息日回到住处，吉瑞把阿陈的事情告诉了刘明。刘明很平静地说，这种情况在美国可以说是司空见惯，很多人不堪重负，又看不到未来，自杀的、心理变态的、精神分裂的比比皆是。像长期在餐馆那种环境工作的人，心理能健康才怪！

吉瑞问刘明，既然长期在美国餐馆那样的环境工作不利于健康心理的形成，为何华人又都愿意去餐馆工作？

刘明说，华人来美国不做餐馆又能做什么？在美国，华人有四百多万，有几个不是靠菜刀（指做餐馆）、剪刀（指做衣厂）、剃头刀（指做理发工）来维持生计的？“三刀工”中，做餐馆工的又占了百分之六十以上。

的确，对于初到美国的人来说，无住处、无依靠、无技术，想进入美国主流社会是不可能的，做餐馆可能是最好的选择了，最起码吃住无忧。

星期天，吉瑞去了唐人街，想找一份非餐馆类的工作，他害怕自己万一有一天成了另一个阿陈，可把那里的职业介绍所转了个遍，也没有找到一份适合自己的工作。

星期一，吉瑞照常去餐馆上班，可一进餐馆就差点气了个半死：等待洗的盘碗不仅泡满了两大水池子，而且旁边的地上，还整齐地摆放着满满三大盆，碗架上一个洗过的碗也没有。

按照餐馆的规矩，洗碗工休息那天，碗是应该由“肉杂”来洗。“肉杂”姓刘，福建长乐人，一九九二年春在“蛇头”的策划下，和其他几位福州老乡经过两年多的长途“旅行”才偷渡到美国。在长达两年多的时间里，他们这些“人蛇”像普通货物一样，被“蛇头”在泰国、柬埔寨、香港、西班牙等国家之间转来转去，最后才转到美国，这一转就是二十六个月。二十六个月里，“人蛇”们只能待在“蛇头”指定的位置，不能随意走动，不能跟外界联系。二十六个月后，当“肉杂刘”跟家里取得联系的时候，才知道家中发生了翻天覆地的变化：在他偷渡去美国的那年夏天，五岁的儿子掉进池塘淹死了，出国借下的二十五万元高利贷，由于没有在规定的时间内支付本金和利息，家中的二层小楼房被债主抵押出去，不堪重负的妻子由于长期听不到他的音讯，以为他出了事故，就跟外乡一个做生意的走了。不幸使“肉杂刘”变得暴戾、自私，而又玩世不恭。

起初，吉瑞对“肉杂刘”的不幸深感同情，可他老是跟吉瑞过不去，特别是指手画脚地指挥吉瑞干这干那，还动不动就念叨“老子来美国的时候，你还不知道在哪个血窟窿里”的霸道言行，让吉瑞难以忍受，为此，两人不知争执过多少次。

一进餐馆，吉瑞看到“肉杂刘”把前一天的盘碗都堆在那里，气就不打一处来，恰在这时“肉杂刘”走过来，叫吉瑞到地下室帮他把什么东西搬到厨房里来，吉瑞的火气腾地就上来了：“你眼睛瞎了，没看见我这里的活堆成山了吗？”

“肉杂刘”一听吉瑞骂他，也火了：“他妈的，你骂谁？”说着就往吉瑞跟前凑。

吉瑞抓起盆里一个准备清洗的碗，使劲朝“肉杂刘”摔过去，虽然没砸倒他，但残羹冷炙淋了他一身。经理和工友们听到吵闹声和盘碗破碎声，都跑了过来，“战争”才没有进一步升级。吉瑞在气愤、不安和胆战心惊中度过了一天。

晚上吃饭的时候，经理让 Waiter 喊吉瑞到他的办公室去一趟。吉瑞一边往经理办公室走，一边想：经理可能是要告诉我，你被炒鱿鱼了。与其让他炒我，还不如我先炒了她！主意已定，吉瑞就毫无胆怯地闯了进去。

“经理，对今天的事，我首先表示道歉。另外，我想告诉你，我在这里就干到今天为止了！”没等经理开口，吉瑞就抢先说道。

经理有些吃惊地问：“干吗不干了？在这里不是干得好好的吗？我找你来，是想告诉你，你和‘肉杂’的情况我已经跟老板讲了，老板决定炒掉阿刘，让你升为‘肉杂’，工钱由原来的每月一千元，升为一千两百元。”说完，经理一直盯着吉瑞，她一定会认为吉瑞听到这个消息后，不仅不会辞工，而且还会感激她。

但吉瑞坚持辞工，一方面，如果“肉杂刘”被炒了，吉瑞升为“肉杂”，“肉杂刘”一定会认为自己从中做了手脚，说不定哪天会来报复；另一方面，最近一个时期，吉瑞感到身体有些不适，全身乏力，他想趁此休息几天，顺便到诊所检查一下。身体是革命的本钱，无论如何也不能把老本丢了！吉瑞暗暗地想。

在家休息了一天后，吉瑞去了唐人街一家叫“康泰”的华人诊所。诊所的主持是一个年逾七旬的老中医，他让吉瑞先交了二十美元的初诊费后，好像很认真地在吉瑞的肚子、手腕上摸了一阵子，十分肯定地说：“你这胃病不轻啊！如不抓紧治疗，病情可能会进一步加重！不过你不用担心，在我这里几乎没有治不好的病。你只要吃上我六七服药，我保证你药到病除。”

吉瑞问老中医每服药需要多少钱，老中医说：“我不会多收你钱的，我能多收你钱吗？每服药你就拿两百吧！”吉瑞一听差点昏过去。

“一服药两百块，要是真吃上七副八副的，那得多少钱呀？”吉瑞推说那天带的钱不够，就急匆匆地逃离诊所，一边走一边想，怪不得老华侨们都说，在美国哪里都可以去，就是千万别进“两院”：一是医院，二是法院。进了医院，医药费你承担不起；进了法院，有理你也打不赢官司，毕竟这是人家的地盘。

下午两点多钟，吉瑞从唐人街回到家里，饭也懒得吃，就上床躺下了。

辞工回来后，不知怎的，吉瑞老是感觉昏昏沉沉的，总想睡，可越睡身体越感到疲倦，浑身就像散了架似的，一点力气也没有，用手无缚鸡之力来形容，一点也不为过。

躺在床上迷糊了好大一阵子，吉瑞也没有睡着，心里直想家，想父母、老婆、孩子，想着想着，眼泪顺着眼角流了下来。

四

电话铃响了，吉瑞吃力地支撑着起来，刚拿起电话，电话那头就急促地问："是吉瑞先生吗？"

吉瑞问对方是谁，找他有何事。那人说，他姓王，是大卫打工那家餐馆的老板。

"你朋友今天出了点事，你能不能马上来宾州一趟？"王老板急促地问。

吉瑞问，大卫出了什么事；对方说，没什么大事，来了就知道了。王老板跟吉瑞详细地介绍了去宾州的线路，到宾州后如何跟他的联系，随后，就把电话挂了。

吉瑞放下电话，心里不停地嘀咕：大卫到底出了什么事？难道是病了？吉瑞给刘明留了一张纸条，就坐上开往宾州的火车。

赶到宾州的时候已是晚上七点多钟了。一下车，吉瑞就跟王老板取得了联系。大约十多分钟，王老板驾着车子来了。

吉瑞一上王老板的车子，对方就把事情的经过跟吉瑞简单叙述了一遍。

王老板经营的那家餐馆一共雇用了八个人，除大卫和一位从上海来美国读书的博士外，其他六位，都是从福州偷渡来的。由于"闽派"占绝大多数，大卫和博士在店里只有受气的份儿。

出事的当天，店里生意很好，大卫和两个Waiter马不停蹄地跑里跑外，不知真的是大卫出错了菜，还是其他人出错了，反正姓李的Waiter硬说是大卫出错了，为此两个人发生了激烈的争吵。姓李的Waiter顺手拿起一把菜刀，朝大卫砍去，大卫本能地用胳膊一挡，只听"咔嚓"一声，大卫的胳膊被砍断了。

姓李的 Waiter 知道自己闯下了祸，扔下菜刀就跑了。

吉瑞问王老板，事发后他们报没报警？王老板说："说实话，兄弟，他们都没有身份，我敢报吗？再说，即使报了警，那个姓李的住哪、叫什么名字谁也不清楚，警方能抓到他吗？"

大卫躺在医院的病床上睡着了，左胳膊上缠满了绷带。听医生说，他的断骨已经接好了。

望着大卫蜡黄的脸，吉瑞的心里涌上了阵阵酸楚："我们这是何苦呢！放着国内好好的工作不干，跑到美国来受这个洋罪干什么？"

大卫醒过来了,看到吉瑞坐在床前,眼泪吧嗒吧嗒地往下掉。吉瑞安慰他，伤得不重,很快就会好起来的。吉瑞说自己已经辞了工,正好有时间陪他几天。

九点多钟的时候，王老板把吉瑞叫到病房外面商量：大卫的手术已经做完了，是不是可以转到纽约的医院去治疗，这样照顾起来也方便。吉瑞明白王老板的意思，他想金蝉脱壳，把大卫推出去不管了。

吉瑞有些气愤地说："王老板，您说这话是什么意思？大卫是在您的餐馆里被砍伤的，您不能说没有责任吧？"

王老板争辩道:"吉瑞先生,您说这话就不对了,他们打架又不是我挑起的，我能有什么责任？"

吉瑞不想跟他争辩下去，因为来美国没多久，对美国的法律、生活习俗都不太了解，如何处理大卫这件事情，他心里确实没有底，他想跟刘明商量以后再说，毕竟他是"老美国"了。

吉瑞对王老板说："王老板，不管怎么样，得先让我朋友在这里住几天，等病情稍微稳定以后再说，您看怎么样？"王老板无可奈何地答应了，他让吉瑞跟大卫好好商量商量，尽快拿出一个可行的办法来。

吉瑞想："反正大卫是你送进医院的，医院不找你要钱找谁要钱去？"

晚上吉瑞跟刘明通了个电话，把大卫受伤的事情跟他讲了，请他帮忙拿个主导意见。

刘明说他有个朋友在唐人街做律师，明天他去咨询一下，看看他的朋友是怎么说的。

过了两天，刘明给吉瑞打来电话，说他那位律师朋友讲，由于肇事者逃跑了，无法起诉他，只有一个办法，就是以雇佣非法劳工为由起诉餐馆老板。

吉瑞想了想，以商量的口吻说："如果餐馆老板承担大卫住院期间所有的医疗费用，并给予一定的补偿，我们就别起诉他了。都是从国内来的，他开个餐馆也不容易！"

"是啊，雇佣非法劳工虽为美国法律所不允许，之所以他肯冒这么大的风险，无非是想少花点钱，但客观上也给那些无身份、无工卡的人提供了一个吃饭的机会。"刘明也赞成吉瑞的意见。

跟刘明统一口径后，吉瑞就去找王老板谈判。

谈判对吉瑞来说并不外行。出国之前，吉瑞曾干过两年外贸公司的经理，虽然是个小公司，但也经历过大大小小上百次谈判，所以，面对面谈判，吉瑞并不打怵。

吉瑞约王老板来到了医院旁边的一家咖啡馆。两人一坐定，吉瑞就开门见山地说："王老板，尊重您的意见，我准备把大卫转到纽约去治疗。但有一点我必须跟您讲明白。大卫是在为您工作时被砍伤的，您有不可推卸的责任。我认为大卫住院期间的一切费用及他在养伤期间的工资、护理等相关费用，完全应该由您来承担。"

"您没搞错吧，老兄？人又不是我砍伤的，我为什么要承担这个责任呢？在美国有这样的法律吗？我来美国定居十几年了，美国法律我是很清楚的！"王老板黑着脸反驳道。

吉瑞说："王老板，您虽然不是肇事者，但肇事者砍伤人逃跑时，你们为什么不采取必要的措施予以制止？虽然我们初入美国，但我们认为美国是一个法制很健全的社会。"

吉瑞看了一眼王老板，继续说道："我们之所以今天愿意坐下来跟您谈谈，主要是不想把事情闹大，闹大了，对谁都不好，毕竟还有同胞情谊。再者说了，雇佣非法劳工是美国法律所不允许的，这一点，作为您这样的'老美国'不会不清楚吧？"

听了吉瑞的话，王老板腾地从座位上站了起来，恶狠狠地说："怎么，你在要挟我？吉瑞先生，你不要忘记了，我是美国公民，美国法律首先保护的是我们，而不是你们这些无长期居住权的初入者！"

"正因为您是美国公民，更应该遵守美国的法律。王先生，如果您认为我这个初入者无资格跟您谈话，那我只有请我的朋友——东摩大律师楼的黄律师跟您谈了。"吉瑞毫不退让。

其实吉瑞并不认识什么东摩大律师楼的黄律师，只是前几天看报纸时，知道纽约有家著名的律师楼叫东摩大律师楼，该律师楼有一名华人大律师叫黄旭九，在律师界非常有名气。为了镇住王老板，情急之下吉瑞说出了黄律师的名字。

看到王老板态度有所松动，吉瑞趁热打铁："王老板，我知道您经营这家餐馆不容易，正因为如此，我们不想把这件我们完全可以解决的小事搬到法庭上去解决，这样对您更有好处。如果您认为'公事公办'对您更有利的话，那我们就只能法庭上见了，反正我们又没有什么事可做，正好也想见识见识在美国是怎样打官司的！"

王老板考虑了一会儿，很不情愿地说："好吧，算我倒霉！"

"不，我们都倒霉！"吉瑞不依不饶地说。

第二天，吉瑞跟王老板一起给大卫办理了出院手续。王老板支付了医院治疗费、药品费及大卫五个月的工资，共计九千三百六十元。办完出院手续的当天，吉瑞跟大卫回到了纽约。

为了照顾大卫，吉瑞只好在住处附近找了一份洗衣店的工作，白天在家照顾大卫，帮他洗衣做饭，晚上去上班，直到子夜一点钟才能回家。

有天晚上，吉瑞下班回家的路上，被一个身高马大的人拦住去路。他先是用手去摸吉瑞的下巴，接着又想去摸吉瑞的下体，嘴里发出一种奇怪的声音。

吉瑞想：坏了，眼前这个“大洋马”不是同性恋就是变态狂。他吓得大喊“救命”，此时正好一辆小型货车驶过来，把那个人给吓跑了。从那以后，吉瑞再也不敢去洗衣店上班了。

中秋节前，吉瑞收到了妻子的来信。信中说，他寄回去的两千美元收到了，兑换成人民币后还清了部分债务，并说他们十个月大的儿子会叫“爸爸”了，经常“爸爸”“爸爸”叫个不停。

看着妻子的书信，伤感和思念一起涌上吉瑞的心头，眼前不停晃动着白发苍苍的老母亲那布满年轮的愁颜，机场妻子送别时的泪眼，家乡那十五的满月……

自从来到美国，吉瑞天天盼着家乡的来信，可每每收到后，又免不了伤感落泪。每次刘明都劝他，哪个初到美国的人不经过这样一个阶段？过上几年兴许就好了！可每次说这话的时候，他自己也控制不住无限的伤感。

中秋节到了，吉瑞和大卫到附近的超市买回几样菜和月饼，吉瑞当大厨，大卫用一只手在一边帮厨，没多大工夫，六个菜就做好了。

吉瑞和大卫一边心不在焉地翻着当天的中文报纸，一边等待着上班还未回来的刘明。

“说好了今天早点回来，怎么到现在还不回来呢？”大卫抬头望了望墙上的挂钟，有些焦急地说。

八点多钟的时候，刘明从报社回来了，头发和衣服都湿湿的。此时的吉瑞和大卫才注意到，外面淅淅沥沥下起了小雨。

“对不起！我加班赶了赶进度，把明天报纸的稿子基本校对完了，回来晚了些！”刘明一边换拖鞋，一边不太好意思地朝吉瑞和大卫笑笑。

看到桌子上早已摆好的月饼和酒菜，刘明高兴得手舞足蹈：“这么丰盛！开喝！开喝！”

三个人围着桌子坐下后，刘明首先颤抖抖地端起了酒杯，吉瑞和大卫也跟着端了起来：“今天是八月十五，是合家团圆的日子，可我们远在万里之外，无法跟家人一起团圆了，那就让我们一起过个团圆节吧！”说完，刘明把满满一杯酒一饮而尽。

三个人默默喝着，没有一丝的声音，只有外面越下越大的雨噼里啪啦地响个不停。

都说美国的月亮比中国的圆，可该圆的时候却躲在厚厚的云彩里连个身影也不露。三个人的心情，如天空一样被厚厚的乌云笼罩着，很沉很重。

“刘先生、大卫，咱们一起唱一首《十五的月亮》来表达我们对亲人的祝福吧！”吉瑞首先打破沉默，提议道。

十五的月亮，照在家乡，照在边关，宁静的夜晚，你也思念，我也思念……三个五音不全的男人，压低着嗓音吟唱着。唱着唱着，大卫哭出了声音。

吉瑞说：“大卫，今天过节，再说来美国半年多了，咱们三个人也难得凑到一起，应该高兴才对！”看到大卫没有停下哭泣的意思，吉瑞有些生气了，不耐烦地呵斥大卫别哭哭啼啼得像个娘们儿，可他自己也真想大哭一场。

中秋节过后，刘明要回大陆一趟，吉瑞和大卫也希望他回国内好好散散心，顺便再治疗一下他那因车祸留下的腰伤，检查一下高度近视的眼睛，毕竟国内医疗费用要比美国低很多。

临回国前的晚上，吉瑞和大卫陪刘明一起吃了一顿饭，算是给他送行。吉瑞和大卫每人交给刘明一封信，请他帮忙带回去。

“表叔，回国以后，您到我原来的单位去一趟，把我写好的信交给张主任。如果他问起我在这里生活得怎么样，你就说我在这里生活得挺好的，在一家电脑公司当主管，千万不要跟他说我在这里干苦力。”大卫嘱咐刘明道。

刘明回国后，吉瑞和大卫退掉了他们三个人合租的房子，又重新找了一个栖身之所。

新“家”位于纽约市布朗区，是一个标准的黑人居住区。

布朗区过去是一个以白人为主的居住区，不知是白人害怕黑人，还是不屑与黑人居住在一起，反正黑人大批进驻这里后，白人就主动撤退了，所以此地的房租价格一直比较低。

吉瑞和大卫租的房子是一座小二层建筑，据说在这座小二层建筑楼里，一共住了八户人家，上下各四户。

每层楼大约有一百五六十平方，楼的西边是公共厨房和饭厅，阳面是并排四间如同办公室差不多大小的房子；阴面是洗漱间和楼梯。在一楼的四个居住户中，除吉瑞和大卫是“单身联合体”，其余三户都是家庭户，其中两户是标准的中国式家庭，一户是中西合璧式家庭。中西合璧式家庭的女主人来自台湾，名字叫玛莉，男主人是位黑人。

二楼住着三四个打扮得花枝招展的女孩，楼下的人有的说她们是从马来西亚来的，有的说是从菲律宾来的，具体干些什么大家都不清楚，因为彼此语言不通，见面机会又不多，只是偶然看到她们会带一些陌生男子进进出出。

新的住处与原来的住处相比较，有明显的差距：做饭、上厕所、洗澡都要排队。做饭还好说，挨不上号的时候啃块面包也能对付过去，但厕所挨不上号的时候，还真能把人急死，因为谁都有个内急的时候。

由于住在这座小楼里的人大都在餐馆、衣厂打工的，晚上收工的时间差不多，早晨起床的时间也差不多。早起后，基本上都是先进厕所排泄一晚的沉积，所以那时的厕所格外紧张。通常情况下，丈夫方便完，喊老婆进去，老婆解决完，再喊孩子们进去。有一次，大卫闹肚子想先进厕所方便一下，可先进去的人就是不让他进去，急得他只好回到房间，找了个快餐盒解决了。为此，吉瑞和大卫被臭气熏了好几天。

有一天早晨，吉瑞被外面的吆喝声吵醒了，睁眼一看，大卫不知什么时候起了床。

吉瑞走出房门一看，厕所外面已有五六个人等在那里。厕所外的人一个劲地催促："好了没有？怎么这么麻烦？"厕所里面的大卫虽然答应再等一会儿，马上就好，可就是不见人出来，急得厕所外面的人大骂不止。

又过了好大一会儿，大卫好像很急促的样子提着裤子从厕所里跑了出来，跟等在厕所外面的人不停地说"对不起""对不起"，可一进房间，就大笑不止。吉瑞马上明白了，这小子还没有忘记被臭气熏了几天的闷气，有意在捉弄邻居们。

大卫胳膊能动的时候，吉瑞去了华盛顿一家餐馆做 Busboy，隔一两周回布朗区的住处住上一晚上。

在吉瑞去华盛顿工作的第四周，大卫的电话打到吉瑞所在的餐馆，告诉他，他也在唐人街一家韩国料理店做了生手 Waiter，不久吉瑞也在他工作的餐馆"转正"做了 Waiter。

做 Waiter 薪水要比做 Busboy 高得多，但劳动强度也大得多。

吉瑞打工的那家餐馆，楼上楼下能同时容纳一百多人就餐，而 Waiter 只有四位。有时候第一批客人还没安排好，第二批客人就拥进来了，等安排好新进来的客人入座，厨房早已把第一批客人点的菜做好了。

在美国，餐馆出菜的速度可谓惊人，只要菜单一进厨房，“抓码”就会在眨眼工夫把每个菜的菜码配齐，“油锅”就会不停地把一个个菜码倒入翻滚的油锅或汤锅里，又一个个捞出来倒入炒锅中，“炒锅”只要不停地颠锅就行了。一般情况下，用油过的黑菜一分钟出一个，用汤过的白菜三分钟出一个。

做 Waiter 的和做厨房的，关系一般都处不好。做厨房的希望客人越少越好，因为厨房工人的工资是固定的；做 Waiter 的则希望客人越多越好，因为 Waiter 的月固定工资只有三四百元左右，其余都是靠小费，客人越多小费越多。做 Waiter 的都希望厨房出菜时，一波一波地来，这样可以根据客人的先后顺序提供服务，不会出现混乱；做厨房的，总喜欢把相同的菜一锅炒出来，这样既省时又省力，才不管 Waiter 出菜时乱不乱呢。所以，厨房与餐厅经常发生“冷战”就不足为奇了。

刚做 Waiter 的时候，吉瑞非常紧张，可是越紧张越出事。有一次，有位客人要了一份少味、多汁、多辣、不要香菇的左鸡，由于附加条件太多，吉瑞一时没有记全，做出来的左鸡又加了香菇，客人一看就不高兴了，吉瑞只好满脸堆笑一个劲地道歉，并表示立即让厨房给重新做一个。

吉瑞回到厨房一说，厨房的师傅们不干了:“你说得倒轻巧，说换就换了！你知道一个左鸡连炸带炒要费多少工夫吗？”吉瑞连哀告带求饶，并表示下次不会再犯同样的错误后，厨房的师傅们才肯帮忙给重新做一个。

吉瑞做 Waiter 没多久，厨房跟餐厅就爆发了一场“世界大战”。

“战争”是由来自西班牙的 Waiter 班长詹尼与厨房大师傅挑起的，接着前后双方力量都投入了“战斗”。吉瑞觉着自己是新来的，既不敢帮前面的 Waiter，又不能帮厨房的师傅，没办法，只好来了个三十六计走为上，躲进厕所就是不出来。事后，Waiter 骂他是“缩头乌龟”，厨房的师傅说他是“厕所里的苍蝇”。

四个 Waiter 中，吉瑞与吴宏关系最好，不仅是因为他俩在国内都受过高等教育，而且又同来自中国北方，经历、性格、生活习惯有很多相似之处。相处一段时间后，两人到了无话不说的地步。

吴宏在美国餐馆做 Waiter 已有四年多了，是个“老江湖”，经验比较丰富。闲暇时，吴宏经常教吉瑞如何从客人的口袋里掏出更多的小费，在遇到厨房与餐厅发生“战争”时，如何应对等。“你不要惹詹尼，他可能是‘铁拳帮’（纽约一较大黑帮派）的人，因为有一次洗澡时，我看见他后背上有一个‘拳头’的标志。”吴宏提醒吉瑞。

吉瑞小心地做着 Waiter，生怕一不小心惹恼了谁。他清楚地明白，自己初到美国，对生活在美国的各类不同肤色人的特性、生活习俗知之甚少，加之向来做事谨慎，所以大家都没有太好意思为难他。

五

星期天休息的时候，吉瑞约大卫一起去看张萍。

张萍的家比吉瑞跟大卫现在的住处大不了多少，三十多平方米的房间，一张双人床几乎占据了一半的空间。

一进房门，吉瑞和大卫就看到墙上挂着张萍和一位小伙子的合影，吉瑞一眼就认出照片上的小伙子就是上次回刘明那里搬东西时开车的司机。

“婶，您又结婚了？您看，您有喜事也不通知我俩一声，我们也好过来一起凑凑热闹！”大卫有些不自然地说。

张萍苦笑了一声，说："什么喜事？全是假的！你俩也不是外人，我也没必要瞒着你俩。我们只是法律上的夫妻，不是真正的夫妻，是各取所需。对他来说，跟我结婚，无非是想取得美国合法居留权；对我来说，我得生活，我需要钱。只要我们得到各自需要的东西，我们就行同路人，谁会管谁？"

张萍喝了一口茶，接着说："你俩来美国也有七八个月了，美国是一个什么样的社会，你俩也应该了解了。在美国没有钱不成，特别像我这样四十多岁、身体又不是太好的人，没有点积蓄，老了谁会管我？"

"在美国，钱可真是个好东西，只要有了钱，什么都可以办，什么都可能办成。"张萍像是自言自语，又像是对大卫和吉瑞说。

此时，吉瑞突然想起了莎士比亚在《雅典底泰门》中对金钱的描述：金子，贵重的、闪光的、黄澄澄的金子，不，是神哟！我不是徒然地向它祈祷，它可以使黑的变成白的，丑的变成美的，邪恶变成善良，衰老变成少年，怯懦变成英勇，卑贱变成崇高。它能把祭司诱离神坛，从将要康复的病人头下撤去枕头。这金光闪闪的奴才，可以束紧或松懈神圣纽带；给该诅咒的东西祝福；使癞病变成可爱，使偷窃变成光彩；让盗贼高居元老院，声势煊赫，受人跪拜；使那疮口流着毒脓被人厌恶地赶出病院的女人，恢复三月香花一般的青春……

"真是入木三分啊，多么符合美国社会啊！"吉瑞顿时感到了莎翁的伟大。

星期天过后，吉瑞和大卫又各自回餐馆上班，隔一两周聚到一起，交流一下各自的见闻，发泄几周来积压的愤懑。吉瑞渐渐发现，大卫变了，变得说话语无伦次，变得花钱大手大脚。

大卫家庭条件较好，父母都是吃"皇粮"的国家干部，每月的离休金两个老人花着绰绰有余，根本不需要大卫的钱。吉瑞跟大卫可就没得比了，父母在农村，妻子的单位效益不好，孩子不到一岁，花钱的地方多，每月的工资，除留下房租费、电话费和五十块零花钱外，剩余的钱，吉瑞都通过中国银行纽约分行邮寄回了国内。

大卫自己挣钱自己花，可每月的钱都花不到月底。为此，吉瑞经常劝大卫花钱一定要节制，千万不能大手大脚，每分钱都是汗珠子摔八瓣挣来的，不容易。可大卫总是显得不耐烦:“挣钱干什么？挣钱不就是花的？都不消费，社会就不进步了！你看跟我一起打工的阿宋,那才叫潇洒呢,腰里别着两个‘大哥大’，玩过的女人足够两个加强排了，工友们都叫他‘宋太岁’。”

有一次，大卫问吉瑞钱寄回家了没有，吉瑞问他干什么，他说没寄回去的话，临时先借用他一下。

“不是刚发了工资没几天吗？这么快就没了？你不会有什么事瞒着我吧？”吉瑞满脸疑惑地问。

“能有什么事？上周闷得无聊，去了趟‘大西洋’，全输进去了！”大卫解释说。

“那地方我劝你最好少去，那不是咱们这些人该去的地方！”吉瑞说。

“不会的。玩几次也就没瘾了。运气好的话,这辈子可能也就不用受苦了。”大卫说。

虽然吉瑞劝大卫不要染上赌博的毛病，但他自己有时候也忍不住在宿舍里跟工友们玩上几把，以打发漫长的夜晚，可玩过之后，更觉无聊，心中更加烦闷。工友们都说，刚到美国的人都是这样，时间一长，头脑麻木了，也就好了。吉瑞天天盼着头脑麻木，可好像一直达不到工友们所说的“麻木”程度。

每周一天的休息日终于又到了。星期天晚上一下班，吉瑞就揣着老板刚发的四百美元固定工资和一个月赚到的小费，坐上了回纽约的火车，想着第二天一早就把钱寄回大陆，因为妻子来信说，她们厂实行股份制改革，每个职工必须入股三万元，到期交不上钱的话，就算是个人自动辞职。

吉瑞坐在返回纽约的火车上，把身上的美元一遍又一遍地换算成人民币，算来算去，还是凑不足妻子需要的入股费。他想见到大卫时，看看能不能让他帮忙给凑上点。

到达纽约的时候，已是子夜一点多钟了，由于事故原因，比正点晚了两个多小时。

下了火车，吉瑞才想起，走时忘记告诉大卫这周要回来了，因为上周从纽约回华盛顿时，他告诉大卫说这周不回来了。要不是妻子单位急着要交入股费，我才懒得回来呢！吉瑞心想。

给大卫这小子一点惊喜！吉瑞一边想着，一边悄悄打开了房门，可眼前的一幕吓了吉瑞一跳。赤身裸体的大卫和玛莉看到吉瑞进来，惊恐地从床上弹跳起来，慌乱地找着各自的衣服。

“你不是说这周不回来了吗？”大卫一边穿衣服，一边红着脸问。

“我出去一下，你俩抓紧收拾收拾。”吉瑞说着，快速退出了房间。

玛莉低着头走出大卫跟吉瑞的房间，急匆匆地跑进了自己的房间。

“怎么回事？很长时间了？”吉瑞盯着大卫问。

“也没多长时间，也就一两个月。”大卫低着头回答道。

在吉瑞的一再追问下，大卫说出了事情的经过。

吉瑞去华盛顿打工时，大卫的胳膊还没有痊愈，留在家里养伤，而隔壁的玛莉也因为身体不好，在家歇着，一来二往，两人就熟悉了。

玛莉的黑人丈夫长年在外跑推销，一年四季在家住不了几天。更为糟糕的是，玛莉的丈夫虽看起来人高马大，但身体不行，根本满足不了年轻的玛莉。人生漫漫，长夜难熬，两颗孤独的心在期待中贴到了一起，如同两个孤独的人，黑夜中偶遇在了一条悠长的小路上。

“她说，我让她尝到了人生的乐趣，而她又让我充满了生活的信心！”大卫有些动情地说。

“你就不怕让她男人知道？这可是在人家的地盘上！”吉瑞提醒大卫说。

“我也知道这样下去不行，可我控制不了自己。空虚无聊的日子如何打发？”大卫长叹了一口气，继续说道，“你在华盛顿，晚上回来连个说话的伴都没有。前一周，玛莉的丈夫回来的那几天，我就觉着日子长寂难耐。我控制不住自己，就去楼上找过那几个女人。”

“怎么，你连楼上那几个女孩也勾上了？”吉瑞感到事情有点严重了。

“楼上那几个女人也不是什么好鸟，都是做皮肉生意的，难道你没注意到天天有陌生的面孔进进出出吗？他妈的，跟他们玩真不合算，一次就要一百块钱，合人民币得多少钱？”大卫有些心疼地说。

“大卫，下周有空的话，我建议你出去找一找有没有再便宜些的房子。我基本上不回来住，你一个人住二十多平方米的房子确实有些大。”吉瑞担心大卫继续住在这里，会卷入更深的感情旋涡。

“每月才三百块钱，上哪找比这更便宜的房子？”大卫看了看吉瑞，继续说道，“你不就是害怕我和玛莉的事情败露吗？我注意点就是了。”

星期一回到餐馆，吉瑞看到有三四辆警车停在餐馆门口，有两个警察正在跟老板说着什么，问旁边的吴宏，才知道詹尼被警察抓走了，因为他参与了两起“铁拳帮”绑架事件，并将一个人打伤致死。

晚上收工回宿舍后，吉瑞抓紧洗了个澡，坐在电视机前等着看十一点开始的华语节目。

华语节目是吉瑞每晚必看的，只可惜时间太短，只有一个小时的时间，只有到了礼拜六晚上，才能多看一个小时。对华语节目，那些“老美国”们都没有多大兴趣，好像国内发生的一切与他们没有丝毫关系似的。

晚上的节目是“第一届外国人唱中国歌曲大奖赛”。当一个黑人留学生用不是很纯正的普通话唱起《九月九的酒》时，吉瑞再也控制不住自己了。

走、走、走、走、走啊走，走到九月九，他乡没有烈酒，没有问候;走、走、走、走、走啊走，走到九月九，家中才有自由，才有九月九……回去、回去，一个声音仿佛飘荡在吉瑞的耳际。

有一天，大卫打电话到吉瑞上班的餐馆，告诉吉瑞说昨天警察突袭了他们住的那座小楼，把楼上正在“做生意”的几个女人抓走了。

吉瑞问，警察抓她们干什么？干那事在美国不是不违法吗？

“可能是她们没有办营业执照，或者是没有按时缴税。”大卫说。

“不对呀！缴不缴税是税务局的事，与警察局有什么关系？”吉瑞不解地问。

“那我就不清楚了！这个星期天你回来一趟吧！这几天我老是感觉不舒服，浑身没力气，还有点发烧。”大卫说。

“感觉不舒服有多少天了？有没有发现身体某个部位有什么明显地变化？”吉瑞关切地问。

停顿了一会儿，大卫说他感觉下边不太舒服，老是发痒，还有点红，他怀疑自己是不是得了那种病。

吉瑞明白大卫说的“那种病”指的是艾滋病，就故意吓唬他说:“那可没准，症状跟你说得差不多，听说在美国携这种病毒的人不在少数。谁让你那东西不安分的？”吉瑞说完，自己捂着嘴笑了。

听了吉瑞的话，大卫更加紧张了，一个劲地央求吉瑞星期天一定回去陪他看医生。

早晨刚六点多，大卫就迫不及待地喊吉瑞起床。吉瑞看了一眼表，又翻身去睡，嘴里嘟囔着:“让我再睡一会儿，晚去一会儿，那东西烂不了！”

到达唐人街的时候，还不到八点半，诊所还没有开门。“天不亮你就像催命鬼似的，来这么早干吗？”吉瑞一边打着哈欠，一边埋怨着大卫。

诊断结果出来了，大卫得的是梅毒，好在还是初期。

“按说明书上说的，定时吃药，定时清洗，下周再过来复诊一次。”医生一边收钱，一边嘱咐大卫。

回家的路上，大卫哭丧着脸不愿意说话。吉瑞抬头看了看大卫，也低下头静静地往前走着，两个人就这样默默地走出了唐人街。

进入腊月的第二个星期天，美国东部地区下了一场罕见的大雪。大雪从下午三点开始，鹅毛般的大雪，从灰蒙蒙的天空中纷纷飘落下来。吉瑞想趁大雪还没封门时返回餐馆，以免误了工。

“这么大的雪花，肯定下不大，明天走也误不了你回餐馆赚大钱的！”大卫不无讽刺地说。

吉瑞其实很想回餐馆，自从上次大卫查出得了那病以后，吉瑞心里老是膈膈应应的，一直担心自己也被大卫传染上，越想下边痒得越厉害，虽然到医院检查后没事，但一直不放心，所以回纽约间隔的时间越来越长。大卫嘴上虽然不说，但心里知道吉瑞是怎么想的，所以说话时经常流露出对吉瑞的不满和嘲讽。

估计下不了多时、下不了多大的雪，铺天盖地下了整整一夜，天亮时好像也没有停下来的意思。据气象部门报道，这场持续了近二十个小时的大雪，覆盖了美国十多个州，是一九四二年以来下得最大的一场，平均厚度达六十多厘米，纽约更是接近七十厘米。

吉瑞打电话到火车站，询问去华盛顿方向的火车是否正常运行。火车站的工作人员说，由于道路积雪太厚，一时难以清理，纽约发往全国各地的车辆，两天内全部停运。往餐馆打了十多个电话，一直没人接听，吉瑞估计餐馆也关门停业了。

挂断电话，吉瑞又放心地钻进被窝里。

九点多钟的时候，外面陆续热闹起来：哈欠声、洗刷声、吵闹声、做饭吃饭声交织在一起。当外面重新归于安寂时，吉瑞和大卫起了床。洗刷完毕后，两人穿上厚厚的衣服出了门，因为冰箱里除了几片面包和几个生鸡蛋以外，没有其他能吃的东西了。没办法，只好到附近转一转，看看周围的商店还有没有开门的。

附近的几家小商店都已关门歇业，只有一家韩国人开的店还正常营业。商店内进进出出的人很多，每个从里面出来的人，都是大包小包的。看样子大家都害怕天气进一步恶化，想多储存一些能吃的东西。

面包、大米、黄油……吉瑞和大卫一次买了四五袋，估计两人吃个三天五日的没问题。

吉瑞和大卫一边说笑着，一边提着东西往门外走。刚走到商店门口，吉瑞脚下一滑，重重地摔倒在地上，手中的方便袋扔出两米多远，大米、蔬菜撒了一地。

大卫急忙放下手中的东西上前搀扶吉瑞，有两个老外也过来帮着收拾撒落在地上的东西，其中一个老外也差点摔了一跤。

"哇，血！先生，你头上出血了！"一个老外惊呼道。

吉瑞用手一摸后脑勺，头发被血湿了一大片。这时，商店里一个四十多岁的售货员拿着一块纱布走了过来，看样子是老板娘。她一边帮吉瑞包扎伤口，一边告诫吉瑞："先生，快回家吧，不要再在外面乱跑了，否则可能对您的身体不利！"吉瑞感激地看了看她，就一手捂着头，一手提着方便袋走出了商店。

吃过早饭，吉瑞感觉头痛得更厉害了，吃了几片药，头痛虽然减轻了，但瞌睡得更厉害了。

大卫问吉瑞感觉怎么样，吉瑞说应该没什么问题，睡一会儿估计就好了。

当吉瑞一觉醒来，已是下午四点多钟了，大卫没在房间，估计又到隔壁玛莉那里去了，因为玛莉的丈夫已经很长时间没有回来了。

自从吉瑞劝大卫少跟玛莉来往、以免惹火烧身后，大卫也着实控制了一阵子，可自从病好了以后，又不安分起来，隔三岔五到隔壁行使丈夫才有的权利和义务。

听到吉瑞起床的声音，大卫跑了过来，玛莉也跟着走进来。

“哇，伤得不轻啊！”玛莉用手抚着吉瑞的后脑勺关心地问，“怎么样？痛得厉害吗？”

吉瑞说，还行，谢谢你过来看我！

“都是朋友了，你还跟我客气！”玛莉说。

“刚摔倒的时候有没有人在场？”玛莉问。

“有啊，当时有很多人都在那里买东西。你问这个干什么？”大卫看了看玛莉，又看了看吉瑞。

“你俩没有请他们给留下个姓名什么的？这样你们就可以有足够的证据去告他们，以寻求适当的补偿呀！”玛莉说。

“是我们自己摔倒的,又不是别人推倒的,告谁去呀？”吉瑞不解地问玛莉。

“告商场呀！在商场里摔倒的，不管谁的原因，商场都是要负责任的。”玛莉说。

按照玛莉的说法，在美国的公众场所，如果发生意外，致使客人身体受到伤残或精神受到伤害，商家都要承担受害者一定的经济补偿和精神补偿。

看大卫和吉瑞懵懵懂懂不明白的样子，玛莉就跟他俩详细解释说，虽然积雪不是那家韩国商店造成的，但他们在雪后没有采取必要的预防措施，或预防措施不到位，致使吉瑞摔倒受伤，所以韩国商店应该给予吉瑞一定的经济补偿。

“怪不得吉瑞摔倒时，商场的那个老娘们儿一个劲地催促我们快回家呢，原来她是怕我们向他们索赔呀！”听了玛莉的解释，大卫才恍然大悟。

“是啊，要是我们知道美国还有这样的法律的话，我就躺在那里不起来了，说不定还能发笔小财呢！”吉瑞自我调侃道。

说归说，吉瑞不得不承认，初到美国的人，确实需要多了解一些美国的法律法规，增加一点自我保护意识，否则的话，肯定会吃很多哑巴亏。

纽约开往全国各地的车终于开通了，吉瑞收拾好自己的背包准备返回餐馆上班。大卫劝吉瑞，说他的头还没有完全恢复好，最好先别急着上班，应该请假在家再休息几天。

吉瑞说还是回餐馆上班吧，在家休息了几天，他感觉比上班时还要累，浑身疼得像散了架似的，况且请假的话老板未必能准许，因为他打工的那家餐馆生意好得不得了，现有的打工仔都去上班有时还忙不过来，何况每天都有轮流歇班的，他估计自己请假，老板多半不会批准。

吉瑞让大卫帮他把头上的纱布取下来，在伤口处敷了些从国内带过来的云南白药，随后，背上背包就返回了餐馆。

六

一年一度的中国农历年终于到了。那年是“小进年”，除夕是腊月二十九，正好是星期天，所以星期六晚上一收工，吉瑞就急着赶回了纽约。

按照吉瑞农村老家的规矩，除夕那天早晨，家中的大人、小孩要早早起床“接年”，据说年接得越早，来年就事事早、样样好。

所谓“接年”，无非是在自家院子里放放鞭炮，给保佑了一家人一年平安的各路神灵烧烧纸钱，有的还在院子里撒点芝麻秸子，希望来年的生活如芝麻开花节节高。

在美国是不会有人行这样的“接年”仪式的，即使刚来美国的华人家庭。除夕那天，如果不是碰巧遇上休息日，老板们是不会因为你是华人，有过春节的习俗，就破例给你几天年假、让你在过节期间能够与家人团聚。在美国，春节对绝大多数华人来讲只是个“念想”了，到美国的时间越久，“念想”就会越淡。只有初到美国的人，心中还搁置不下过年的情结。

吉瑞和大卫第一次不在家过年。腊月二十九那天晚上，两人一夜没睡着，真真切切体会到“每逢佳节倍思亲”的感受。

吉瑞心情比大卫好一些。春节前，妻子来信说，她单位效益不好，腊月十五单位就放假了，一放假她就带着孩子回父母那里去了。“有她娘俩在，估计老人的心情不会坏到那里去！”吉瑞看完妻子的来信后，自己静静地想。

大卫没有结婚，没有老婆孩子弥补他不在家跟老人一起过春节的缺憾。前些日子，他哥来信说，母亲最近身体很不好，家里人都希望他春节期间能回家看看。

“操！手里一个鸡巴钱没有，飞回去？”大卫满口脏话地说。

没来美国前，大卫说话还是很斯文的，不知咋的，到了“文明国家”后，他说话反而越来越不文明了。

吉瑞知道大卫心情不好，就劝他不要考虑得太多，既然那么想不开，当初为什么非得来美国不可呢？大卫躺在床上，一晚上没吭声。

大年除夕，吉瑞跟大卫早早地起了床，没放鞭炮，没撒芝麻秸子，也没有给平安神们烧纸钱，他们唯一能做的，就是面向东方，默默地替远方的亲人们祈祷，祝他们在新的一年里，顺顺利利，健健康康。

“吉瑞，今天咱们去唐人街吧，那里华人多，说不定还能找到一点过年的感觉。”大卫跟吉瑞商量。

“当初你不是说你就不愿意去华人多的地方吗？怎么，过年了，又觉得华人多的地方好了？”吉瑞装出一副很严肃的样子问。

“操！此一时彼一时，谁知道老美连个像样的节日都没有呢？”大卫涨红脸，争辩道。

“谁说人家没有像样的节日？感恩节、圣诞节、情人节……人家的节日可比咱们的节日多多了，也强多了！”吉瑞故意拿话刺激大卫。

“那都是些什么鸟节？十个节日加起来，也赶不上咱们中国的一个春节！”大卫不服气地说。

大卫和吉瑞顾不上吃早餐，一边争辩着，一边直奔唐人街。

虽然春节来临了，但美国唐人街这个海外华人最聚集的地区，却丝毫看不出中国新年喜庆的味道。当吉瑞和大卫把纽约“中国城”大大小小三十多条街道几乎转了个遍的时候，路上的行人才渐渐多起来，他们行色匆匆，丝毫没有过年的喜悦，虽然偶然听到一两句熟人之间“新年好”的问候，但总感觉缺少什么。

看着一张张充满年轮和抑郁的面孔，吉瑞禁不住又胡思乱想起来：如果他们还生活在国内的话，他们可能还不会是现在这个样子。也许他们正兴高采烈地在自家门口贴着对联；或者坐在自家或亲戚朋友家的炕头上，回味着即将过去的一年，畅想着充满希望的来年；也许……吉瑞又一次为自己的头脑还没有变得“麻木”而感到悲哀。

大卫和吉瑞从这家店铺出来，又进了那家店铺，该买的不该买的都买了。这时，大卫忽然想起一样最该买的东西还没有买——水饺。

水饺是除夕夜每个中国家庭必备的食品，不仅是团圆的象征，也是富贵的象征。

大卫和吉瑞买好了两包速冻水饺，又逛了几家商店，感觉再没有什么可买的了，就坐上了回家的地铁。

回到住处打开包一看，两包速冻水饺全部化了，变成两个大面团。“没法吃了，趁早扔掉算了！”大卫说。

“放到冰箱里再冻一冻，或许还能一个个分开。”吉瑞有些不死心。

除夕晚上，吉瑞和大卫一起动手，做了八个菜，又把两个“大面团”煮到锅里。

玛莉的丈夫不是中国人，对中国春节不感兴趣，春节这天没有从外地赶回来。吉瑞犹豫再三，还是让大卫把玛莉叫了过来。

身在异地为异客，每逢佳节倍思亲。每个人思乡、思亲之情不言而喻，但大家好像事先商量过似的，都装成若无其事很开心的样子，谁也不愿意首先破坏大家试图营造的、只有在老家才能找到的那种欢乐祥和的气氛。

玛莉说：“我来美国八年了。八年来，从没正儿八经过过一个春节，能在异国他乡过上这么一个开心快乐的春节，是我多年来的梦想。真是太谢谢你们了！”

“玛莉，说‘谢谢’的应该是我们。我和大卫初到美国，人生地不熟，是你给了我们很大的帮助。无论我们走到哪里，都不会忘记这份情谊、这份感恩的，不会忘记我们曾经相处的日子！”吉瑞说。

“过年了，你不准备说两句？”吉瑞用手捅了捅大卫，提醒道。

大卫端起酒杯，动情地说：“玛莉、吉瑞，来美国后，你们俩给我的关心和爱护，我是无法用语言来表达的，如果没有你们，我不知道如何消除初来美国时的孤独、彷徨和孤寂，在新春佳节到来之际，我敬你俩一杯，祝你们在新的一年里一切顺利！”

吉瑞站起来，按了按大卫的肩膀，笑着说："我看大家都别客气了。同是天涯沦落人，相逢何必曾相识。客气大了，就显得生分了。"

吉瑞顿了顿，接着说："今天是我们炎黄子孙共同的节日，是一年中最值得庆贺的日子。我提议，今晚我们忘掉一切忧愁与烦恼，开怀畅饮，尽情歌唱！"

大卫唱完一首《阿里山的姑娘》后，玛莉一连唱了两首歌，一首是童安格的《其实你不懂我的心》，另一首是邓丽君的《问故乡》。两人唱完后，非要吉瑞也唱一首。吉瑞知道自己天生五音不全，只好讲了一个故事，算是完成了任务。

吉瑞、大卫和玛莉一直喝到深夜两点多钟，才各回各的房间休息。

大年初一，吉瑞和大卫跟往常一样返回各自的餐馆上班。工友们见面后，相互之间说了声"新年好"算是拜了年。这时，老板和老板娘高高兴兴地走进厨房，给每个伙计发了一个红包，大家道谢后，愉快地接受了。

老板和老板娘走出厨房后，二厨笑嘻嘻地凑过来，问吉瑞老板给了他多少红包。

吉瑞说，不知道，还没顾上看呢！

"拆开看看嘛！看看有多少嘛！"二厨催促吉瑞尽快打开红包看看。

吉瑞心想看看也无所谓，就当着二厨的面把红包拆开了。

二厨看到吉瑞从红包里抽出一百五十美元，立刻就火了："他妈了 ×，真他妈属狗 ×，只进，不出！我们辛辛苦苦为他卖了一年的命，到头来才给这么点红包……"

原来老板给二厨的红包跟给吉瑞的红包完全一样，都是一百五十元。二厨认为，自己来店里工作一年多了，红包跟来店工作只有几个月的吉瑞一样，在他看来，这是天大的不公平。二厨一开骂，抓码和另一个 Waiter 也跟着骂了起来，吓得吉瑞心怦怦直跳，躲在一边的角落里，眼瞅着厨房外面，生怕老板听见了，进来找自己的麻烦。

这时，吴宏走进厨房，把吉瑞叫到一边，批评道："你有病啊！红包给他们看什么？一百多块钱，有什么可显摆的？"

吉瑞眼泪都快急出来了，求救似的看着吴宏，愤愤地说："我以前没遇到过这种事情，哪想到会是这样的！二师傅也真是的，给不给红包、给多少红包，是人家老板的事情，就是一分钱不给你，你又能怎么样？他来得早，就说明他干得比我好？给的红包就应该比我多？"

吴宏说，不管怎么样，这事要是传到老板耳朵里，终归对你不好，人家会认为你在挑事。你初到美国，事情遇得少，这很正常，以后再遇到这种事情一定要多动动脑子。那些人脑子都不正常！

发红包后很多天，二厨等人都懒得与吉瑞说话，好像是吉瑞少发给他们红包似的。

转眼到了春暖花开的季节，二厨和抓码离开了那家餐馆，可能他们还对红包之事耿耿于怀。洗碗的"阿米沟"（墨西哥人），因为手脚太慢，被老板炒了鱿鱼，吴宏因病辞了工，据说他得了肝炎。新进店的几个人，除了一个是哥斯达黎加人外，其余几个都是从国内偷渡来美国的。

二厨一进餐馆就跟大厨关系没处理好。大厨自恃进店早，手里又有绿卡，压根儿就瞧不起二厨等偷渡客。二厨自认为技术不比大厨差，工资却比大厨少两百多美元，心里就有些别别扭扭，干活的时候，总是有意地把速度放慢，他越慢炒，大厨越生气，索性赌气地把炒锅翻得飞快。

有一个周五的晚上，餐馆的生意非常好，菜单接二连三地送进了厨房，可二厨还是不急不躁地翻着炒锅。大厨连瞪了他几眼，并把炒锅摔得叭叭响，可二厨就是佯装看不见。

Waiter麦克气呼呼地跑进厨房，问："大师傅，怎么搞的？我的几个菜怎么这么长时间还没有出来？客人都已经等不及了！"

不问则以，一催大厨的火气腾地就上来了："你问我，我问谁去！跟一个半死不活的人一起炒，能快得了吗？"

二厨一听这话，把炒锅往火炉上一摔，大声骂道："他妈的！你骂谁？"

"我就是骂你这个混蛋王八蛋！"大厨一边骂着，一边操起一把铁勺子，朝二厨的脑门子咂去。二厨头一偏，躲了过去，顺手也抓起油锅里的一把大勺子，朝大厨脸上抡过去，只听大厨"啊"的一声，脸上烙出了一个大红圆印子，脸皮都被热勺子粘去了。工友们一拥而上，才把两人分开。

第二天，大厨没去餐馆上班，据说是回唐人街看医生去了。

第三天下午，警察和美国移民局的人包围了吉瑞所在的餐馆，并把餐馆老板和店里的五个非法移民全部带走了。一下子少了五六个人，餐馆的生意无法做下去，晚上只好关门歇业。

过了一天，老板满脸沮丧地从移民局回到餐馆，一进门就大骂大厨不仁不义："我待他够好的了，他怎么能背后捅我刀子呢！"

二厨等五个非法移民，因大厨告发被移民局抓走了，餐馆老板也因雇用非法移民，被罚款四万美元。老板受到惊吓后病倒了。偌大的餐馆，老板娘自己张罗不过来，加上五六个人一时请不到，只好以"内部装修，暂停营业"为由，关门歇业。工友们只好各自回家，等餐馆重新开业的消息。

七

回到纽约的当天，大卫就主动跟吉瑞商量尽快换租的问题，原来玛莉的丈夫知道他跟玛莉的事情了，有天晚上还把他俩堵在房间里。

吉瑞问当时的情景，大卫说当时只顾害怕了，没敢正眼看对方，也没听到对方说什么。

“他没对玛莉怎么样吧？”吉瑞问。

“回到咱俩房间后，我一晚上没睡着，耳朵贴在墙上想听听那边有什么动静，可什么也没听到。不过第二天听玛莉说，那天晚上，她那个黑鬼丈夫曾恶狠狠地告诫她，要让我俩为此付出沉重代价的！我担心他报复我！”大卫惊恐地说。

吉瑞看了看大卫，深深叹了一口气，埋怨道：“跟你说过多少次了，少跟玛莉来往，你就是不听！事已至此，你也别太紧张，他未必会对你怎么样。美国人对这种事应该不会像中国人那样在意的！”

话虽这样讲，但吉瑞心里其实也是十分害怕的。杀父之仇、夺妻之恨，这在中国是不可饶恕的，在美国也不可能一笑泯恩仇，即使美国人再大度、心胸再开阔，这可是有关尊严啊！当天，吉瑞就拉着大卫在外面跑了一天，寻找有没有适合他们租住的房子。

最近这两天，大卫的下部又出现了跟上次一样的症状：肤色红肿、瘙痒无比。

“自从上次治好了以后，我就没在外面玩过，只跟玛莉有过几次，怎么可能又犯了呢？”大卫有些纳闷地说。

“会不会是玛莉传染给你的？”吉瑞问。

“对了，我好像听玛莉提到过，说她那个黑鬼丈夫也经常在外面胡搞，会不会是他传染给玛莉，玛莉又传染给我了呢？”听吉瑞这么一问，大卫好像有所醒悟。

“有可能！玛莉的丈夫不是说早知道你俩之间的事，并且说要让你们为此付出代价吗？他说的代价会不会指的就是这个？”吉瑞在问的时候，感觉自己那里也有些不对劲，担心是不是也被大卫传染了。

大卫说：“如果明天遇到玛莉的话，我提一下这事，看看她有没有反应。”

连续两天，没有见到玛莉的影子，吉瑞替玛莉担心起来。

第三天，一辆大卡车停在了吉瑞和大卫住的那座小楼前，玛莉的丈夫带着几个人，把他家的东西装上车拉走了，后来听说他们全家搬到了弗吉尼亚州。为此，吉瑞一连好几天都拿这事调侃大卫，说他太厉害了，来美国不过一年，连黑人都怕他、躲避他了，要是在美国住上十年八载，克林顿也得马上下台，把总统的位子让给他。

大卫听了，苦笑着直摇头，一句话也没说。吉瑞猜测他可能觉着对不起人家，或者是对玛莉动了真感情。

在家等了六七天，也没有听到餐馆复工的消息，吉瑞找出电话号码本，给麦克打了一个电话。

“怎么，你还在家里傻等着呀？那家餐馆开不了了！快别在家里傻等了！”对吉瑞的死心眼儿，麦克感到十分不理解。

听麦克说，餐馆出事以后，老板又气又恨，加上心疼罚款，病倒就起不来了，到医院一检查：癌症，晚期！

吉瑞将信将疑，心想，虽说老板一直身体不是太好，但不至于那么点惊吓就起不来了，是不是麦克在耍我？

吉瑞又往“油锅”家里打了电话，“油锅”的老婆说她先生上班去了，吉瑞问她到哪上班去，是不是还是华盛顿那家餐馆。“油锅”的老婆说，她先生原先上班的那家餐馆已经卖给别的老板了，听说正在装修，这个月是开不了业了，她先生是到另一家餐馆做“油锅”去了。这一次，吉瑞彻底相信麦克说的话了。

几天后，吉瑞在布鲁克林一家中餐馆又找了一份工作，上下班要坐一个小时的地铁。

早晨上班的时候，地铁里往往连个站的地方都没有，但晚上下班的时候，乘客就没有那么多了，过了曼哈顿九十六街后，人就下得差不多了，有几次，偌大的一节车厢里只有吉瑞一个人。“每天晚上，我几乎都是坐专列回家的！”吉瑞经常跟大卫这样调侃。

有个星期六的晚上，吉瑞坐上地铁后就迷迷糊糊地睡着了。睡得正香的时候，他感觉腿被踢了一下，睁眼一看，一把明晃晃的刀子抵住了自己的脖子。一个满脸络腮胡子的家伙，两眼死死盯着惊恐万状的吉瑞，另一只手做着数钱的动作，嘴里不停地说道：“Money！ Money！”

吉瑞惊恐地朝四周望了望，车厢里空荡荡的，除了他跟“络腮胡子”，别无他人。

吉瑞十分不情愿地把口袋里的钱掏出来交到“络腮胡子”的手上，大约两百多美元。把钱交出来后，车也到达了一个站口，车门开启的一刹那，“络腮胡子”用刀在吉瑞脸上划了一下，并一把将吉瑞推倒在地，飞快地冲出了车厢。当吉瑞大声呼救时，“络腮胡子”早已跑得无影无踪了。

地铁站里的巡警开车把吉瑞送到了附近的一家医院。医生在吉瑞脸上缝了十二针后，两个警察草草地询问了事情的经过，就用车把吉瑞送回了住处。临下车的时候，警察对吉瑞说：“回去好好等着吧，抓到了那家伙，我们会通知你的！”

回到住处已是子夜一点多钟了，大卫还没有睡，正在焦急地等着吉瑞回来。

看到满脸绷带的吉瑞，大卫吓了一跳，问他怎么回事。吉瑞满怀沮丧地说："别提了，既破财，又遭灾，真他妈的倒了八辈子血霉了！”

班是无法上了，伤痛难忍，无法坚持，就是能够坚持，餐馆的老板也不会让一个满脸缠着绷带的人在客人面前晃来晃去，那不把客人全晃光才怪呢！没办法，没上几天班，吉瑞只好又在家歇起来。

吉瑞赋闲在家后，大卫也打算不上班在家陪吉瑞几天，可吉瑞坚决不同意。

大卫说这些日子，他感觉全身乏力，特别那地方痛痒得让人受不，他想在家休息休息，顺便陪陪吉瑞。

“不上班，那地方就不疼不痒了？你上班的那家餐馆距诊所不远，你可以一边上班，一边治疗，比你在家闲闷着强。”吉瑞催促大卫抓紧去餐馆上班。

大卫上班走后，吉瑞也起了床，跟往常一样，先进浴室用硫黄香皂把全身彻底清洗了一遍。

对服药香皂的味道，吉瑞其实是十分讨厌的，但听说它对各类病菌有很强的杀伤力，所以，他每天坚持早晚用它清洗全身上下。不知是防范措施到位，还是服药香皂真的起了作用，反正吉瑞没染上那种病。

在吉瑞受伤的第五天，大卫很晚还没有回家。吉瑞不放心，把电话打到大卫工作的餐馆，没人接，知道餐馆早已打烊了。

“下班不回家，这家伙又到哪里去了？难道又找乐子去了！”吉瑞心里直犯嘀咕，可转念一想：不对呀！那病已经把他折磨得死去活来了，难道他还有心情去想那事？这么晚了，这家伙又能到哪里去了呢？难道也出事了？吉瑞越想越害怕，越害怕越难以入睡，在焦急和惶恐不安中度过了一夜。

第二天，吉瑞又打电话到大卫上班的餐馆，餐馆经理拖着长腔说："昨晚上一下班就走了，走时也没跟我们说什么。放心好了，不会有事啦，都是大人，还能有什么事！是不是到大西洋或其他地方玩去啦？”

虽然，吉瑞相信大卫不会连个招呼都不打就独自出去玩，但他还是希望情况就是那样。

连续两天没有大卫的消息，吉瑞开始意识到他可能真的出事了。吉瑞先到诊所把缝在脸上的线拆了，然后径直去了附近的一个警察局。

警官威斯和斯坦尼详细听取了吉瑞的叙述后，表示尽力帮助查找大卫的下落。

一周过去，仍然没有半点大卫的消息，急得吉瑞每隔一天就到警察局催询一遍，每次警官们都说：“放心吧，正在侦察中。”

大卫失踪的第十天，吉瑞一天内收到两封大卫家寄来的书信。吉瑞感到事情有些蹊跷，就拆开看了其中一封。

信是大卫的哥哥写来的，其中一段是这样写的：

母亲的病情日益严重，时而昏迷，时而清醒，清醒时看不到你在身边，就不住地伤心落泪；昏迷过去的时候，还大声喊着你的小名。我希望你收到信后，快速返回。切记！切记！

看后，吉瑞更加焦躁不安：如果大卫真的出了什么事，我如何跟他的家人交代呢？他的家人又如何看待我呢？

吉瑞天天幻想着某天大卫突然出现在眼前，或者忽然打来电话。一直等不到大卫的电话，吉瑞开始大骂美国警察是蠢猪、废物：都是他妈的二百五，人失踪了十多天了，连个信息都查不到！

到大卫失踪的第十六天，吉瑞正和衣躺在床上迷糊着，电话铃响了。吉瑞拿起电话，连喊了几声，却一点声音都没有。吉瑞大声喊道：“死人啊？说话呀！”电话那头传来“呜呜”的哭声。吉瑞一听是大卫，着急地问：“大卫，你在哪里？”大卫只是哭，就是不吭声。

“你他妈的十几天连个音信都没有，还有脸哭个鸟？”吉瑞气愤地骂道。

过了好大一会儿，大卫终于开口了：“我在巴士总站，你快来接我呀！”

“你等着，哪里也别去，我马上就过去！记住啦，哪儿也别去！”吉瑞一连重复了好几遍。

吉瑞到达巴士总站找到大卫时，简直不敢相信，面前的大卫还是不是那个同窗四年又一起在美国闯荡了十五个月的大卫：乱蓬蓬的头发又脏又长，满是灰尘污垢的脸上布满了伤痕，双颊深陷，衣服破烂不堪……

“谁把你弄成这个样子？”吉瑞咬牙切齿地问道。

“就是那个黑鬼王八蛋！”大卫说着，又“呜呜”地哭了起来。

“哪个黑鬼王八蛋？是玛莉家的那个黑鬼？”大卫朝吉瑞使劲地点了点。

“走，到警察局告他去！”吉瑞拉着大卫就要去他报案的那个警察局。

“到哪去找他呀？来回的路上他都把我的两眼捂得死死的，怎么去的，怎么来的，我都不知道！况且咱们也不知道那个黑鬼叫什么名字呀！”大卫哭着说。

看着大卫瑟瑟发抖的样子，吉瑞只能先带他回家。

到家后，吉瑞让大卫先洗了个澡，又帮他找出一套干净的衣服换上。当吉瑞提起大卫换下的那套破烂衣服往垃圾箱扔的时候，一股又腥又臭如同烂鱼肉的气味扑鼻而来，熏得他差点吐了。吉瑞明白那是皮肉溃烂的气味。

十六天，在人生的长河中仅是一瞬间，但对于大卫来说，他被带走的这十六天，可能比十六年还要漫长。十六天的非人生活，让大卫知道了什么叫生不如死，明白了平安是福的道理，清楚了人生最大的痛苦莫过于失去自由……

玛莉的丈夫和他的两个黑人朋友把大卫带走后，将他扔进了一个又潮又湿且没有光亮的地下室，先是用饥饿折磨他，然后又剥光大卫的衣服，把他绑在一根柱子上。玛莉的丈夫经常拿着一根橡皮三角带，狠狠地抽打大卫的下身，一边抽，一边骂道：“黄狗，我让你知道老子是干什么的！那些白狼都不能把我们怎么样，你一个刚到美国没几天的小子，竟敢欺负到老子的头上，我看你以后还长不长记性！”无论大卫怎么告饶，他都不肯停手，直到大卫昏死过去。

可怜的大卫被打得尿都不敢撒，一撒就钻心的疼，撒出来的都是血水。

“吉瑞，我想通了，美国不是咱待的地方，咱们还是回去吧！那黑鬼送我回来的时候，警告我，如果再看到我，就给我开‘天窗’，你快给我订机票送我走吧！”大卫一边哭着，一边哀求着。

吉瑞有些动情地说：“大卫，咱们是一起来美国的，要回咱俩也要一起回。明天我跟你去医院检查一下，如没有什么大碍，我就到航空公司订回国的机票。说实话，回家的念头，我春节前就有了，要不是碍于面子，我可能已经回到祖国了！”

桌子上的电话铃响了，吉瑞拿起电话一听，是大卫的哥哥打来的。他问吉瑞，王国豪在不在。吉瑞害怕大卫控制不住情绪，让家里人更加担心，就推说他跟一个客人出去谈生意了。

大卫的哥哥十分生气地说：“挣钱挣疯了！连个电话也不往家里打。他回来后，你告诉他，我妈去世了，临走时因为没看到他，眼睛都没闭上，让他回来给老人上五七坟！”说完，就气呼呼地把电话挂了。

看到吉瑞的脸色十分难看，大卫问刚才是谁打来的电话。吉瑞骗他说：“你不在的这几天，过去一起打工的一个朋友来我们这里住了几天，前几天刚搬走，家里出了点事。”大卫信以为真，也就没有多问。

诊断结果一出来，大卫和吉瑞都被吓了一跳。根据医生的诊断，由于大卫的生殖系统受到严重内伤，加之病毒大量侵入皮层内部，致使睾丸的生产能力受到严重破坏，可能终生丧失了生育能力。

听到诊断结果，大卫瘫坐在椅子上半天没有起来。

“大卫，不要想太多了，医生说只是一种可能，也未必！回家后，咱找一家好医院好好治疗治疗，我想功能还是完全可以恢复的。”听了医生的话，吉瑞大惊失色，但他还是极力装出一副平静的样子。

“马上订机票，立即回国，否则，很可能要出大问题！”一个个可怕念头在吉瑞的脑海中一闪而过。

吉瑞叮嘱大卫，在诊所休息会儿，他出去一趟，马上就回来。临出门的时候，吉瑞又反复叮嘱给大卫看病的医生，让他帮忙照看一下大卫，千万别让他离开诊所，他去去就回来。

吉瑞一路小跑来到附近的航空公司售票点，问最近几天有没有回中国的航班，售票小姐说第二天就有回北京的机票。吉瑞二话没说，掏出钱就订下了两张。

吉瑞拿着机票快步回到诊所，大卫还坐在那里发愣。

吉瑞小心翼翼地说：“大卫，你看，我也没跟你商量，就自作主张订好了回国的机票，是明天晚上十点五十分的。咱们一起回去吧，回去治好病后，如果你还愿意回来，我会再陪你一起来的！”

吉瑞把大卫带回家后，就开始做回国的准备：退房，收拾行李，跟朋友道别。临走的那天上午，吉瑞给张萍打了个电话，问她在国内有没有需要帮忙代办的事情，张萍一句“没事没事，回去也好，回去也好”连说了七八遍。

在候机室里等待了漫长的五小时后，机场的高音喇叭里终于传来了让旅客登机的提示。

吉瑞和大卫顺着飞机铉梯登上了即将起航的波音747。大卫低着头一直走进飞机的客舱，自始至终没回一下头。当吉瑞登上飞机最后一层梯子的时候，忍不住回过头来，最后看了一眼即将离开的这座曾经让自己无限神往的国际大都市，仿佛什么也没有看到，只看到灰蒙蒙的天空下，那摇曳昏暗的灯光和自己头上那处发着亮光的刀疤。

天又要下雨了！

（本文完稿于 1996 年，后载于《鸭绿江》）

毕业那年

一

文学院组织的毕业辅导报告会一结束，蒋方圆就迫不及待地拨通了室友孔德前的手机，问他是否已经将晚上一起聚餐的事情分别告诉陈富贵和宋哲了。孔德前说通知上午他就下了，但那俩家伙能不能准时赶到他有些说不准，因为陈富贵上午还在两百多公里以外的海东县老家，宋哲一早就离开市区去了外地，什么时候赶回来不清楚。孔德前故意逗蒋方圆说，一进入十一月份，各院系的文化课基本都结束了，大家都忙活着写论文、找工作去了，离校前的大半年时间里，各院系的毕业生基本上都处于“无政府”状态，老师的话都未必管用，何况他一个只有三个“下属”的舍长了，别看平时那俩家伙一口一个“总裁”地叫着，关键时候舍长的话有没有约束力，还真不好说。

“那俩家伙要是不按时赶回来，我非废了他们不可！饭店我都订好了，还交了一百块钱的订金，要是不去，订金可就打水漂了，那不是坑爹吗？”蒋方圆一边说着，一边掏出手机分别给陈富贵和宋哲打了电话。陈富贵说他一个半小时以前就从老家赶回来了，宋哲说他上午约他一个同学去看了一位老师，根本就没离开过市区，是孔德前故意逗他玩的。蒋方圆笑哈哈地说："这还没毕业呢，'总裁'的话就不听了？要是有一天一个个翅膀硬了，扑棱一声飞上了天，还真唤不回来了不成？"

蒋方圆、孔德前、陈富贵、宋哲四人同为303寝室的室友，同一年考取了北方大学的研究生，只不过四个人读得专业不同：蒋方圆读的是文学院文艺学专业，宋哲在行政学院读的是哲学，孔德前与陈富贵虽都是经济学院的研究生，但孔德前读的是西方经济学专业，陈富贵读的是世界经济专业。研二上学期快要结束的时候，陈富贵患上了急性肝炎，虽说送医院治疗一段时间后病很快就痊愈了，但学院本着对病人、对其他同学负责任的态度，准许陈富贵回海东县老家休学一年，所以陈富贵不像其他三位室友一样，面临着毕业写论文、找工作的问题。宋哲原来不是303寝室的，研一下学期，303室一名经济学院的研究生跟女朋友到外面租房子住去了，腾出一张床来，经同为西江市老乡孔德前介绍，并报学校后勤处负责学生工作的老师同意后，宋哲就从另一个寝室搬进了303寝室。

未搬入之前，宋哲就经常往来303室找孔德前玩，一来二往就跟蒋方圆、陈富贵熟悉了。宋哲搬进去的那天晚上，303室的"卧谈会"开得格外热烈，直到周围的几个寝室发出强烈抗议后，"卧谈会"才勉强结束。蒋方圆说："宋师兄搬进303室后，蒋宋孔陈'四大家族'的人就算到齐了。大家都知道，在四大家族中，蒋姓排在最前面，居四大家族之首，在四大家族中处于绝对领导地位。以后大家都不要客气了，该叫总统叫总统，该叫总裁叫总裁。我这人天生低调，叫总统总感觉有些张扬，再说中国大陆没有总统这个职务，我看以后大家都叫我蒋总裁吧！哈哈，哈哈哈……"

"总裁现在根本不叫个物。两个人合伙成立一个公司，注册资本金也就十万八万的，对外都称呼为总裁。听说省城允许放鞭炮的那一年春节，有人在自家楼前放了一个‘二踢脚’，本在天空中响的那一脚没在天空中响，掉到地上才响了，结果炸伤了三个人，其中两个是总裁，一个是副总裁。哈哈哈……”陈富贵不怀好意地笑着。

“我这个总裁可不是一般的总裁，是蒋总裁。一提起蒋总裁，谁不知道指的是蒋大总统呢？你小陈是学世界经济的，对中国文化缺乏了解，不像我们这些艺术圈里的，对中国历史、中华文化耳熟能详，尤其对历史人物、艺术形象了若指掌，愚钝一点、麻木一点也是可以原谅的。不知者不为怪嘛！”蒋方圆摇头晃脑的样子，真像是老师在教育一个顽劣不羁的学生。

“蒋总裁的官再大，也得管我们老孔家叫姐夫。老孔家娶的是宋家大小姐，老蒋家娶得是宋家老闺女，老少尊卑，这可是老祖宗定下的规矩。妹夫见了姐夫，不规规矩矩地能行吗？”孔德前一本正经地说。

“你们俩谁也别争了，老宋家的事情还是由老宋家的人自行了断吧！无论是你们孔家，还是你们蒋家，都只不过是我们老宋家的女婿，哪有女婿在老丈人门里指手画脚的？你们俩好好表现，将来如果表现好的话，兴许进了老宋家的门，能有个好脸子看，否则……”宋哲说了半截，故意卖起了关子。

“我是宋家的大姑爷，小舅子敢给姐夫甩脸子？当然了，大哥给妹夫甩甩脸子倒是可以的，也是理所应当的。你说对吧？总裁大人？”孔德前纠正道。

自从那晚“卧谈会”之后，每个人都有了一个绰号：蒋方圆绰号“总裁”，宋哲绰号“表弟”，孔家因为娶了宋氏四兄妹中最前面的一个，孔德前的名字又有一个“前”字，大家就给他起了个绰号叫“前夫”，“前夫”与“潜伏”谐音，“潜伏”又是“地下工作者”的代名词，所以大家都称呼孔德前为“潜伏”或者“地下工作者”。陈家与蒋宋孔三大家族没有亲戚关系，属于亲戚之外的人，所以其他三人一致同意称呼陈富贵为“外戚”。同寝室的四个人虽然性格不相同，但关系处得还算融洽:蒋方圆性格张扬，喜欢卖弄，常以“圈里人”自居。孔德前属于“闷骚型”，虽在室友面前也经常说出一些出人意料的话，但总体上属于性格内敛、做事谨慎、有些“认死理”那类人。宋哲的性格较为复杂多变，有时候刻板得像个“老夫子”，有时候又像电视剧《贫嘴张大民的幸福生活》里的张大民，还有时候又“假酸”得如同鲁迅笔下的孔乙己，让人有些受不了,动不动就“哲学上讲,某位哲学家说”,是一位既悲观又乐观、既“愤青”又实际的人。与蒋、宋、孔三人相比较,陈富贵是最没有明显特点的一位,性格平和，为人仗义，处事大度，属于与什么类型的人都能相处的那类人。

陈富贵是第一个到达学苑大酒店的。过了十五六分钟，孔德前和宋哲也前后脚来了。三个人先是相互调侃了一番，接着就目标一致地“臭败”起蒋方圆。这个说：也难怪，谁让人家是“总裁”的呢，自己规定的时间自己可以不遵守，爱什么时候到就什么时候到！那个说：肯定是接受完学院的毕业辅导后，又去法学院接受那位小学妹的辅导去了。这个说：别看“总裁”在哥儿几个面前趾高气扬的，可在法学院那位小女生面前，简直就是霜打了的茄子，恹恹了。

三个人正数落得起劲，蒋方圆带着他的女朋友——法学院大四学生田甜一步闯了进来，进门就双手抱拳连连致歉:“抱歉，抱歉，让各位久等了！让各位久等了！”

蒋方圆环顾四周，见没其他人，就问孔德前为何没把他的那位小师妹一起带过来，说好了晚上一起吃饭的，怎好出尔反尔？要是早知道大家都不带女眷，他也不把田甜一起带过来了。田甜故作恼怒地瞪着蒋方圆，貌似用力实则轻柔地捶打着蒋方圆的肩头，怒道:“什么意思？什么意思？找呲呀？”

蒋方圆笑笑，调侃道:“好东西谁都不会轻易拿出来的，轻易拿出来，就显得不珍贵了。”

“你这种说法我原则上不同意，怎能把田甜同学比喻成东西？这可是带有歧视女性的意味呀！”宋哲挑唆道。

“你别转移话题！让‘潜伏’同学说说，他为什么不把那位叫刘洋洋的同学一起带过来让哥儿几个瞧瞧？怕哥儿们撬他的还是咋的？”蒋方圆立即把话题又拽了回来。

“对！坦白从宽，牢底坐穿！”陈富贵起哄道。

“别听‘蒋总裁’的，哪有什么刘洋洋？”孔德前嘴上虽然否认，心里却不停地嘀咕：“一个星期没露面了，手机关机，QQ 不上，电话打了无数个，短信也发了几十条，总不能七八天一次机也不开，一次 QQ 也不上吧？看到留言后，也不跟自己联系，什么意思？虽说暑期两人才正式相处，前后也不过三四个月，但总不至于连个电话也不打、连个短信也不回吧？难道她家里人反对？还是她找到了如意单位？或者是她出了什么问题？”

“‘潜伏’同学，别玩深沉了。快交代问题吧！”蒋方圆催促道。

“天天睡在一起，哪件事你们不清楚？倒是‘外戚’同学大半年来深居简出，电话也不经常打，好不容易逮着了，是不是应该让他讲讲这大半年来都干了些什么坏事？”

“我哪有什么事可讲？天天蹲在海东那个小县城里，差点没把我憋死。这下可好了，你们都在忙活着写论文、找工作，我却忙活着复课。看到你们整天忙忙碌碌的样子，心里甭提多纠结、多羡慕了！再过几个月，你们三大家族的人吆喝一声一齐走了，只剩下我这个‘外戚’独守 303 室，想想，心里就感觉憋屈得慌！”看得出来，陈富贵还真有些伤感。

“不就是写论文、找工作吗？毕业不还早吗？干吗搞得像生死离别似的？都说女生是水做的，我看你们男生也不像岩石做的，比我们小女生好不到哪里去！”田甜笑道。

“下午文学院组织的毕业辅导课该带你去听听，听了，你就不会这样乐观了。”蒋方圆喝了一口酒，不无担心地继续讲道：“听下午那位就业专家讲，明年全国的就业形势十分严峻，仅当年的大中专毕业生就达创纪录的六百七八十万人，如果连同今年未找到工作的毕业生计算在内，八九百万名毕业生肯定是有的。你们两人是学经济学的，就业前景一片光明。我跟宋哲就不同了，专业冷，能否就得了业，还真不好说！”

“你们文学专业的还好些，最狗血的就数我们哲学专业的毕业生了。现在是经济社会，谁有钱，谁就是真理、就是爷，谁还在乎柏拉图是谁？叔本华因何悲观厌世？尼采为什么疯了？王阳明属于哪个流派？当初选了这么个古董专业，真是倒了八辈子大霉了，哪个单位愿意选一个根本没有价值的古董放在家里碍眼？唉！”宋哲深深地叹着气，眼神幽幽的。

“就业难，这是事实，但硕士生找工作还是很有竞争力的。真是夜里做鬼脸，尽吓唬自己。喝酒喝酒！”陈富贵不以为然地说。

田甜说：“平时看你们男生个个像打了鸡血似的，神气得不得了，关键时刻还不如我们女生镇静。那些所谓的专家都喜欢扯大旗拉虎皮，跟算命先生差不多，不把人吓个半死，就好像显不出他们有多大本领似的！如果在中国连研究生都找不到工作，那我们这些本科生、专科生不都得从实验楼上跳下去？放心吧，面包会有的，一切都会有的！”

“别看你们是本科生，说不定比我们这些所谓的研究生还好找工作。现在国家提倡以法治国，国人的法律意识、维权意识越来越强，法律专业的毕业生都是香饽饽，何况是北方大学这样的全国重点院校、重点专业的毕业生了！”宋哲说。

“经济、金融、国贸、法学这样的专业找份工作还是相对容易的，但像文学、政治经济学，包括宋表弟所学的哲学专业，难度虽然相对大一些，但应该如我们家‘小甜心’所言，不至于连份普通的工作也找不到吧？莫听穿林打叶声，何妨吟啸且徐行，竹杖芒鞋轻胜马，谁怕？一蓑烟雨任平生。”蒋方圆诵诗的表情，让人感觉酸溜溜的。

“你俩如萤火虫，为了发亮，非要有黑暗不可？还没怎么着，就把前路看得漆黑一团，还真想把自己当成萤火虫了？”陈富贵笑道。

“正如叔本华所言，谦虚对才华无奇的人来说只是一种诚实，对才华绝顶的人来说是一种虚伪。别看我老宋顶上的毛发不多了，但绝对还是诚实的。”宋哲说。

“都别拽了！还是今日有酒今日醉，明日无酒喝凉水吧！哥儿几个，走一个？”陈富贵一提议，五个杯子“当”的一声碰到了一起。

二

蒋方圆十分亢奋地冲进寝室，对着正在QQ聊天的孔德前嚷嚷道：“哥们儿，告诉你一个特大消息，我毕业论文的题目确定下来了。”

“又不是毕业论文答辩通过了，仅仅定下了个题目，用得着那样激动吗？”孔德前朝蒋方圆笑笑，继续摆弄着他的手机。

“确定了题目如同确定了前进的方向，后面的路就知道如何走了。主席生前曾经说过，政策和策略是党的生命，各级领导同志务必十分注意，万万不可粗心大意！政策是什么？就是前进地方向。”蒋方圆有些扫兴地斜睨着孔德前。

“你是学文艺学专业的，一定知道有个叫方向的人吧？一个为了诗歌，天天观树察山看石写兽，自以为把握了方向，却在28岁那年服毒自杀了。有了方向，道路未必就能走得顺畅。”说这些话的时候，孔德前头也没抬一下。

“你小子今天咋得了？成心扫我的兴是不是！”蒋方圆说着，凑上前去看孔德前跟谁聊天。

“看你那春风得意的样子，一定是选好了标新立异的题材了！不妨说出来让大家伙儿听听？”躺在上铺的宋哲一说话，把蒋方圆吓了一跳。

“我原以为这房间里就一个会喘气的，原来还有一个呀？”

“你被喜悦冲昏了头脑，哪还目中有人？这么大个活人躺在这里你都没看到？”

“你们学哲学的，个个精灵古怪，如同《西方奇幻》中的异界龙魂。快帮我参谋参谋，我选的论文题目前不前沿？有没有感官冲击力？能不能在娱乐圈里引发一场地震？”蒋方圆说完，眼睛直勾勾地瞅着宋哲，看宋哲会做出什么样的反应。

“白呼了半天也没说你的论文题目是什么？哪个研究领域的？怕我们抄袭咋的？”宋哲十分不耐烦地一骨碌又躺下了。

“我论文的研究方向是探源当下娱乐圈的混乱情爱。题目我都想好了，就叫《性爱、小三与劈腿——试论明星们鸡血爱情的情感道德》……”蒋方圆的话还没说完，宋哲一骨碌又坐了起来，孔德前也停止摆弄他手里的“苹果”。

“吓嗨了吧？惊呆了吧？你们说，这论文选题怎么样？有没有惊世骇俗的感觉？发表后会不会在全社会尤其在娱乐圈引起一场大地震、大海啸？”

“岂止是一场大地震、大海啸，简直就是一次核爆炸，说不定还能在世界范围内引发一场新的文艺复兴运动。”宋哲讥讽道。

“也有可能一出门就被板砖拍死。”孔德前笑道。

“有人拍我板砖，正说明我选题立异，定位准确，洗涤了他们龌龊的大脑，触及了他们肮脏的灵魂。我是求之不得！万分向往！”蒋方圆有些洋洋得意，更有些飘飘然了。

“好好写吧，万一哪天有幸被板砖拍死，我亲自给你写悼词，悼词的第一句就是：一颗伟大的未来文学之星就这样被拍死了！为了鸡血的爱情，为了情感的道德，也为了虚伪的心灵。他的死，或比泰山还重，或比鸿毛还轻！拍得好！拍得好！”宋哲一本正经的样子，把孔德前逗得都笑喷了，捂着肚子在床上直打滚。

“你看你那德行！我都被拍死了，你还高兴成那样？什么鸟室友！”蒋方圆故作生气地骂道。

“我向毛主席保证，你追悼会的那天，我绝对不笑，绝对掉眼泪，绝对泪飞顿作倾盆雨。”孔德前两手举着的滑稽样子，实难让人相信他的话是真的。

“鳄鱼的眼泪，谁稀罕？”蒋方圆把脸转向宋哲，一本正经地问道：“你整天吹嘘说你们学哲学的，个个头脑冷静，理性得比圣人还圣人，你跟我说句真心话，我选的这个题目到底怎么样？有没有可能掀起一股强大的冲击波？”

“什么情感道德？实际上就是一场场肉欲游戏。叔本华有句名言是这样说的：肉欲熄灭时，生命的内核也就消逝了，只剩下空壳了。他还说过，所有的爱恋激情，无论其摆出一副高雅缥缈、不食人间烟火的样子，都只是根植于性欲之中，这种强劲的动力，仅次于对自身生命的爱。所以说，情感道德就是情欲。”

“我不同意叔本华的观点。按他的说法，人跟动物还有何区别？任何人在情感方面都有自己的道德底线，只不过情感道德在娱乐圈里的约束力相对弱一些而已。我支持‘总裁’的观点，但建议跟你的那位田甜同学进一步紧密联系，没有血的体验，是写不好这篇宏伟巨著的！”孔德前笑着说。

“你是学文艺学的，毕业论文应当选文艺批判、文学评论这类与你所学专业有关的体裁，写自己并不熟悉的体裁，那跟自残没什么区别！说穿了，论文就是一次毕业考试，只要不是漏洞百出，笑话连篇，老师们一般不会不让学生们毕业的，但期望自己写出一篇能够引起社会大轰动、大地震的文章，那还是先找块板砖把自己拍死得了，免得一阵黄粱留笑柄。”宋哲劝道。

“我怎么就不能写出一篇流芳百世的好文章？苦读寒暑二十年，难道连篇像模像样的文章也写不出来？你可别打击我，等我把这篇文章写出来了，你可就死定了！”蒋方圆不服气地说。

“带咱们的导师，有的还是博导，一辈子都没写出几篇真正拿得出手的文章，就凭咱们从导师那里学得的皮毛，还能比他们厉害？就你选得那个花里胡哨的题目，估计在导师那里都通不过。”宋哲继续打击蒋方圆，看那阵势，不把蒋方圆的锐气打压下去，是不会轻易罢休的。

“那也不一定。要是学生一定不如老师的话，就不会有‘青出于蓝而胜于蓝’之说了。可话又说回来，三年研究生，第一年在复习本科所学知识，其余时间大都在帮导师做课题，真正独立进行专业研究的时间基本没有，能写出一篇真正有点分量的文章，还真不是件容易的事情。反正我是写不出来！”孔德前自谦道。

“老孔就是棵墙头草，永远不知道你是站在无产阶级的立场上还是站在资产阶级的立场上。莫言在现代文坛上也算是一个响当当的人物了，当时写《红高粱家族》的时候，谁想到他会获得诺贝尔文学奖？他的造诣并不一定比我们这些研究生们深多少，但人家不也写出获得诺贝尔文学奖的作品来了吗？”蒋方圆脸涨得通红，情绪有些激动。

“《红高粱家族》之所以能够获诺奖，有电影宣传的因素，有媒体宣传的成分，也有国家实力的原因，反正多种因素才促成了诺奖落户中国。十三四亿中国人不就出了一个莫言吗？北方大学虽也称得上是中国响当当的大学了，一年光毕业的研究生就有一千五六百人，但毕业论文真正能写出点彩来的有几个？凤毛麟角，寥若晨星。一旦某个毕业生的论文写得有点内涵、有些新意或者有点色彩来，导师们都争先恐后地往上冲，无不想把自己的指导作用扩大一些。咱没有‘总裁’那样的好文采，也没有‘总裁’那样的雄心壮志，不指望能写出让导师们都心动、都想成为第一作者的好文章，只要能顺利过关、顺利毕业就行了！”孔德前说着，继续盯着他的手机。

“按你俩的意思，毕业论文不用太费力，糊弄糊弄就行了呗？如果都这样的话，咱们学校很多研究生的文章是怎么发出来的？有的还是在很有分量的核心刊物上发的。”蒋方圆反驳道。

“你以为那些文章都是因为水平高才得以公开发表的吗？有几个不是花了银子才发出来的？就连我们学校有些教授的论文，都是花钱或找熟人帮忙才发出来的，只不过在核心刊物上发表的论文，水平要求高一些、发表的难度相对大一些，或钱花得多一些而已。你随便打开一个网站，打上‘发表论文’几个字，里面的营销人员都争先恐后地跟你套近乎，只要你肯出钱，论文想在哪本刊物上发就能在哪本刊物上发，想在第几期上发就能在第几期上发。”宋哲玩世不恭的腔调一出来，真让人既感觉滑稽可笑，又感觉可憎可恨。

“照你这样讲，那些学者、教授发的文章都是花钱买的了？学校里那些知名的老教授、老专家都是伪学者了？”蒋方圆脸涨得通红，显然有些生气了。

“宋哲学的话虽然有些偏颇，但并非空穴来风。目前在中国发表论文确实形成了一个产业链，所有的刊物几乎都成了论文发表中心了。这也难怪，在电子信息高速发展、互联网十分普及的时代，出版业要生存，实体刊物要发展，只能走一切向钱看的市场化道路了。不这样干，他们还有别的选择吗？”

孔德前解释说。

“啊哟！”孔德前惊叫了一声，就盯着手机再也不说话了。

蒋方圆自觉一张嘴斗不过两张嘴，也就不再说什么了，但心里十万个不服气，暗暗下定决心，一定要靠自己的实力发表一篇有力道的论文让宋哲、孔德前看看，让他俩真正明白：真理经常会掌握在少数人手里。

宋哲虽然认为毕业论文已经沦落为一种形式了，只是为保留中国三年一贯制硕士研究生的学年设置增加一点可行性依据罢了，但他丝毫不敢在毕业论文上偷奸耍滑，因为论文是每一位高校毕业生最后一次谢幕演出，即使剧情是东拼西凑、荒诞不经、毫无价值、纯粹浪费时间的，但只要学校还这样规定、还这样要求、还有人叫好，就得一直演下去，哪怕只有一个观众，甚至一个观众都没有。

对蒋方圆来说，毕业论文是一个学生走出校门、走向社会的“绝唱”，不仅代表这个学生的学习水平、学识能力，而且代表这个学生的专业素质、综合能力，一定程度上还决定着这个学生的未来求职意向和求职成败。“对于一名有着较强研究能力的名牌大学的硕士研究生，真正有战略思想的用人单位是不会不认真考虑的。”蒋方圆不止一次这样想过。

自从那天晚上，蒋方圆一头扎进图书馆、网吧，全身心地投入到资料收集与整理上，也确实收集到许多明星的爱情、婚姻、绯闻、丑闻，为毕业论文的写作做了充足的功课。

那天，田甜去宿舍找蒋方圆，说学校请了一位多年从事招聘面试工作的专家来学校讲座，她想让蒋方圆陪她一起去。对于专家讲座，蒋方圆表现出了不屑一顾的神情，并说考试、面试、辅导都是所谓的伪学者骗人的把戏，真正能够打动用人单位的，不是看你面试时是否说得天花乱坠，而是看你的“硬件”到底硬不硬。比如说你就读的学校在全国综合排名第几、你在学生时代有没有发表过论文、大学四年或研究生三年、你在学院里拿过几等奖学金等等，气得田甜一扭头走了。

三

孔德前攥着手机呆呆地发愣，他把刘洋洋在QQ中留的那段话反复看了多遍，不明白她为什么会说“她真切感受到了生活的刀霜雪剑，青春的诗句并非如诗人所写得那样美好、浪漫，人生的绝唱是那样的恐怖、绝望……”

“难道她出事了？”念头一闪而过，孔德前很快又否定了自己的判断：一定是论文写得不顺畅，或者找工作遇到了小挫折。都说女人有韧性，挫折感比男人强，我看未必！

孔德前背着书包从报告厅里出来，正好遇上田甜也从里面走出来，急忙上前打着哈哈：“就你一个人？老蒋呢？他没陪你一起来听报告？”

“你不也是一个人来得吗？你那位刘洋洋干什么去了？好像好长时间没看到她了！”田甜咯咯咯地笑着。

“她们会计专业的课程结束得比我们早，课程一结束她就不知去向了。一周多了，音信全无，我也不知道她干什么去了。”

“不会吧？玩失踪也不可能连你也不通报一声吧？毕业这年，除了写论文、找工作，还能干什么？我有两个同学也是好几天看不到人了，听说躲起来写论文去了。你的那位会计学妹，估计也躲到什么地方写论文去了。”

“今天的辅导报告不错，很实用，老蒋应该一起来听听。”孔德前说。

“我去喊他了，人家不来，说没什么用处，去图书馆写他的什么狗血鸡血爱情去了。”田甜神情黯然地说。

“老蒋最近确实很用功,每天都是很晚才回到寝室,舍长不在,303 室的‘卧谈会’也就开不起来了。”孔德前笑笑。

两人正说着，有人从后面拍了一下孔德前的肩膀，两人一回头，才发现宋哲不知什么时候从后面悄悄跟上来了。

“你躲到哪个阴暗的角落去了？我怎么找了半天也没有看到你？”孔德前问。

“我可看到你了！报告开始十多分钟了你才进去。一进报告厅，眼睛直在女生坐得多的地方扫来瞄去的,光顾着找你的小学妹了,眼里哪还有哥们儿？”宋哲笑道。

“蒋方圆干什么去了？为什么不陪田甜同学一起来听报告？我看近来他的胆儿越来越肥了，这么重要的场合他不出席，回去咱俩得好好收拾收拾他，别让他把路走偏了。”宋哲转头又对孔德前说，“怎么好长时间也没看到你那位刘洋洋了？她人去哪儿了？找到单位实习去了？”

孔德前犹豫再三，还是把上午他在 QQ 上看到的刘洋洋留的几句话说给宋哲和田甜听,问他俩对那几句话是怎么理解的,会不会是她人出了什么问题。宋哲说没事的时候女孩子们就喜欢跟猫一样“喵喵”地叫个不停，实际上她自己也不一定知道为什么喜欢“喵喵”地叫，不会有什么问题的。对宋哲的说辞田甜显然不认同，她反驳宋哲说猫是一个灵性动物，不会对谁都“喵喵”叫个不停，它只对喜欢的人或物那样叫，对它所厌恶的人或物，只会发出“咕噜噜”的声音。田甜猜测刘洋洋一定是遇到什么烦恼的事情了，否则她也不会在 QQ 上留那样的话。田甜劝孔德前还是亲自找刘洋洋问一问，并说女人在最需要人关爱的时候精神最脆弱，也最容易受伤，让孔德前千万别错失表现的机会，否则将“一失足而成千古恨”。

说着说着就到了男生宿舍楼，田甜经不住孔德前和宋哲的一再劝说，跟着他俩去了303室，蒋方圆不在，估计还泡在图书馆里写论文查资料。看到田甜有些失望的样子，孔德前故意把话题又岔到刚刚结束的报告会上。

“刚才那位老师讲的那些事情到底靠不靠谱？求职信里的内容都是自己填上的，虚实真伪谁也不会去考证，考试官怎么可能去关注那些小细节呢？”

“老师讲的那些注意事项，对你们专业好的毕业生来讲可能没那么重要，但对于我们这些古董专业的毕业生来讲可能就不同了。管用不管用的，还是注意一下为好。”宋哲说。

“我表姐是前两年交大毕业的，她说她找工作的时候，面试官问的问题跟报告会上那位老师讲得差不多，主要有三大类：一是问你大学期间有没有挂科、在哪个学年挂的科、一共挂了多少科；二是问你对薪酬的心里预期是多少、愿不愿意接受自己不喜欢的工作；三是问你考取了多少个证、有多少个证是跟你所学专业有密切关系的，像我们学法律专业的，司法考试证可能是最重要的。据我表姐讲，你手里攥的证越多，考试官就越认为你的学习态度积极向上，印象分就会加得越多。”田甜说。

“到时候你帮我设计个推介书怎么样？女生比男生细腻，在这方面有优势，特别是你们学法律专业的。”宋哲说。

“别光帮老宋设计，也得帮我设计设计。”孔德前连忙插话道。

“你有人帮，还用得着我吗？她们学会计学的，可比我们学法律的精细多了。再者说了，你们是硕士生，我们是本科生，哪有本科生帮硕士生的道理？两位老大哥帮我设计设计还差不多。”田甜咯咯咯地笑着。

“没问题。有事尽管吩咐，我三百六十五天二十四小时随时恭候，一定让‘总裁’大人羡慕嫉妒恨得背过气去不可！”宋哲胸脯拍得啪啪直响。

“哎呀！太敞亮了！你俩一定帮我好好修理修理他，别让他得瑟过了。”

田甜一高兴，女汉子味道都出来了。

正说着，陈富贵进来了，一进门就嚷嚷道：“告诉你们一个好消息，我买的那只股票今天涨停了，只可惜卖早了一会儿，要是挺到两点半以后再卖，非大发了不可。”

“土豪金！今晚上你请客，请我们吃牛排！”孔德前说。

“外加一瓶路易十六。如果再不快请哥几个撮一顿，过两天大家都找实习单位走了，别说没给你表现机会。”宋哲也跟着起哄道。

“打土豪啊？我一共才赚了一千多块钱，连一个路易十六瓶子都买不到，你想让我破产呀？”陈富贵装出一副可怜兮兮的样子，逗得田甜咯咯咯直笑。

“你们老陈家是海东县的首富，家里开了个大建筑公司，别说一瓶路易十六了，十瓶路易十六也算不得什么。”孔德前正说着，陈富贵的手机响了起来。他拿着手机去了阳台，接完电话回来的时候脸色铁青，看样子心里不痛快。

田甜走后，宋哲悄悄问陈富贵刚才是谁来的电话，为什么接完电话后像变了一个人似的，不会是真以为哥几个敲他的竹杠、非得让他请喝路易十六不可吧？陈富贵犹豫再三，还是跟宋哲、孔德前两人道出了实情。

陈富贵在海东县老家休学期间，家里人硬逼着他跟他们县里的一位人大常委会副主任兼建委主任的女儿结了婚。那位建委主任的女儿，人虽然长得不怎么好看，但也没到十分难看的地步。从学校里一毕业，她老爹就托关系把她安排进了县防疫站工作，家庭和工作单位都不错，在外人看来应该算是门当户对，可陈富贵自己却不这样认为。建委主任的女儿虽也上过两年职业学院，算是一名专科生，可文化素养低得让人不相信她曾读过大学，尤其是她拿着不是当情理的做法，更让陈富贵感觉两人根本过不到一起。宋哲说既然感觉差距很大，为什么还同意跟人家结婚？仅仅因为她是县人大常委会副主任的千金，还是因为其他方面的原因？陈富贵说他爹是干建筑公司的，平时少不了得到建委主任的关照，一来二往，两位爹就瞒着陈富贵把婚事给定下来了。起初陈富贵死活不答应，不仅仅因为建委主任的女儿比他大三四岁，也不仅仅因为她学历低、文化素养不高，关键是他感觉两人性格不合、星座不符。

“既然感觉尿不到一个壶里去，那你为什么还答应你们家老爷子？都什么年代了，还兴包办婚姻。马克思曾经说过，没有爱情的婚姻是不道德的。作为一个学习世界经济的研究生，怎么一点世界观都没有？”宋哲批评道。

“可不跟她结婚又能怎么办呢？建委系统欠了我父亲的建筑公司六百多万元，不跟他女儿结婚，那钱还有得要？我总不能看着我父亲辛辛苦苦经营了十几年的公司就那样垮了吧？”陈富贵神情黯淡地说。

“先结婚后恋爱，这样的例子也不在少数。一起磨合一段时间以后，说不定感情就培养起来了，想分都分不了了。”孔德前一边拍着陈富贵的肩膀，一边劝道。陈富贵哭笑着说，以他目前的判断，那一天肯定等不来了，除非两个人经过坟墓，站到上帝面前的那一天尽快到来。宋哲说人大常委会副主任在海东县也算是“高干”了，为什么非得搞“拉郎配”，硬把女儿嫁给一个根本不爱他女儿的人呢？当父母的，对自己的女儿也太不负责任了。陈富贵说，他们家乡有早结婚的习惯，二十七八岁的姑娘就算是“剩女”了，这个年龄段的女孩子很难找到一个十分称心如意的人家。

听到门外蒋方圆说话的声音，陈富贵急忙转移了话题，并再三嘱咐宋哲和孔德前，一定不要把他已经结婚的消息告诉别人，否则，即使学校不追究，传出去他也丢不起那个人。

蒋方圆一进屋，孔德前就跟宋哲演起了“双簧”，他们吓唬蒋方圆说，田甜刚从他们寝室离去没多久，看样子心情十分糟糕，让蒋方圆赶紧去安慰安慰她。陈富贵也说毕业还早着，论文来年五月份才提交、答辩，人的一生能遇上一个称心如意的好女孩不容易，千万不能因为论文的事情影响了与女朋友的感情，让别人钻了空子后悔可就晚了。蒋方圆哈哈笑着说，写论文、找工作是毕业这年最主要的两大任务，与这两件事相比较，其他事都不叫事了。蒋方圆信心十足地说，一切都在他掌控之中，田甜就像他鸟笼子里关着的鸟，跑不出飞不掉，连这点自信都没有的话，他“总裁”的雅号算是白叫了。

蒋方圆笑哈哈地出去了，大家都清楚他去找田甜赔不是去了。男人都是这样，表面上总是装出一副大大咧咧、满不在乎的样子，实际上心里想的跟嘴上说的是两码子事。

蒋方圆走后没多大会儿，孔德前也出了门，径直奔女生宿舍楼方向而去。看到从女生宿舍楼上独自下来的蒋方圆，孔德前快速闪到一边，等蒋方圆走远了，他才跟女生宿舍楼的管理员阿姨打了声招呼上了楼。

看到蒋方圆出去没多大会儿就又回来了，宋哲放下手中的书，故意调侃道：“这么快就让人打发回来了？是不是连房间门都没让进？”看到蒋方圆闷闷不乐的样子，宋哲嘴贫的毛病又犯了：“这就是你所谓的一切都在掌控之中？待她长发及腰，你必白眉飘飘！待你长发及腰，她必咔嚓一刀！”

“待你长发及腰，不装不酸可好？”没等宋哲讲完，蒋方圆粗野地打断了他。看到宋哲脸憋得通红的样子，蒋方圆心里甭提有多痛快了。蒋方圆喝了一口水，解释说：“她跟同寝室的人一起外出疯去了。马上就毕业了，还不赶快动手准备论文，天天出去吃夜宵逛大街看电影，等论文过不了关毕不了业，我看她们怎么办。唉！女生天生就不是理性动物，火烧屁股了也不知道愁是啥滋味。”

“女生天生就是逛大街的动物，跟我们男生喜欢打篮球、踢足球一样，不会踢，也愿意在场上乱奔一气。最近一段时间你光忙着跑图书馆泡网吧了，资料查得怎么样？论文写得还算顺利？”宋哲恢复一本正经的样子问蒋方圆。

“还好。如果不出意外的话，我估计元旦前基本就能完成第一稿。只有论文写得差不多了，才有心思和时间去找工作。大部分学校的双选会都安排在春节前后，到那个时候谁还有心思坐下来写论文？你的论文题目定了没有？元旦一过春节跟着就来了，可不能掉以轻心呀！”

宋哲说，他的论文写作方向已经跟导师商量好了，题目基本确定为《中国梦与欧洲梦的内涵属性与实现路径》，导师也帮着列了一些书籍名目，参考资料也准备了一些，近期就准备着手写了。宋哲说，只要论文写好了，答辩不会有太大的问题，因为参加答辩会的老师都知道礼尚往来的道理，你不让人家的学生过关，人家也不会对你的学生手下留情，不相互抬举着，谁也别想舒服了。

蒋方圆说他之所以拼命地想把毕业论文写得好一些、写得出彩一些，主要还是因为自己所学专业就业面太窄，如果论文写好了可能在某个刊物上发表，或许能在诸如文化馆、杂志社、出版社这样的单位谋到一份差事。读了近二十年的书，家里的钱也花得差不多了，总不能毕业了连份像样的工作都找不到吧？如果二十五六岁了还脱不了“啃老族”，就真得无颜见江东父老了。宋哲说他最近也老是失眠，后悔本科毕业时没跟其他同学一样先找个单位就业。世界经济形势一直看不出有好转的迹象，势必会影响中国的就业形势。读了三年的研究生，说不定还不如三年前好就业。

陈富贵说哲学专业的毕业生虽然不如学经济、信息技术或者理工类的毕业生就业面宽，但政府机关、学校以及科研机构还是需要大量钻研政治、哲学等社会科学的人才，因为这些专业的学生政治素质高，理论水平棒，文笔相对于理工类的毕业生来说要好很多，党政机关、事业单位还是比较欢迎这类专业的毕业生的。宋哲说党政机关历来都是香饽饽，一个岗位往往有成百上千人去竞争，那些手中握有大量社会资源的官宦富家子弟，头削得跟锥子一样都不一定能钻进去，何况他这个一无家财万贯、二无社会资源的农家子弟了。党政事业单位他是不指望了。

“进不了党政机构，去学校当一名政治教师也是一个很好的选择。每天站在讲台上海阔天空地对着自己的学生演讲，多神气呀！教上几年书，还能赚个‘桃李满天下’的好口碑。”陈富贵说。

“你以为学校那么好进？像咱们这样的大学，没有博士学位根本连报名的资格都没有，即使有博士学位，如果不是海归，只能当辅导员或是干行政文秘这类工作，上台授课根本就没资格。职业学院或者中学倒是可以考虑考虑。”蒋方圆说。

三个人正讨论着，孔德前推门进来了，一句话也不说，倒头便睡。陈富贵拽他一起出去吃饭，他推说身体不舒服没有去。

四

一大早孔德前就起了床，把写好的纸条压在桌子上，径直去了火车站。半个小时后，孔德前坐上了开往三山县的火车，刘洋洋的家就住在三山县城。

孔德前无心浏览窗外的美景，他的思绪随着飞驰的列车回到了他第一次见到刘洋洋的情景：紫藤花盛开的一个下午，孔德前从图书馆回来穿过学校的中心花园时，看到一个女孩拿着一本书站在紫藤架下凝思，一袭白色套装的她，被一串串紫中带蓝、灿若云霞的花穗映衬得更加温柔古典、清新梦幻，如神话故事里的花仙子。女孩朝偷偷观望自己的孔德前宛然一笑，露出了两排洁白好看的小牙。慌乱中的孔德前头重重地撞上了旁边一棵法桐树，腋下的书籍资料散落了一地。

女孩一边俯身替孔德前捡拾散落在地上的书籍资料，一边轻声问道：“您没事吧？要不要去医务室看一看？”声音甜润，如天籁之声，听得孔德前如醉如痴。女孩把资料交还到孔德前的手上，孔德前红着脸鼓起勇气进行了自我介绍，并问清了女孩叫刘洋洋，本校工商管理学院会计系大三学生。

回到寝室的孔德前把下午发生的事情跟室友们一讲，立即招来了一顿“攻击”。这个说，平日里看着不言不语，像“地下工作者”似的，原来是个闷骚型；那个说，多亏是撞在法桐树上，要是撞到水泥墙上，那就不是脸蛋开花，而是脑浆迸出了；这个说，作为高年级的学长，竟在低年级的小学妹面前如此丢面儿，要是传扬出去，整个 303 室的人脸都无光……任凭同寝室的人怎么损他，孔德前都不温不火，只是嘿嘿嘿地笑着，满脸都是幸福和喜悦，好像跟刘洋洋已经确立恋爱关系似的。看着孔德前如醉如痴的样子，蒋方圆又诗兴大发：“紫藤桂云木，花蔓宜阳春，密叶隐歌鸟，香风流美人。看来‘潜伏’同学被紫藤下那位优美的姑娘迷住了！既然身姿优美，何不奋起直追？”

孔德前想方设法打探到了刘洋洋的 QQ 号。刘洋洋虽然接受了孔德前的请求，但很少上线，两人在 QQ 里聊天的机会并不多。孔德前只要上网，必先到刘洋洋的空间里看看，看她在不在线。新学期开学的前一天，孔德前鼓足勇气邀请刘洋洋去看最新的惊悚悬疑片《惊魂游戏》，谁知刘洋洋却以晚上有课婉拒了。很少聊天、婉拒邀请，并非刘洋洋对孔德前一点感觉也没有，反而是对他还挺有“好感”。之所以不想让“好感”演变成“牵挂”，主要是她认为临近毕业，写论文、找工作就已经让人烦心透顶了，哪还有精力和心思去扯“那个”！既然不能蝶变，何必去“作茧自缚”？同寝室的死党小维跟男友刚掰了，两人从高三就好上了，谈了整整四年。曾经的海誓山盟、曾经的死去活来、曾经的日思夜念，短短两句“不处拉倒”“拉倒就拉倒”，就把所有的情感封存了。刘洋洋自觉和孔德前认识不过三个多月，没约过会，没牵过手，没相互表示过，甚至连单独在一起相处的机会都很少，在烦躁、纠结、紧张的毕业之年，没有多少感情基础的情感，如同沙漠上的木屋，顷刻即被扬沙卷走。况且两人来自两个省份，虽然是邻省，但一千多公里的路程足以尘封两颗火热的心灵。

那天看到刘洋洋在QQ中写的那段惊心动魄的话时，孔德前的心咯噔一下，冥冥中感觉刘洋洋出事了。孔德前虽然与刘洋洋交往了几个月，但两人并非情侣关系，他只知道刘洋洋是三山县人，家中独女，父亲在一所中学教书，至于其父在哪所中学教书、家住哪里，孔德前没问，刘洋洋也从来没有提起过，要不是昨晚去她的寝室找她的死党小维要来了她家的具体地址，孔德前根本不会知道他应该去哪里找她。

手机"吱吱"响个不停，是宋哲打过来的。他说早晨起床的时候看到了他压在桌了上的纸条，知道他去了外地。宋哲说昨晚他就感觉他的情绪不对，像丢了魂似的，本想喝酒回来的时候问问他，谁知哥几个昨晚一高兴酒喝高了，回来的时候已经很晚了，就把那档子事给忘了。陈富贵对着话筒大声嚷嚷道："有事尽管言语，没钱还有力气。"宋哲说下周三学校有一场"双选会"，听说就业办给三百多家用人单位发出了邀请函，嘱咐孔德前到时候一定记住赶回来，别以为自己的专业好，不愁找工作。孔德前说他最要好的一个同学可能出了点事情，他想尽快赶过去看看，快则两天慢则三天就会回来，不会耽误参加"双选会"。

火车到达三山县城的时候已是晚上六点多了。孔德前从火车站门口的小摊上买了两个煎饼果子，一边吃一边上了一辆三轮车。开三轮车的师傅看到孔德前狼吞虎咽的样子，一个劲地叮嘱道：慢点吃，慢点吃，小心别噎着！整整一天没吃东西，孔德前真真切切地感觉到饿了，要不是闻见火车站门口煎饼摊上散发出来的诱人香味，他可能还记不起自己一天没吃东西了。

到达三山县第四中学的时候，已是晚上七点多钟了。孔德前怯怯地敲开了刘洋洋家的房门。开门的是一位年约五十岁上下的中年人，孔德前估计他应该就是刘洋洋的父亲。孔德前礼貌地朝中年人鞠了一躬，问是不是刘洋洋家。中年人警觉地问孔德前是谁，答曰北方大学西方经济学系的孔德前，跟刘洋洋是同学，今天来三山县办事，顺便过来看看刘洋洋。躺在里屋床上的刘洋洋一听到“孔德前”三个字，心里咯噔一下，心想：那家伙怎么来了？他怎么知道我家的住址？生病的事情连死党小维都没告诉，他怎么会知道？忐忑不安的刘洋洋没想到孔德前会来看自己，既兴奋又紧张。兴奋的是孔德前能够来看她，说明他对自己是关心的；紧张的是她不想让一个病快快的自己呈现在孔德前面前，尽管他仅是自己一个普通的学长，尽管他对自己可能有着无限的好感。

“洋洋，同学来看你来了。”刘父把孔德前领进女儿的房间后就退了出来，走至门口又禁不住回头望了孔德前一眼，心里直犯嘀咕：以前好像没听女儿说起过“孔德前”这个名字，怎么忽然就找上门来了？难道他是女儿的……刘父不敢再往下想，此时的他心情是复杂和矛盾的，既希望眼前这个小伙子是女儿的男朋友，可以经常来陪女儿，这或许对坚定女儿治疗的信心十分重要。可他又害怕眼前的这个小伙子真的是女儿的男朋友，如果他知道女儿患的是难以治愈的顽疾而与之分手，那对女儿和他们全家来说无疑是雪上加霜。“现在的孩子哪有什么担当与真情呀！”刘老师一边搓着两手焦急地徘徊着，一边不时地把耳朵探向女儿的房间。

“你怎么来了？”刘洋洋尽量装出一副平静的样子问孔德前，神情有些不自然地朝床前的椅子指了指，示意他坐下。

刘洋洋消瘦了许多，眼眸里满是忧郁，孔德前的心忍不住地颤抖，但还是装出若无其事的样子：“看到 QQ 上你发的那段感慨把我吓了一跳！干吗那样吓唬人呀？”

“你是怎么知道我家住这儿的？我家距学校可有一千多公里呀！”

“读了那么多年的书还能白读了？这点小事还是很容易搞清楚的。别忘了我还有个外号叫‘地下工作者’，是室友们给我起的。”虽然想把气氛搞得轻松一些，但看到面色苍白有些虚浮的刘洋洋，孔德前还是禁不住问了一句：“你是怎么了？病了怎么也不发个信息通报一声？”

“生病又不是什么好事，还能召开一个新闻发布会让地球人都知道？即便开了，大家难不成会点赞吗？”话一出口，刘洋洋立即意识到自己的语气有些不对，马上缓和了一下：“马上就要毕业了，又得写论文，又得找工作，总觉着时间不够用。上了这么多年的学，还从没像现在这样感觉光阴荏苒，时光如梭。你们研究生的毕业论文比我们本科生的毕业论文要求高很多，时间肯定就更不够用了。明天一早有一趟回学校的火车，你还是尽早回去吧，找工作是人生的一件大事，可别耽误了。”说着，她拿起枕边的手机要给孔德前预订返程票。

孔德前按住刘洋洋的手笑道：“刚来就赶我走？怕把你们家吃空了咋的？以前只听说过三山景美，但从没有来过，好不容易来了，怎么也得让我饱一次眼福吧？”

原来，这家伙不是专程来看我的，是来旅游的！刘洋洋转念又想：暑期四十多天他不来，偏偏这个时候来，肯定不是来看三山的。难道他在试探我？

“论文写好了，工作的事情也安顿了，才更有心情欣赏美景。你看我现在这个样子，无法陪你一起上山，等以后有机会再来吧？”孔德前害怕刘洋洋真的误以为他就是来旅游的，急忙辩白，他也不仅仅是为了旅游才来三山的，而是……虽然孔德前没直说，但刘洋洋清楚他后半句的意思，心里油然荡起一股暖意：“我知道你是专程来看我的。没想到你是一个如此细心的人！”门外响起了开门的声音，刘洋洋知道妈妈回来了，心情顿时紧张起来。她知道妈妈心眼实，说话直白，没准几句话就把她的病情抖搂出去。

趁孔德前到外屋跟刘母打招呼的空隙，刘老师进屋小声问女儿跟孔德前到底是什么关系。刘洋洋知道爸爸把孔德前当成自己的男朋友，笑着说他仅仅是大学里的一名普通学长，来三山旅游路过她家，顺便过来看看她。刘老师听了，既失望又惆怅。因为没什么好担心的了，父母在自己房间里说话聊天时也少了许多戒备。睡在隔壁房间的孔德前无意中从他们的叹息中隐约地听到“白血病”三个字，而且不止一次，心情骤然紧张起来。孔德前立即打开手机上网查了“白血病”的症状，越查越感觉对上了号：苍白、虚浮、头晕、鼻出血……这些症状，刚才聊天时，在刘洋洋身上都有呈现。孔德前一骨碌坐了起来，十分想到对面的房间里跟刘洋洋聊一聊，哪怕一两句都行，但犹豫再三还是放弃了，自己跟刘洋洋仅仅是同学关系，深更半夜跑进她的房间，她的父母会怎么想？

孔德前拿起手机快速发了一条短信，没有听到对面房间传来信息提示的声音，也没有收到对方的回复，断定刘洋洋已经睡了。他躺在床上翻来覆去怎么也睡不着，干脆坐起来编写着一条又一条的信息，直写得手发软眼发涩，虽然他知道对面的刘洋洋根本不可能在第一时间看到他的信息，但确信第二天一早她准能看到。

一觉醒来时已是早晨七点多了，对面房间里传来刘洋洋父母的声音：“别哭。有什么事情不能跟爸妈讲讲？我们已经找专家咨询过了，现在这病也不是什么了不起的病了，好治，很多人不都治好了吗？”

孔德前快步走进刘洋洋的房间，望见将手机紧贴在胸前的刘洋洋已哭成一个泪人，一时没有控制住自己的情绪。他顾不得刘洋洋父母在场，走上前紧紧搂住刘洋洋的肩头，深情地说：“什么都不用说了，我知道你想说什么。

让我在你生病的时候爱你吧！”

“哇”的一声，刘洋洋放声大哭起来。

尽情哭过之后，刘洋洋抬起红肿的眼睛问孔德前：“知道我得的是什么病吗？”

“知道。白血病！”

“那可是难以治愈的顽疾。你完全没有必要在这个时候承担不该由你承担的责任和义务，这样对你不公平。我们仅仅是普通的同学，或者说是普通的朋友而已。”

“不，自从那天紫藤架下见到你，我就认定你是我心中的女神，注定是我一生的牵挂。不管风雨来不来，我都愿意和你一起分担。这个决定，我不敢说是经过深思熟虑的，但起码是经过慎重考虑的，不是一时冲动。”

“我得了这么个病，你的父母是不会同意的。他们供你读完大学，读完研究生，是想让你将来有一个好的前程，有一个幸福健康的家庭，而这一切我都无法给你。不要犯傻了，我不是女神，这辈子也注定成不了女神，不要让你的父母失望了。谢谢你在我最困难的时候给我送来了鼓励和宽慰，这辈子能够交到你这么个同学，我感觉值了！”刘洋洋两眼噙着泪花深情地说。

“洋洋，我做出这样的决定绝不是因为同情你，怜悯你，而是发自内心地爱你，请你相信我，也请你答应我。我父母虽然是农民，没什么文化，也没见过什么世面，但他们不是势利之人，明白做人的道理，他们一定会尊重我的选择的。请你接受我的请求，让我一生一世呵护你、疼爱你！”

“我这个病不仅难治，而且极有可能……”刘洋洋看了一眼孔德前，无奈地说：“说不定哪天早晨你一觉醒来，发现我已经走了，连声再见也没顾得上说。”

“我们要活在当下，只有努力过好今天，才能迎来更美好的明天。我昨晚已在网上查过了，你那病虽难治但并非不能治，只要我们坚持，就没有过不去的坎。”

四目凝视，深情对望，两颗年轻的心紧紧地贴到了一起。

五

周二晚上十点多钟，宋哲打电话给孔德前，说“双选会”第二天就开始了，如果这次错过了，就只能去参加其他学校组织的“双选会”，而那些“双选会”远不如北方大学的影响力大，而且时间也较晚，让孔德前势必想办法赶回去，千万别犯晕。

孔德前说他人还在一千多公里以外的地方，第二天的“双选会”肯定赶不上了，除非他有一对会飞的翅膀。他请宋哲帮他投投简历，了解一些用人单位的情况，求职书一会儿写好后就发到宋哲的邮箱里，让宋哲帮忙打印出来带到“双选会”上去。宋哲说苦读寒窗二十年，为的就是毕业后能找到一份称心如意的工作，那些能攀上关系找上门子有爹有娘可拼的同学，“双选会”参加不参加的无所谓，因为早有人把路子给他们铺好了，像他们这些寒门弟子就只有一条路可走，那就是多投简历、多参加“双选会”。在这个节骨眼上，孔德前跑到一千多公里远的地方去，不是脑子进水了，就是神经出了问题。宋哲还说，虽说前两年经济学专业的毕业生找工作相对容易些，但在目前全国就业形势十分严峻的情况下，任何一个专业的毕业生都有可能毕业即失业，孰轻孰重，孔德前可得自己掂量好。孔德前支支吾吾了半天，最终还是将刘洋洋病重的消息告诉了宋哲，拜托宋哲跟几位舍友一起帮他顶一顶。

“我靠！还是个情圣呢！你不是说你们俩就是普通朋友吗？连手都没拉过，更别说kiss了。这个节骨眼上，你跑到三山去追寻所谓的爱情，太缺少创意，缺乏智慧了！白血病是个难治的病，不是一天两天能治好的，只要你愿意，以后有的是时间去陪她，但北方大学的‘双选会’一年就组织一次，过了这村就没那店。如果你找不到一份稳定的工作，别说替她治病了，能不能有钱养活她都是问题。叔本华曾经说过，智慧只是理论而不付诸实践，犹如一朵重瓣的玫瑰，虽然花色艳丽，香味馥郁，凋谢了却没有种子。你这样做，会害了自己的。”宋哲认为，如果刘洋洋真心喜欢孔德前，就应该让他先找到工作再去陪她。虽然北方大学的“双选会”对孔德前十分重要，但他认为此时的自己对已经失去生活信念的刘洋洋来说更为重要，他不能为了一次供需见面会而失信于刘洋洋，因为他承诺第二天陪她一起去省血液专科医院再做一次全面复诊。

孔德前摆出一副若无其事的样子回到刘洋洋的房间，故作无奈地说道：“学哲学的就是能侃，每次不煲电话粥就不算打电话，好像电话免费似的。”刘洋洋问宋哲打电话有何急事，是不是学院里有事催他回去。孔德前说也没什么大事，就是彼此商量了一下明天学校“双选会”的事情。刘洋洋忧伤地低下头，看样子心里十分难过。她说本来女生找工作就困难，她这一病就更不会有单位要她了。她劝孔德前不要因为照顾她的情绪而耽误了大事，催促孔德前一定先回学校看看。孔德前说供需见面会每月都有，一直延续到来年三四月份，多参加一场少参加一场没什么大碍，但刘洋洋的病就不同了，早一天治疗跟晚一天治疗结果可能会有很大不同。

第二天一早，孔德前跟刘父陪同刘洋洋去了省血液专科医院，找到了孔德前研究生学弟的父亲——一位十分有名望的血液病专家。张教授十分详细地询问了刘洋洋的情况，并介绍了几种治疗方案。他说治疗血液病不外乎药物治疗、放射治疗、免疗治疗、靶向治疗和中医治疗几种方法，自二十世纪六十年代首次实施骨髓移植手术治疗以来，白血病由不治之症变为了可治之症。但骨髓资源十分缺乏，所捐献的骨髓很大部分与病人的HLA不一致，即使手术成功，五年内的复发率也高达70%。他建议先通过中医药治疗辅助饮食治疗观察一阵子，如果效果不明显，或有配型相同的骨髓，再进行骨髓移植手术。孔德前问中医药治疗的办法有哪些，怎样的饮食对白血病的治疗有帮助。张教授介绍说，白血病致病因素多为“斜毒”所致，如放射性物质、化学药品、病毒、细菌等，所以理论界提出了“解毒透斜、泻实固本”的理论。中医、中药在白血病治疗中要尽可能早参与，可明显改善患者的病情。至于饮食疗法，建议增加一些高铁、高蛋白饮食，以缓解病人贫血贫铁问题。借陪刘洋洋去医院复诊的机会，孔德前偷偷地做了抽血化验，并请医生跟电脑库中刘洋洋的HLA进行HLA-DR分析检测，看两人有无配型的可能，尽管他认为这种可能性几乎为零，但他还是抱着试一试的想法。孔德前是这样考虑的：万一他跟刘洋洋配型相同，刘洋洋又必须进行骨髓移植手术，就可以把前期的准备工作提前做好，免得耽误治疗时间；如果配型不同，也可以用他的骨髓去换取配型相同的其他人的骨髓。把刘洋洋安顿好后，孔德前坐车回了一趟家，带上父亲临时凑起来的五万块钱，又返回三山县。到达三山县城后，孔德前先去农贸市场买了三只大白鹅，拎着直接去了刘洋洋家。看到孔德前拎着三只活蹦乱跳的大白鹅进来，刘洋洋一家人吃惊不小，问他带鹅干什么，他就把临床试用鹅血治疗恶性肿瘤取得明显疗效的事情跟刘家人讲了，刘母一听，立即磨刀宰鹅，满满一盘鹅肝鹅血没多大会儿就炒出来了。孔德前一边潜心写着论文，一边细心呵护着刘洋洋。说来也怪，不知是中药、食补发挥了效果，还是爱情的力量斐然，刘洋洋的脸色竟然一天好似一天，鼻子、牙龈出血的频率也比原来低了许多，这更坚定了他们治疗的信心。

“双选会”那天，北方大学里人山人海，四百多家用人单位、校内校外一万一千多名学生进场参与选聘活动，其中四分之一的学生是从外省市专程赶来的，有些在外省市或国外读书的学生自己赶不回来，就委托父母或兄弟姐妹代为投递简历。天一亮，宋哲喊上陈富贵去了打印社，替孔德前打印了三十份求职报告，并嘱咐陈富贵在向用人单位投递时，一定不要说是替别人代投的，他担心“代投”会让用人单位对孔德前产生不良印象，该选聘的也不选聘了。

陈富贵捏着只有一页纸的求职报告嘟囔道:“这也太不重视了吧？简直是糊弄,我要是面试官,不给扔出来就很大面子了。‘潜夫’这小子到底咋的了？平时看着办事挺认真的，怎么关键时刻掉链子了？”

宋哲也骂骂咧咧道:“要不是昨天晚上我给他打了个电话，今天可能连这么个东西都没有！这事也怪我，要知道那小子连‘双选会’这么重要的事情都能忘记的话，就应该早点把他的个人信息要过来，替他鼓捣好就是了。这么个破东西，昨晚十二点多才发到我邮箱里，连替他重新设计的时间都没有。真不知道他是怎么想的！鬼迷心窍！”

“用时下的一句话讲，‘就是这么任性’。可任性也得分个时候，关键时候任性就是傻子，不知深浅。我估计德前那小子让会计系那个妞儿给算计了，学西方经济学的到底还不如学东方会计学的厉害！”陈富贵笑着说。

“像你这样的富二代任性就任性了，他一个老百姓的孩子任个鸟性！总以为自己是研究生毕业，又是学经济的，皇帝的女儿不愁嫁，头脑膨胀，盲目乐观。德前家我去过三次，家境一般，一家人就靠他爹做点小生意那点收入，要是错过机会找不到工作，他爹娘非气死不可。马上就毕业了，可以说是半只脚已经踏上社会了，思想还那样幼稚，三年研究生我看他是白念了。寻找爱情？这年头还有爱情吗！”两个人正说着，远远看见蒋方圆跟田甜有说有笑地从远处迎面走过来。陈富贵小声问宋哲："蒋方圆那小子不是说跟田甜闹掰了吗？两人又和好了？"宋哲笑着说："你不是结过婚了吗，也算过来人了，男女之间的那些事情你如果都看不懂了，我一个童男子就更看不懂了！"

学校体育场上摆满摊位和"易拉宝"，由于参加招聘的单位太多，学校只能给每家招聘单位提供一个两米长的摊位。由于去得较早，前去体育场参加应聘的学生还不多，许多摊位的招聘人员还没有到，宋哲、蒋方圆、田甜和陈富贵四个人索性先围着体育场转了一圈，边转边开着陈富贵的玩笑。

"你看这事闹的，快当爹的人了，连找工作的资格都没有，只能跟着哥儿几个当见习生了！"宋哲说。

"要不是替'潜伏'那小子代投简历，我才不稀罕跟你们当什么见习生呢！这样也好，今年哥儿几个把路子蹚明白了，明年我找工作时就轻松了。"陈富贵自嘲道。

"你一年学休得真是时候，明年找工作的时候正好带着儿子一起来，把你找工作的经验好好地传授给他，从小培养他的忧患意识和应聘能力，说不定小家伙长大后能出息个大人物。哈哈，哈哈哈……"蒋方圆大笑着。

"这就叫体内消耗体外补。虽然咱老陈比哥儿几个晚毕业一年，但咱把毕业以后的事情提前办了，你们就羡慕嫉妒恨吧！"陈富贵把脸转向田甜，不怀好意地问道："你俩啥时候补办手续？反正就缺个仪式了，毕业前把那事办了得了！"

田甜的脸红一阵白一阵的，有些恼怒地瞪着陈富贵，问道："哪事？什么只缺个形式了？你可别瞎说！"说着，斜睨了蒋方圆一眼，真想上前撕了他的嘴。

"看来今年的'双选会'让德前那小子给算着了。"大家都问宋哲此话怎讲，宋哲说他发现前来参加招聘会的招聘官大都是些年轻人，不像是在单位里说了算的，来参会很可能是“盛情难却”，给学校面子，或者是借北方大学的校园招聘活动,宣传一下单位。大家仔细观察了一阵子,感觉宋哲判断得有道理。

“听我们导员讲，今年来学校招聘的单位虽然比往年多，但大集团、大系统好像比往年少。上一次招聘会‘两大电’‘三桶油’‘四大银行’都来了，确实也招了一些毕业生回去，这次好像一家都没来。”蒋方圆反驳田甜说他们导员尽瞎讲，招聘会还没开始，怎么知道哪家单位来哪家单位不来。

“你才瞎讲呢！两三个星期以前，学校就给各单位发出了邀请函，还给能来参加招聘会的用人单位统一制作了易拉宝，哪些单位来哪些单位不来学校当然清楚了。我们导员的媳妇就在学校就业办工作,招聘的事情他能不知道？”

“你别说还真那么回事！你们发现了没有，今年来学校参加招聘会的，除了工厂、房地产公司以外，就属保险公司多了，哪有几家正儿八经的单位！党政机关、事业单位难道今年一个人也不招收？”没等陈富贵把话讲完，蒋方圆就笑话开了:“见习生就是见习生，一看就知道没受过专门培训。党政机关、事业单位还用得着参加校园招聘吗？你什么时候听说还有党政事业单位到学校招聘的？党政机关事业单位是逢进必考，考前在报纸或网站上象征性地发一个简单的短讯就行了，根本用不着跑到学校里来招聘！”四个人边讨论着边一个摊位一个摊位地看。田甜遇见同寝室的三个同学后，就趁机跟室友们一起走了。

说着说着人就多了起来，有些摊位前的人挤成了一个疙瘩，想挤进去咨询两句都难。刚开始宋哲、蒋方圆、陈富贵三个人还在一起，挤着挤着就谁也找不到谁了。下午三点多钟宋哲回到寝室的时候，蒋方圆跟陈富贵正躺在床上一人抱着一个手机聊天，陈富贵还咯咯笑得不行。

“什么事把你高兴成那样？是媳妇生了还是股票涨了？”宋哲把书包往床上一扔，鞋子往旁边一踢，赤着脚在地上走来走去，“我的妈呀！转悠了一天，可把我累屁了！”

“有什么好转悠的？把简历递上去就行了，又不能多说多问的。”蒋方圆转过身来对着宋哲说。

“你把德前的那三十份简历都递上去了？不会半路上给扔到垃圾桶里了吧？”宋哲开玩笑道。

“你这人太阴暗了，我陈富贵是那样的人吗？全投递上去了，并且都是挑大单位、大系统投的。我跟老蒋上午就完事了，你怎么这么晚才回来？到哪跑马溜圈去了？”陈富贵问。

“人们都说幸福是什么——幸福就是想吃的都能吃得起，吃不起的都是不想吃的。我可没人家那福分，是想吃的都吃不起，吃得起的大多是不想吃的。学了个鸟专业，想去的单位人家不要，不想去的单位人家未必想要，只能多听听多看看多投投了，否则很可能毕业就失业了。俺家不像你家，家有万贯，门路很广。为供我上学，我爹差点把骨髓都砸出来卖了，不尽快找份工作赚点钱，只能眼看着我爹穷困死了！”宋哲嬉皮笑脸地说。

“实在找不到工作的话去我爹的建筑公司干得了，我跟我爹走走后门，兴许能让你去建筑公司烧烧锅炉、掏掏大粪什么的。我做出了那样大的一个牺牲，这点要求我爹肯定会答应的！”陈富贵故意拿话撩拨宋哲。

“你回去当老板，让我去给你们家掏大粪？亏你想得出来！再怎么着也得给我安排个副总当当吧？别以为学哲学的就真得找不到工作了。再者说了，陪你睡了一年多，感情不能说比天高比地厚，总不能比毛轻比纸簿吧？”宋哲嘟着嘴，一副生气的样子。

“你不是说外面欠你爹建筑公司的钱要不回来要破产了吗！快破产的公司还那样牛气，还得请个哲学硕士去你们家掏大粪！当然了，那份淘粪工的工作还是比较适合老宋干的！”蒋方圆笑哈哈地说。

“昨天我爹发短信说外面的欠款要回一大半了。老头子一高兴，承诺这两天再往我卡里打几万块钱让我学着理理财、练练手，等我有朝一日发了大财当了大老板，我把哥儿几个都收编过去，让老蒋在公司里当艺术顾问，老宋当政治顾问，德前当经济顾问。到那个时候，我就是四大家族的头了，你蒋总裁该干吗干吗去！”陈富贵洋洋得意地说。

“是你那位当建委主任的老丈人帮你们家把钱要回来的吧！你小子还整天牢骚满腹，搞了人家的闺女，还把人家的爹当成你们家的伙计用了，真不厚道！”蒋方圆骂道。

“这就叫周瑜打黄盖，一个愿打一个愿挨。我把他们家闺女弄到我们家养着，他当爹的不该出把子力？再者说了，欠我们家的钱还不还，什么时间还，他说了就算，况且要回来的钱，他闺女也有份，我根本不知他那份情。”陈富贵话锋一转调侃蒋方圆道，“今天上午参加招聘会时，我发现你那位小学妹对你不怎么感冒，跟你说话爱答不理的，有时还刺刺啦啦的。你不是天天跟哥们儿吹嘘说她对你如何如何崇拜、如何如何言听计从吗？我们怎么一点也没感觉出来？你是不是又招惹人家了？”

“女人翻脸像翻书一样快！毕业越来越近了，又是写论文，又得找工作，精神紧张，心里着急，压力山大。压力一大，心情自然也就好不了，光依着她的性子怎么能行？以斗争求团结，这可是毛主席他老人家说的。你作为低年级的学生，体验少、没经验，不会明白我们这些高年级学长们的想法，等熬到我跟老宋这个资历，你再慢慢体会吧！老宋，你说对吧？”宋哲只笑不语，气得陈富贵干瞪眼没办法。

六

招聘会结束的第三天，蒋方圆就接到一家房地产开发公司的面试通知，让他第二天去公司详谈一次，说是他们公司近期准备成立广告品牌部，非常需要蒋方圆这样专业的人才。蒋方圆虽然对房地产行业不了解，对将来从事房地产行业兴趣也不浓厚，但考虑到暂时还没有接到其他公司的面试邀请，跑一趟最多搭上半天工夫，对自己不仅没什么损失，还能增加一次实兵演练的机会，也就痛快答应了。

从房地产公司面试回来，蒋方圆心情大好，那天晚上非要请宋哲、陈富贵两人吃饭不可，说是虽然还没去那家公司上班，但一只脚已经踏进社会了，作为第一个找到工作的人，他有一万个理由请室友好好撮一顿。那天晚上蒋方圆高兴，喝了很多也说了很多。蒋方圆说那家房地产公司的人力资源总监口头答应他，三个月试用期一过，就让他去马上就要成立的广告品牌部担任副总经理，月薪不低于一万五千元，年终还有奖励。他没想到工作找得这样容易。看到蒋方圆趾高气扬的样子，宋哲心里老大不痛快，借去厕所之机，跟陈富贵发起牢骚："我就看不惯老蒋那副小人得志的样子！什么玩意儿，不就是卖楼的吗，用得着那样高调吗？说给谁听呢？"陈富贵知道宋哲心里不痛快，劝他不要跟蒋方圆一般见识，老蒋就那个个性，一高兴就忘乎所以，不知道自己是谁了，有时确实不太顾忌别人的感受。

过了没几天，宋哲也收到一家保险公司的面试通知，考虑再三，还是去了。那家公司的人力资源部总经理是个女的，个头挺高，语速挺快，说起话来像机关枪似的，要不是一上来就自我介绍她姓崔，宋哲真怀疑她跟某个娱乐节目的主持人是一母同胞。那位崔经理跟宋哲滔滔不绝地把保险行业的过去、现在和将来数落了个遍，讲了很多保险深度、保险密度等宋哲之前闻所未闻的专业性术语，听得宋哲云里雾里的。临了，崔经理问宋哲为何对保险公司感兴趣、什么原因促使他向他们公司投递了简历等等，宋哲实事求是地把自己对保险行业有限的了解讲了一下，说他一个学哲学的，就业路子不宽，选择余地很窄，只要能找到一份工作就 OK 了，实在没有条件挑来捡去地，请那位崔经理一定给他一次机会。

不知是宋哲的坦率和虔诚打动了崔经理，还是崔经理天生就是快人快语的个性，她十分坦率地把让宋哲来公司面试的原因告知。她说社会上很多人对保险公司有偏见，许多大学生宁愿找不到工作，也不愿意去保险公司上班，像宋哲这样具有高智商、高学历的人才，他们公司以前别说是招聘了，连招聘的想法都没有，虽然也有硕士毕业生向他们公司投递过简历，但绝大多数是只投简历不来面试。即使有人愿意来公司见上一面，公司上下都以"庙小留不住大和尚"，保险公司不需要硕士、博士这样高学历的人士为由，拒绝了一些有意献身保险事业的人才。崔经理说他们公司虽然在国内保险行业排名不是十分靠前,但也是具有十几年发展历史的国有控股企业,如果宋哲愿意来，她一定跟公司领导建议对宋哲进行重点培养，因为像宋哲这样具有硕士学位的人才，对提升公司的品牌效应很有帮助，并让宋哲回去考虑成熟后尽快给她一个答复。临结束的时候，崔经理送给宋哲一份公司简介，让他回去好好研究研究。

从保险公司出来，宋哲直接去了一个同学那里玩了半天，回到寝室的时候已晚上九点多钟了，蒋方圆和陈富贵都在，问宋哲面试得怎么样，宋哲把经过跟两人一五一十地讲了，问他俩有什么看法。对宋哲的选择陈富贵不太赞成，说他一个学哲学的，跟保险行业根本不搭边，专业不对口，忽悠工夫又不行，在保险公司讲哲学的话人家又听不懂，劝宋哲一定慎重考虑，切莫“一失足而成千古恨”。

宋哲说他心里也很纠结，在没有其他选择的情况下只能先找个单位托着底，毕业前如果能找到更合适的，再把那家保险公司辞了，反正只是个就业意向，双方又没有签订正式合同。

“怎么不行！老宋不是天天吹嘘说哲学是一门全能科学吗？学哲学的都是理性思维很强的人，而保险公司是一个靠动嘴皮子、感性思维很强的行业，理性思维强的人与一群感性思维强的人在一起，说不定天天碰得火星四溅、流光溢彩。哈哈哈……”陈富贵斜睨了蒋方圆一眼，让他别尽说风凉话，并说找工作是人生的一件大事，让蒋方圆好好帮宋哲参谋参谋，那家保险公司到底该不该去。蒋方圆辩驳说他说的句句都是正经话，用哲学思想指导保险行业发展，说不定对中国民族保险业的未来会产生积极的影响。虽然对蒋方圆连讽带刺的话有些反感，但宋哲认为并非一点道理都没有，也就懒得与他计较了。

春节一过，转眼就到了三月，无论是本科生还是研究生都开启了紧张模式。找到工作单位的，心安理得地润色自己的毕业论文，争取圆圆满满地毕业；没有落实好工作单位的，个个都火急火燎的，一有时间就去招聘网站上浏览，一遍又一遍地投递简历，听到哪里有供需见面会、招聘会，能去则去，实在不能去的一定托人把简历带过去。宋哲的一个研究生女同学，仅简历就投了两百多份，供需见面会也参加了十多场，到三月底也没有收到一家用人单位的考试面试通知，愁得她经常蒙着被子掉眼泪。

蒋方圆的毕业论文正式完稿那天，陈富贵召集同寝室的人一起吃饭，祝贺蒋方圆论文杀青。那天，蒋方圆把田甜和她的闺蜜婷婷也一起叫了去，席间大家讨论最多的还是找工作的问题。田甜说他们班里四十五名同学，真正落实好工作单位的还不到十五名，且绝大多数是男生。二十九名女同学中只有两人真正落实好了工作单位，有的同学精神都要崩溃了。婷婷说他们班落实好工作单位的两名女同学走的不是寻常路线，都是拼爹拼娘拼上去的。一位同学去了一家市立医院，因为她爹是那家医院的一把手，医院有规定，院领导的孩子可以照顾一个。另一名同学去了老家的司法局，虽然是事业编制，但跟公务员的待遇没什么区别。

陈富贵说法律专业前几年一直是“香饽饽”，就业率很高，很少有当年找不到工作单位的，今年出现这种状况十分不正常，他估计可能是用人单位还没有开始招聘工作，因为很多学校都把供需见面会安排在四月份进行，那时候绝大多数毕业生都完成了毕业论文，有的甚至完成了论文答辩，有时间也有心情来找工作。他劝田甜和婷婷不用太着急，如果法律专业的毕业生都找不到工作的话，其他专业的毕业生就更难了。

田甜说，前两年法律专业吃香，各高校一窝蜂地扩大招生计划，法律专业的毕业生年年翻番式增长。虽然中国的法律环境亟待改善，以法治国的理念需要进一步加强，但很多单位对法律的认识还不够到位，用法律手段维护自身正当权益的意识还没有真正树立起来，他们宁愿招聘能喝酒、会公关的行政人员，也不愿意招聘懂法律的大学生。而公检法系统每年招聘的人数屈指可数，大集团、大系统的法律顾问岗位就那么几个，所以法律专业三分之一的毕业生去了律师事务所，相当一部分人改行从事其他专业了。

“更可气的是很多单位歧视女生，个别单位还喊出‘宁要笨蛋男，不要聪明女’的口号。我们班,学习前十名只有一名男生,四年获得学校一等奖学金、国家奖学金的一名男生也没有，司法考试成绩前五名的都是女生，可男生轻轻松松就找到了工作，女生再优秀却也是一职难求。唉！”婷婷叹道。

“婷婷说的这些确实是普遍现象。我应聘的那家保险公司的崔总就直言不讳地告诉过我，他们单位领导明确要求不准招聘女生，除了单位里女生占比过高之外，更重要的是，国家下一步要放开二胎政策，他们担心女生比例过高会影响正常的工作。那位崔总告诉我说，他们公司女职工生孩子要提前跟单位打报告，如果不提前报告就怀上了，轻则罚款，重则解除劳动合同。崔总说单位领导也知道那样做是违法的，但不那样做，万一单位的女职工扎堆请假生孩子，单位根本应付不了。”宋哲说。

“企业重视效益本无可厚非，但如果所有企业都没有大局观念，都排斥招聘女生，那国家还有未来吗？改革开放后，中国经济之所以取得了长足发展，一个很重要的原因就是人口红利。随着中国老龄化社会的提前步入，国家再不修正二胎政策，中国的养老、老龄化问题会更严重。作为企业公民，尤其是那些央企、国企，理应站在服务社会的高度考虑问题，一味地追求经济效益，吓得女职工连孩子都不敢生了，那中国还发展不？”两位女生带头鼓起掌来，夸奖陈富贵不愧为世界经济专业的高才生，看问题确实带有国际视角，将来若在单位做了领导，可别眼睛也钻到钱眼子里去。

蒋方圆说他不完全同意陈富贵的看法，某些用人单位只招男不招女固然不对，但有些女职工做得也确实有些过分。他有一个熟人，是在企业里做管理工作的，说他们单位里有一名女职工，从结婚到孩子三四岁就没正儿八经地上过班。没生孩子的时候每月都要请假，说是排卵期不能太过劳累，否则不容易怀上孩子。怀上孩子以后基本上就请假不上班了，怕胎儿受到电脑辐射出现畸形。孩子生下来以后，不是请假说孩子病了，就是请假说孩子托儿所里有事情，气得单位领导赔钱也要让她走人。

看到孔德前只听不语，田甜忍不住问：女生、本科生找工作难有情可原，但像孔德前这样的男生、研究生找工作也困难就不应该了，中国现阶段还没到连研究生都找不到工作的地步，为什么他也迟迟没落实好工作单位呢？孔德前说近来他对这个问题进行了反思，也找就业办的老师咨询过，不外乎两个方面的原因：一是思想上不够重视，在求职报告设计、简历投递等方面做得不够好；二是因故放弃了多次考试面试机会，最可惜的是在近期参加的一次面试活动中犯了一个十分低级的错误，致使机会白白地从自己身边溜走了。大家问孔德前到底犯了什么样的低级错误，致使近在咫尺的机会没有抓住。孔德前说他犯的那个错误在很多求职毕业生身上都可能犯过，就是不应该把自己真实的薪酬预期告诉用人单位。“当时我想，省城社平工资都超过三千五百元了，我一个硕士研究生月薪怎么也得六七千块钱吧？其实那家用人单位的确能给硕士生提供六千元以上的月薪，他们问这个问题无非是想考察应聘者是不是唯利是图。如果他们认为你把薪酬作为选择工作单位的第一考量，他们无论如何都不会聘用你，他们担心如果其他单位能够提供更高薪酬的话，你会毫不犹豫地炒他们的鱿鱼。当时，我傻了吧唧地想，如果我的薪酬要求低了，他们一定会认为我不自信、能力差。蒋方圆要去的那家房地产开发公司承诺提供一两万元的月薪，那么，六千元的薪酬要求我感觉一点也不过分，谁知道人家二话没说就把我给毙了！”

“平时学校在这方面的培训组织得太少了，很多同学就是因为没有经验，走了很多弯路。上一届研究生班的一位学长，就是因为面试时向用人单位提出希望把他安排到专业对口部门里工作的要求，人家毫不犹豫地就把机会给了一个学校、专业、能力都不如他的毕业生。”婷婷问蒋方圆遇到类似的情况会如何处理时，蒋方圆不无炫耀地说：“你就回答说服从单位安排。我是一块砖，哪里需要哪里搬。我去参加房地产公司面试的时候，面试官也问过我薪酬预期的问题，我明明知道他们能给提供一个比较好的薪水，但我硬是回答薪酬不是我主要考虑的因素，虽然自己是研究生毕业，但工作经验几乎是零，只要进入公司后有一个好的职业生涯规划就 OK 了。面试官听后，直夸我水平高、境界高，正是他们公司所需要的，当场就拍板决定录用我。”

“从我应聘失败的教训来看，求职报告这些看似不重要的东西，有时候还真能决定一个毕业生的命运。”田甜说，“数学系有个同学，就是因为求职报告写得过于简单，单位负责招聘的人瞅都没瞅一眼就扔到一边去了，这也是辅导员为什么一再要求学生高度重视、用心设计求职报告的重要原因之一，特别是政治面貌、所获得荣誉、考取的证件、发表的论文等硬件，能写上去的一定要写上去。有些用人单位对学生在校期间发没发过论文、发了几篇论文、在哪类刊物上发的论文十分关注。他们认为论文不仅体现了学生的学习能力、学术研究能力，也在很大程度上体现了学生的学业水平、人生态度、价值观念。现在回想起来真有些后悔，要是前两年想办法找几个刊物发表几篇论文就好了，现在找工作兴许就派上用场了。”

孔德前说下周五省农大、省科技大等五所高校联合在沿江市组织一场供需见面会，问田甜和婷婷去不去，如果去的话，他们可以结伴而行。宋哲说他也准备去沿江市碰碰运气，如果能找到更好的单位，他就不去那家保险公司了，让大家到时一定别忘了喊上他。

田甜不无顾虑地说，这场供需见面会可能是省内各院校组织的最后一次见面会了，如果再没单位选聘的话，就只能临时先找一家律师事务所把三方协议签了，否则毕业时档案都没地方转，还影响学校的就业率。

“你们学法律的孬好还有律师事务所托着底，不像我们学哲学、学地理专业的，是姥姥不疼奶奶不爱，找不到工作单位就只能‘家里蹲’了。既然工作这样难找，学校还设置这样的院系干什么？简直是在浪费国家资源。”宋哲这么一讲，其他几个人都跟着发起了牢骚，把中国的教育体制批得体无完肤、一无是处。临了，六个人相约，不管找到工作单位的还是没找到工作单位的，下周五一起去沿江市。马上就要毕业了，大家在一起活动的机会越来越少了，更重要的是，大家一起去，对每个人的信心都是一个提升。

七

“舍不得你的人是我，离不开你的人是我，想着你的人哦是我，牵挂你的人……”蒋方圆、宋哲、孔德前等人搂成一字形，高声唱着高林生的《舍不得你的人是我》朝学校走去，快到学校门口的时候，远远看见一辆警车和一辆救护车拉着警笛匆匆开进学校大门。六个人面面相觑，不知道学校里又发生了什么事情。

传媒学院办公大楼前站满了人，几名警察聚在一起嘀咕了一阵子后，就让人把地上趴着的一具女尸抬上救护车拉走了，几名警察跟着两位教师模样的人进了传媒学院大楼。

蒋方圆、宋哲等人凑上前去问旁边站着的一名同学咋回事，那位同学看也没看他们一眼，冷冰冰地说了一句：“唉！又死了一个，这已是今年第三个了！”

“有什么想不开的？爹娘把她们拉扯大容易吗？眼看着就要毕业了，却偏偏走上这条不归路！唉！”旁边一位六十多岁的阿姨叹道。

“现在的孩子心理素质忒差了，有什么想不开的？用得着走这条路？学校是该好好抓一抓学生的心理健康辅导了！”一位头发花白的大叔一边说着，一边拉着刚才说话的那位阿姨摇着头走了。

传媒学院表演系大三硕士研究生花露香跳楼自杀的消息很快就在整个校园里传开了。有人说花露香自杀是因为感情问题，有人说是因为工作问题，也有人说是因为抑郁症复发……随着花露香父母大闹学校，其死因真相大白。花露香死前留下的一沓厚厚的遗书，清楚地表明她走上不归路的真正原因。

花露香本科毕业后直保进入本校表演系攻读系主任柳一民的研究生。柳一民跟她承诺，只要他同意，花露香一毕业就可留校任教。为此，花露香成了柳一民的“干女儿”，也成了他的玩偶。临近毕业，其他同学都在忙活着到处找工作的时候，花露香却平静如水，一点焦躁不安的迹象都没有，让人不得不佩服她的沉稳和定性。在花露香看来，自己有导师、“干爹”柳一民，留校任教那是板上钉钉的事情。当一天柳一民告诉她“学院一个留校名额都没有”，让她自行想办法的时候，花露香的精神彻底崩溃了。她哭过闹过，但都无济于事。她要挟柳一民，说如果不兑现他当初的承诺，她就从传媒学院大楼上跳下去。而柳一民的一句“愿意跳你就跳吧，别尽拿跳楼吓唬人”的话，让花露香心中的幻想彻底破灭了，自己两年半来为柳一民付出了一切，换来的却是冰冷的结局。绝望中的花露香做出了一个惊人的决定：与其屈辱地活着，还不如结束噩梦般的人生，让柳一民身败名裂，苟延残喘后半生。那天下午，花露香去学校大澡堂子里泡了将近两个小时，她知道再干净的水也洗不净她肮脏的过去、丑陋的灵魂，反倒可能将一池净水弄脏、污染了，但她还是愿意躲进雾气腾腾、令人窒息的浴池里，她感觉那里最干净，也最安全。她将自己精心梳妆打扮了一番，穿上平日最喜欢的那套粉红色连衣裙，沿着她学习生活了七年、曾经让她矜持、让她自豪的校园默默地转了一圈，义无反顾地爬上了传媒学院十三层高的楼顶，把写给父母最后一封信的复印件抛向天空，然后一跃而下。

花露香跳楼自杀后的很长一段时间里，北方大学的校园里被一种浓浓的悲情笼罩着，大家不约而同地思考着同样的问题：学校还是一块净土吗？人生之路到底该如何走？

省农大在沿江市组织的校园招聘活动开始的前两天，孔德前收到了刘洋洋的信息。短信中，她说自己留在这个世界上的日子不多了，可能只有几天，也可能就在明天。在她即将离开这个世界的时候，她想对曾经给她温暖、给她关爱的孔德前当面说一声“谢谢”，即便老天不给她这个机会，让她无缘当面表达谢意，她也会带着感恩、带着期盼、带着幸福独自去“旅行”。刘洋洋在短信中还说，她相信来世，今生不能报答的，来世她一定加倍报答。万一她走得匆忙，来不及跟爱她的人和她爱的人当面道别，她一定会在去往天堂的路上为他们祈祷，祝他们一生平安。

看到刘洋洋的短信，孔德前吓了一跳，他不相信在离开三山县十天不到的时间里，病情基本稳定的刘洋洋会发生如此大的变故。孔德前匆匆登上去往三山县的火车，一路站到三山县城。当他满脸疲惫地出现在刘洋洋面前的时候，极度虚弱的刘洋洋露出了欣慰、甜蜜的微笑。孔德前不解地问刘洋洋的父母，病情因何突然恶化。刘父刘母叹息道，孔德前回学校后，刘洋洋也在家忙忙碌碌地赶写毕业论文，不知是劳累过度，还是吃了前两天刚从商场里买回来的膨化食品，病情突然就加重了，情绪波动极大，还常常被噩梦惊醒。

刘洋洋的父母把孔德前叫到客厅，欲言又止。看到他俩吞吞吐吐的样子，孔德前真有些急了：“有什么事你们尽管吩咐就是了，洋洋都这个样子了，还有什么不好说的？”刘老师十分难为情地把女儿的希望跟孔德前讲了，问他能否满足她弥留之际最后一点要求。孔德前态度十分坚决地说，他不仅要满足刘洋洋的要求，还要跟他们一起把她的生命抢救回来。

跟刘洋洋拍完婚纱照后，孔德前直奔省血液专科医院找到了张教授，把刘洋洋的情况跟他做了翔实的汇报，并询问上次抽血化验的结果是否跟储存在医院电脑库中刘洋洋的 HLA 相匹配。张教授把护士叫进办公室，对方十分歉意地朝孔德前笑笑，说由于她的疏忽，把孔德前的联系方式登记错了，所以没有将孔德前与刘洋洋的低分辨率有 6 个点位相符的消息及时通知他们，也就无法进一步做高分辨配型。张教授听了，十分诧异，说像刘洋洋少见的

HLA分型只有万分之一甚至十几万分之一的概率，孔德前与刘洋洋两人没有任何血缘关系，怎么可能那样巧就配得上了呢？张教授没时间责怪粗心大意的护士，立即组织专家进行了高分辨配型，结果刘洋洋与孔德前高分辨8个点相符。当孔德前把化验结果电话告之刘洋洋和她父母的时候，一家人兴奋地抱头痛哭。

孔德前打电话给他的父母，说他们的儿媳妇得了急症急需用钱治疗，让他们把家里所有的积蓄都从银行里提出来打到他的卡里。孔德前的父母将信将疑，之前从未听儿子提过儿媳妇的事情，忽然冒出个儿媳妇来，老两口打死也不相信。当孔德前将自己和刘洋洋的婚纱照通过手机传给父母看后，父母高兴得眼泪都出来了，当天就将准备给儿子买房的九万块钱全部转入孔德前的卡里。孔德前在医院完成配型后，直接坐车回到学校，将刘洋洋的病情和两人配型成功的事告诉了陈富贵，请求陈富贵帮他想办法筹点款。陈富贵二话没说，当天就将自己名下的股票全部抛出，将六万多块钱直接转到孔德前的名下。同时，陈富贵打电话给他的父亲，要求对方尽快再往孔德前的卡里汇十万块钱。

在省农大牵头组织校园招聘会的那天，孔德前回到三山县，当天晚上就与刘洋洋及其父母住进了省血液专科医院。第二天上午十点钟，孔德前走进省血液专科医院干细胞分离室，开始采集造血干细胞。晚上十点半，125毫升浓浓的暗红色造血干细胞通过静脉缓缓注入刘洋洋的体内。4小时过去了，手术进行得十分顺利，手术室外刘洋洋的父母和专程赶来医院探望“儿媳妇”的孔德前父母禁不住喜极而泣。

两天后，刘洋洋出仓进入普通病房，当她第一眼看见孔德前的时候，眼泪像断了线的珠子洒满了枕头，两只手紧紧地抓住他的手不肯松开。她从心里感激眼前这位生病前跟自己没有太多关系的师哥，是他给了自己第二次生命，还与自己演绎了一个真爱传奇。从医院回到家的那天晚上，刘洋洋紧紧靠在孔德前的肩头，问他为什么对她那样好，孔德前情不自禁地哼起了不久前刚刚学会的那首《情非得已》：难以忘记初次见你，一双迷人的眼睛，在我脑海里，你的身影挥散不去……爱上你是我情非得已，爱上你是我情非得已。随着美妙的旋律，刘洋洋流下了幸福的泪水。

刘洋洋回家静养的第三天，孔德前回到学校。刚进校园，迎面遇见了陈富贵。孔德前默默走上前去，紧紧拥抱住了陈富贵，把陈富贵勒得都有些喘不过气来。

"我靠，十多天不见，连外国佬的礼仪都学会了？不知道的还以为咱俩是好基友呢！"孔德前含着泪水，十分虔诚地朝陈富贵深鞠一躬，搞得陈富贵不知所措。

"有病呀？你想折煞我呀！"陈富贵笑道。

"兄弟，谢谢！代表自己，也代表刘洋洋。如果没有你和你全家的慷慨解囊，可能就没有我跟洋洋的明天。谢谢！真诚地谢谢！"不知是被孔德前的真诚感染了，还是被他与刘洋洋真挚的爱情故事感动，陈富贵的眼睛也湿润了，情不自禁地上前主动抱住了孔德前。

孔德前与陈富贵一前一后进了303寝室，一股浓烟扑面而来，把他俩吓了一跳，如果不是宋哲问了一句"回来了"，他俩还以为寝室起火了呢。

"咋的了？怎么抽起烟来了？"孔德前看着有些怪异的蒋方圆和宋哲，问了一句。蒋方圆勉强挤出了一丝笑容，干笑了两声，十分瘆人。

"到底咋的了？近来我发现你们个个神经兮兮的，不像正常人！被论文压得，还是被工作愁得？"陈富贵说着，随手打开寝室的窗子。

"分了！"蒋方圆说。

"什么分了？"陈富贵问。

“跟田甜分了。”蒋方圆说。

“别逗了，你俩又不是分了一次两次了，干吗搞得跟真事似的？”陈富贵笑道。

“这次是真分了！彻底地！”蒋方圆猛吸了两口烟。

“为什么？你俩处了两年多了，临近毕业，怎么能说分就分了呢？”孔德前有些不解地问道。

“她跟广东一家公司签了就业协议，非让我跟她一起去，我不同意，就闹掰了！”蒋方圆说。

“跟她一起去广东又能咋的？把房地产公司的那份工作辞了，跟她一起去不就完了？”陈富贵说。

“我家三代单传，跟她去广东，我父母同意，我爷爷也不会答应的！”蒋方圆说。

“去广东是工作，又不是赴刑场，我相信只要你解释清楚，他们不会不同意的。除非你不爱她。”孔德前说。

“那也不一定。我跟我媳妇结婚时我就不同意，可我父母寻死寻活地硬逼着我娶她，有时候父母之命实难违呀！”说这话时，陈富贵的眼睛充满了同情和理解。

“散了就散了，有什么了不起的？天下何处无芳草，何必为她而苦恼？”孔德前瞅了宋哲一眼，怪他这个时候还说这些丧气话，“你又没失恋，你抽什么烟？起什么哄？”

宋哲苦笑了一声，说道：“蒋总裁不高兴，我这个大舅哥怎么能高兴得起来呢？再者说了，再过一个月，我们就要离开学校各奔东西了，一想起这些，我心里就空落落的，总有一种说不出的滋味。”

“又不是亡命天涯，何必如此伤感？你看我到现在工作还没着落，又经历了那样大的一场洗礼，这事要是搁到你俩身上，还能活成不？”孔德前这么一说，宋哲、蒋方圆才想起询问刘洋洋骨髓移植的事情，孔德前就把手术情况及近期自己的感悟跟三位室友叙述了一遍，劝蒋方圆越是在容易遇挫折、出问题的时候，越要乐观地面对，辩证地观察，理性地思考，尤其是对待感情问题。

“一个学西方经济学的，不好好研究西方经济，倒研究起东方哲学来了。你把经济学、哲学都研究明白了，让我们这些真正学哲学的喝西北风去？”宋哲双手合十，做出一副“拜托拜托”的样子。

“刘洋洋这一病，让老孔彻底变成一位熟男了。真可谓‘草枯鹰眼疾，雪尽马蹄轻’。”陈富贵叹道。

“料峭春风吹酒醒，微冷，山头斜照却相迎。回首向来萧瑟处，归去，也无风雨也无晴。”蒋方圆大声朗诵着苏轼的《定风波》，推门而出。

八

孔德前回到学校的第二天，导师把他叫进办公室，把他对孔德前毕业论文的修改意见一一进行了讲解。当孔德前千恩万谢地准备离去的时候，导师又把他叫住：“听说你女朋友病了，还借了不少钱。我这里有三万块钱，不多，先拿去还人家一部分吧！”孔德前坚推不收，导师火了，骂道：“跟我读了三年研究生，不明白师如父母的道理？如果这钱你不收下，以后就别叫我‘老师’、别叫我爱人‘师母’了！”看到恩师愤怒的样子，孔德前只好恭恭敬敬地把三万块钱接了过来。

导师示意孔德前重新坐下，说已把他的情况跟他以前带过的一名研究生的父亲——某大集团公司的总经理讲了，那位老总听了孔德前的情况后十分感动，当场表态让孔德前去他们公司谈一谈，并说像孔德前这样一位品学兼优、浑身充满正能量的学生正是他们公司所需要的。导师说他教了一辈子书，从未求别人说过什么做过什么，也从未请这个领导吃过饭、给那位领导送过礼，所以临近退休还是一名普普通通的硕士研究生导师。他之所以平生第一次开口求人，主要是被孔德前的所作所为感动了，为自已有这样一位优秀的学生感到自豪和骄傲。听了导师的话，孔德前扑通一声跪下，半天不肯起来。

孔德前从导师办公室出来，远远看见宋哲拿着一张报纸慌里慌张走在前面，连忙擦干眼角的泪水，急匆匆地追了上去。

宋哲顺手把报纸递给孔德前，说：蒋方圆签约的那家房地产公司的老板跑路了，不知道对蒋方圆的工作有没有影响。孔德前拿过报纸看了看，头摇得像个拨浪鼓，说账户都让法院封了，公安部门也发出了通缉令，不受影响是不可能的。

看了宋哲带回来的报纸，蒋方圆脸色大变，急忙掏出手机拨通了房地产开发公司人力资源部总监的电话，那位总监信誓旦旦地保证，说他们公司是省内数一数二的大集团公司，别说报纸上刊登的消息不实了，就是刊登的消息属实，如此大的公司也不可能说垮就垮，让蒋方圆安心完成他的毕业论文，尽快去公司上班。

又过了两天，蒋方圆再次把电话打到房地产开发公司人力资源部总监那里，电话则一直处于“暂时无法接通”状态。蒋方圆感觉势态严重，急忙打了个出租车，直奔房地产开发公司。

房地产开发公司办公楼前聚集了几百号人，都是预付了款购房的。人群中有人在哭、有人在骂、有人在唉声叹气，几个年纪轻一点的情绪激动地上前猛踹紧锁的大门，旁边维持秩序的警察拦都拦不住。蒋方圆情绪低落地回到寝室，想想好不容易找到的工作又丢了，处了两年多的女朋友也跟他吹了，惆怅、哀愁、委曲一齐涌上心头，忍不住伤心落泪起来。

推门进来的陈富贵，看到蒋方圆眼泪汪汪的样子，禁不住大笑起来："你们搞艺术的，就是感情丰富，一会儿风一会儿雨的，真让人受不了。这又怎么了？想那位小学妹了？想她直接去找她就是了，用得着一把鼻涕一把泪吗？"陈富贵这么一说，蒋方圆哭得更伤心了，一边哭，还一边不停捶打着床头，撕心裂肺的样子不免让人感觉心里酸酸的。

看着蒋方圆捶胸顿足的样子，陈富贵感觉既好气又好笑，把蒋方圆狠狠地奚落了一顿："我看你就是嘴上的功夫。马上就要毕业了，就这点出息还能去社会上混？不就是工作丢了、女朋友散了吗，还能死了呀？你看看人家孔德前，是一种什么样的精神状态。有一点当代大学生的精神风貌好不好！"被陈富贵这么一骂，蒋方圆倒安静下来了。陈富贵说他虽然不是毕业生，但三位室友一年来的纠结与变化他都看到了。虽然就业难，但还没到无工作可找的地步。如果每位毕业生现实一些、心态放低一些，找份工作还是没有问题的。陈富贵说在找工作方面，大家都应该跟宋哲学，不好高骛远，不只看眼前。至于感情方面，每一个人都应该拜孔德前为师，要么就不爱，要么就轰轰烈烈、结结实实地爱一场，什么都能舍得，什么都敢舍得。

刚开始蒋方圆还不服气，说"传教士"谁都会做，因为事没摊到自己身上，一旦摊到自己身上了，谁都无法泰然处之、一笑了之。研二的时候大家为什么不是现在这个样子？那是因为还不是毕业生，还没有走到人生的十字路口。正如一首诗词所言：人生若只如初见，何事秋风悲画扇。

"等闲变却故人心，却道故人心易变。骊山雨罢清宵半，泪雨霖铃终不怨。何如薄幸锦衣郎，比翼连枝当日愿。"看着蒋方圆目瞪口呆的样子，陈富贵笑笑，问道："后面这几句我背得没错吧？"

"你怎么也晓得这首《木兰花令》？"蒋方圆显然有些诧异。同寝室几年，每每蒋方圆诗兴大发的时候，陈富贵都不忘调侃讥讽几句，听他一本正经地完整背诵完一首诗，而且还不是人人都能背上几句的唐诗宋词，着实让蒋方圆吃惊不小。

"跟文学院的大才子同吃同睡了三年，还能不培养出一点文人气质来？这首《木兰花令》是纳兰词中流传最广的一首，'人生若只如初见'更是所有纳兰词中乃至古往今来所有诗词名句中最脍炙人口的一句。人们把这首词从三百多年前的背景中抽离出来，用它来诉说自己的情绪，仿佛它一直就是我们每个人自己的生活背景，属于我们每一个独特的、不为任何人所知也不容任何人窥视的私密空间。同寝室三年，严格意义上讲是同室两年多一点，但每个人都永远不可能像'人生若只如初见'那样单纯、那样简单。今年我是旁观者，来年我也会加入毕业生的行列，到时我肯定不会像你老蒋那样有时信心爆棚，有时又消沉自卑。大不了我也跟我爹一样，去当一个包工头。"陈富贵说，刚查出有肝病的那阵子，特别是父母硬逼着他跟一个自己并不熟悉的女人结婚的时候，他内心苦闷过、消沉过、挣扎过、抵抗过，但自从看到孔德前为了身患绝症、偷偷暗恋着的刘洋洋而敢于放弃、勇于承担的时候，他又顿感人生的价值和伟大。人不能太自私，人应该有大爱。人只有坦坦荡荡地活着，才能活出意义、活出精彩、活出味道。而这正是他们那一代人所缺少、所需要的。

蒋方圆静静地听着。他没想到好为人师的自己，竟然服服帖帖地当了一回学生。他问陈富贵能不能帮他一个忙。陈富贵说那要看他需要帮什么样的忙。蒋方圆说他想请他当一回信使，帮他给田甜传送一个口信，内容他都想好了，只有两句话：今宵便有随风梦，知在红楼第几层？陈富贵说，这忙他帮不了也不想帮，解铃还须系铃人。蒋方圆哀求道，同学三年哪能见死不救？陈富贵说，去请教一下孔德前吧，问问他是如何用真诚换真情的。蒋方圆笑称，如果这次陈富贵帮了他，来年陈富贵毕业的时候他会把他一年来的感受、体会、经验、得失，毫不保留地传授给他。陈富贵笑称，作为“见习毕业生”的他已经毕业了，完全有能力应对毕业那年所发生的一切。蒋方圆恼怒地骂了一句：“软硬不吃的家伙！”一摔门走了。

蒋方圆前脚刚走，宋哲跟孔德前就一前一后地进了门。宋哲把背包往床上一扔，“扑腾”一声倒在床上，一言不发，活像一个闷葫芦。孔德前进了寝室，也是一言不发，忙活着往外发送信息。陈富贵也懒得理他俩，自顾自地回味刚才自己有意激怒蒋方圆的情景。

“大哲学家，论文答辩通过了？”陈富贵终于忍不住问了一句。宋哲白了陈富贵一眼，恨恨地骂道：“强盗！简直是强盗！”没等陈富贵问宋哲因何如此激动，宋哲就讲开了。

原来，宋哲写的那篇《中国梦与欧洲梦的内涵属性与实现路径》的毕业论文，拿给导师看后，导师认为很有哲学内涵和时代精神，就把其中的核心内涵进一步进行了阐述，拿到校刊上发表了。宋哲看到后十分生气，认为导师剽窃了他的研究成果，牙虽咬得嘎嘣响，但没勇气跟导师理论一番，咬牙切齿地围着校园转了几圈后又回到了寝室。看到宋哲义愤填膺的样子，孔德前感觉既好气又好笑。他问宋哲，国家梦的核心思想是否是他首先提出来的。宋哲说，当然不是。孔德前说，既然不是他的独创，导师为什么就不能论述？宋哲说，理论界有那么多的问题他不写，为什么偏偏写他毕业论文研究的这一课题？孔德前说，导师带他三年，多少研究成果与他共享了，即使导师借用了他的某一个观点，那也算不上剽窃，顶多是借用，是英雄所见略同。宋哲说，如果导师把他的名字一同署上，或者在索引备注中提提他的名字，他或许能够接受。

“最好把你列为第一作者！”陈富贵笑道，“凭什么？备注中的索引都是公开发表过的著作或文章，你那篇国家梦的文章公开发表过了？在哪本杂志上发表的？”孔德前跟陈富贵你一言我一语把宋哲数落了一遍。宋哲嘴上虽然不服，但心里还是觉得自己有些小题大做。要不是为了毕业找工作时能积累点资本，自己可能也不会心理失衡、情绪失控。他开始庆幸自己没一时性起冲进导师办公室大吵大闹，否则人可就丢大了。

“批判会”开得如火如荼的时候，蒋方圆回来了，看他那郁郁寡欢的样子，陈富贵知道他去田甜那里没什么收获，也就不忍心再拿话刺激他。

留言、合影，这是毕业季的学生们必须要完成的两大“功课”，即使前路迷茫、悲观消极，但大家还是不约而同地相互送上了最美好的祝福：“前程似锦”“前途无量”“未来的政治家”“伟大的经济学家”“中国的文坛巨匠”等等，虽然在同学的毕业留言簿上如此这般地“祝福”，自己都感觉太空洞、太虚无，甚至太无聊，但谁都不会把自己的纠结、彷徨、失意，甚至悲愤情绪发泄到人家的纪念薄上，留在一张张合影上。

蒋方圆拿着田甜写给他的毕业留言看了又看，不明白马上就各奔东西了，为何她在留言中还无情地贬低自己：“做人低一些、做事高一些，说话小一些、看人大一些。”明摆着是在骂自己眼高手低、目中无人、狂妄自大。蒋方圆犹豫再三，最终没把田甜写给自己的留言从纪念册上撕下来，付之一炬或撕个粉碎。宋哲、陈富贵回到寝室后，蒋方圆还是没忍住，把田甜的留言拿给他俩看了，还喋喋不休地骂田甜刻薄、自私、缺少教养。宋哲也愤愤不平地埋怨田甜感性有余、理性不足，即使两人走不到一起，临近毕业，也没必要给昔日恋人留下一个不好的念想。

陈富贵没好气地瞪着宋哲，讥讽道：“整天自诩哲学专业的学生看问题理性、全面、透彻，我看也不过如此。依我看，田甜给老蒋的留言超好，字字珠玑，句句点睛，字里行间透着关爱，绝没有你们所说的贬低、挖苦、攻击的意思。”

“都上升到做人、做事层面了，还不叫贬低？如果这都称得上‘超好’的话，那汉语词典里就没有‘刻薄’二字了！”蒋方圆不服气地辩驳道。

“是啊，老蒋给她写了那么多赞美祝福的话，她再有情绪、再有怨气也应该心平气和，如沐春风。中国有句老话叫‘面不辞人’。就凭这一点，老蒋就该甩了她。”宋哲愤愤地说。

“你在人家纪念册上写的那些话都是真心话吗？什么找一个高富帅老公了、什么永远年轻漂亮、家庭和谐幸福了……鬼才相信！你巴不得人家找一个无德无才的矮穷丑，最好天天跟她打架，让她不得安生，只有这样才能让她后悔，才能显出你的矜贵、你的价值。虽然这样想、这样做有些歹毒，甚至有欠道德，但也是一种正常人的思维。”蒋方圆张了张嘴想辩白什么，陈富贵制止了他。陈富贵说田甜的留言看起来有些刻薄，全无委婉可人之处，倒多了些女汉子的率性，但她冰冷的语言后面是一颗火热的心。中国有句俗语叫“褒贬是买主”。她要是不希望昔日恋人成为一名德才兼备的谦谦君子，才不会那样率性、那样真诚呢！

“你别说还真有那么点意思！西方有句谚语，‘上帝想让一个人灭亡，必先让他疯狂。’同寝室一两年，还真没看出富贵同志有如此深邃的洞察能力。临近毕业分手，才发现你不仅是一名心理学家，还是一名优秀的评论家！‘地下工作者’的称号按到你身上比按到孔德前的身上更合适。”宋哲连抱拳带竖大拇指的样子真让人怀疑他的话是赞扬还是挖苦。

陈富贵摆了摆手，说道：“心理学家不敢当，只是比你们了解女人稍微多一些罢了。别忘了，我可是过来人，跟你们这些学生娃子比起来，也算是见过大场面的人了。哈哈哈！”

“真可谓不入虎穴焉得虎子。富贵同志，我跟老宋都是童男子，没经历过风雨，也就不知道彩虹是啥样子。你跟我俩讲讲，你跟你媳妇第一晚是如何刀刀见红的？谁先主动的？”蒋方圆这么一说，宋哲也来劲了，一个劲地催促陈富贵快说。

陈富贵狡黠地望着蒋方圆，笑道：“别装了！如果说宋哲没什么实战经验的话，我信。你蒋方圆说不明白男女之间那点事，打死我也不相信！就你那猴急的个性，不敢说天天‘新闻联播’，但‘每周一歌’是少不了的。”

毕业典礼的前一周，孔德前从刘洋洋家里回来，大家急忙围坐过来嘘寒问暖，孔德前笑眯眯地一一作答。孔德前说刘洋洋身体康复速度，连张教授都感到惊奇。张教授说自己从医几十年，骨髓移植手术也做了上百例，但从未见过像刘洋洋这样稳定的病例。孔德前说，他跟刘洋洋的爱情故事被媒体报道后，得到了全社会的广泛关注和慷慨相助，一家大型企业的老板亲自打电话给刘洋洋，承诺只要她能够正常上班了，他们公司就立即跟她签订劳动合同，而且是无固定期劳动合同。孔德前动情地说：“社会对我们如此眷顾，我们没有任何理由不努力回馈社会。”他的真诚，又一次把蒋方圆、宋哲和陈富贵感染得一塌糊涂。

离校的头天晚上，303室的“卧谈会”一直开到东方放白。四个人把七年来学校曾经发生的陈芝麻烂谷子翻腾出来数落了一遍，但谈得最多的还是将来和离别时的嘱托。四个人相约，来年的这一天，也就是陈富贵离校的那一天，三个人都要返回学校，为相聚、为友谊、为缘分，也为303室最后一位步入社会的陈富贵道贺。谈到激动处，四位室友起床围坐一起，你一言我一语，完成了他们共同的“宣言”——《说好了，明年再相见》：七年前，我们在一个叫“北方大学”的地方相聚。还记得，入学第一天，大家羞涩地介绍着自己，一觉醒来，好像熟悉得难舍难分，也许，这就是缘分；还记得，每天晚上熄灯后的“卧谈会”，一会儿笑声一片，一会儿辩声一片，一会儿便是鼾声一片，也许，这就是默契；还记得，初入大学的那个中秋，班上最小的同学想家，全班人都跟着哭了，也许，这就是情谊……七年转眼过去了，我们就要毕业了，一年后不论你是结婚、生娃，还是升官，也不论你是购房、买车，还是穷困潦倒，我们都要暂时停下来，再回到七年前我们初次相聚的这个地方，不是比谁的工作最好、比谁的官最大、比谁的收入最高、比谁的媳妇最漂亮，而是回味我们曾经的过去，回想我们曾经的故事，回忆我们曾经单纯而美好的时光。说好了，明年再相见！

《宣言》写好后，四个人谁也没发一言，各自回到自己的床铺，重新躺下。

天未亮，蒋方圆的手机就“吱吱”地响个不停，那是田甜在提醒他别睡过了头，千万别耽误九点赶赴广州的火车。半个小时后，蒋方圆收拾好东西，跟三位舍友一一拥抱话别，跟早已等候在楼下的田甜手拉着手头也没回地走了，因为他也在广东找到了一份工作。望着蒋方圆跟田甜远去的背影，宋哲、孔德前、陈富贵的眼睛都不约而同地湿润了，虽然“卧谈会”相约离别时谁也不准送谁，谁也不许流泪，但当看到朝夕相处的同学就要奔赴几千里之外的南国重新开始时，还是忍不住落下了伤感的泪水。

陈富贵没有信守头天晚上的承诺，坚持要把孔德前、宋哲送出学校大门。当三个人默默地走近那块镌刻着“北方大学”的巨型花岗岩的时候，还是忍不住走向前，手抚着“北方大学”四个金光灿灿的大字，良久，良久。

别了，北方大学！别了，303 室的寝友们！

（原载于《鸭绿江》）

幼儿园

一

贺云竹走进办公室屁股还没坐热，苗壮的电话就打过来了，劈头盖脸地把他说了一顿，说得贺云竹云里雾里的。

“昨晚是不是又被云朵赶到小黑屋里睡去了？跟你说过多少回了，人家是贵族大小姐，要好生伺候着，你偏不听！吃了亏就怨不得别人了！”云朵是苗壮的媳妇,祖上是清代镶黄旗人,所以贺云竹就经常拿云朵的出身调侃苗壮。

“别扯那些没用的！发生那么大的事也不报告一声,请不起客还是咋的？”苗壮故作严肃地说。

贺云竹问苗壮，什么事值得你一大早就大呼小叫的？是中国成功举办奥运会了？还是美国选出了黑人总统？或是俄罗斯承认南奥塞梯独立了？

“那些都离我都太远！可以说与我一点关系都没有！都快三个月了也不跟我汇报一声，要不是今天早晨我亲眼看见伊梦在洗漱间里哇哇地吐，还不知道你俩造人成功了，我老苗家的儿媳妇马上就要诞生了呢！”伊梦是贺云竹的媳妇，跟苗壮是一个单位的同事，她跟贺云竹认识，还是苗壮给介绍的呢！

“你俩在一个楼上班，一天见N次面，怀没怀孕你还看不出来？用得着我跟你说吗？没看出来，那是你关心嫂子够。”贺云竹哈哈笑着说。

“谁嫂子！咱俩是一天出生的，谁大谁小还不一定呢！再说伊梦比咱俩都小两三岁，让我叫她嫂子，做梦去吧！”

“我是凌晨生的，还用得着比谁大谁小吗？别说伊梦比你小三岁，就是小三十岁，该叫的时候还是要叫的！杨振宁82岁时娶了28岁的翁凡，他80岁的弟弟就不叫翁凡嫂子了？”贺云竹说。

“咱俩分不清谁大谁小，那就通过孩子来分大小吧！咱可是说好了，谁家的孩子先出生，咱俩谁就是老大！反正我儿子快五个月了，你闺女比我儿子小将近两个月。”苗壮洋洋得意道。

贺云竹反问苗壮，你怎么知道云朵怀的一定是儿子，而伊梦怀的一定是闺女呢？说不定伊梦怀的是儿子呢！苗壮听了，更加洋洋得意。他说云朵已经找熟人B超过了，百分之百地确定。伊梦的神态、反应与他们家云朵完全不同，不是闺女难道还是儿子？苗壮让贺云竹晚上请客，地方他安排，而他负责通知严芳菲。偌大个海城，就他们三个同学，没有个理由很难聚到一起。贺云竹、苗壮和严芳菲是北方大学经济管理学院一个班的同学，上学时贺云竹是班长，严芳菲是文艺委员，苗壮是体育委员。同为班委，相比一般的同学要接触得多，也熟悉了解得多。大学毕业时，苗壮考进了海城市香荷区残联，严芳菲进了市内一所职业学校，贺云竹被招聘到市商业银行。虽然都在一个城市工作，但如果没有外地同学来海城，他们基本上也凑不到一块儿，除了工作忙、各人有各人的家庭生活等客观因素外，最主要的还是严芳菲对同学聚会比较排斥，每次都以“家里有事”“外地出差”“交通拥堵”为由，借故不参加，久而久之，苗壮也就没了刚毕业那会儿的热心劲了。

大学时代的严芳菲，不仅人长得漂亮，而且组织能力很强，是经管学院男生们公认的女神，追求者趋之若鹜。家境不好、相貌并不出众的贺云竹，能在众多追求者中杀出一条血路、赢得美人芳心，除了锲而不舍的原因，还有近水楼台先得月的优势。大学毕业前夕，严芳菲突然失联了两个多月，音信全无。当严芳菲重新出现在贺云竹面前的时候，恼羞成怒的贺云竹不问青红皂白地就把她奚落了一顿，说了很多自己感觉都难以原谅自己的话，全然没有顾忌严芳菲的感受。严芳菲幽幽地望着贺云竹，没做任何解释，只是淡淡地说了句："对不起！云竹，咱俩分手吧！"情绪失控的贺云竹轻蔑地笑了笑，赌气地说："早说呀！有了新欢也用不着玩失踪呀！我让位就是了！不要把我当傻子！"严芳菲呆呆地看着贺云竹足足有一分多钟，含着眼泪静静地走了，一句话也没说。

毕业时，贺云竹本不想留在海城，但最终还是留了下来，除了自己在这里学习生活了四年，有许许多多的回忆和曾经无限美好的情感以外，最重要的是，他要看看究竟是何等神圣夺走了他的初恋。他下定决心一定要打拼出一片天地来，让严芳菲为自己当初的选择付出代价。三个同学中，严芳菲结婚最晚，老公是她学校的副校长，年龄比她大许多、离过婚，还带了一个十多岁的男孩，这让苗壮十分不解，也让贺云竹打心眼里更加瞧不起严芳菲。

挂断贺云竹的电话，苗壮马上拨通了严芳菲的手机，可手机一直处于无人接听状态。中午快下班的时候，严芳菲才回过电话来，问苗壮找她有什么事，是不是外地又有同学来海城了，或是他正科级的问题解决了。"正科哪那么容易解决？再说，我去年才提的副科。今晚上有人请客，你严大美人出个台吧？"苗壮笑道。

"你这家伙，永远没个正经的时候，'苗大忽悠'的外号一点没给你起错呀！晚上你又盯上谁了？"严芳菲咯咯笑着问。

“‘贺大白呼’晚上想请你跟迟校长一起吃个饭，怕你不给面子，就委托我出面邀请，你严大美人不会连我的面子也给驳了吧？”听严芳菲支支吾吾十分不情愿的样子，苗壮急了：“俗话说，一代同学三代亲，我们家云朵再有几个月就要生了，‘贺大白呼’家的伊梦也怀孕三个月了，你这当同学的不该出面给我们贺贺？听老人们讲，怀孕两三月的孕妇跟谁接触得多，生出来后就跟谁长得最像，我可不希望我们老苗家的儿媳妇跟他爹一样，长着一张大驴脸！”“大忽悠”是苗壮的外号，“大白呼”是贺云竹的别称，一个班的同学聚到一起，往往都是称外号而不叫名字。

“你这样讲我可就更不敢去了，将来要是孩子长得丑，那我的罪过可就大了！你怎么知道人家伊梦怀的一定是女孩？你现在连生男生女都会看了？”严芳菲笑着说。

苗壮一本正经地说，他们家已经去医院里B超过了，是男丁。今天他详细询问了伊梦的情况，跟他们家云朵的反应完全不同，肯定是女孩！他希望贺云竹家的女儿长得跟她严芳菲一样好看！

“别瞎忽悠了！要是像你说的那样跟谁亲近就像谁的话，那就把全中国的孕妇全送到范冰冰或者王力宏那里就是了，大街上岂不全是俊男美女了？难得贺云竹请次客，这个面子咱得给，他可是三锥子扎不出一滴血的老抠呀！”

晚餐安排在苗壮家附近的素食馆，店面不大，但生意火爆。看到贺云竹和严芳菲都是一个人来的，苗壮不高兴了，劈头盖脸地就把两个人熊了一顿：“说好是三家聚会，你俩却只身赴会，合着我们家云朵缺吃缺喝？”贺云竹说伊梦近几天妊娠反应得厉害，别说是吃了，看着油腻的东西都想吐。苗壮听了，更加洋洋得意：“我说什么来着，怀女孩就是比怀男孩妊娠反应厉害！知道今晚上我为什么安排在素食馆吃饭的原因了吧？”

苗壮拉着云朵点菜去了，贺云竹有些不自在地望着一边，无话找话道：“迟校长怎么没来？你应该带他一起来认识认识。”

“外地有来学校参观学习的，他晚上陪客人去了。”严芳菲抬头瞥了一眼贺云竹，喃喃道：“一晃三年多了，你俩都快当爹了！唉！”望着严芳菲幽幽的眼神，听着她伤感的叹息，贺云竹心中无比畅快，心想：后悔了吧？当初你要是不任性，说不定咱俩已经有宝宝了，你也用不着沦落到嫁一个大你十多岁的老男人，谁让你当初眼睛只往上看的！心里虽然有些幸灾乐祸，但贺云竹嘴上还是劝严芳菲趁年轻抓紧生一个。严芳菲听了，长叹了一口气，心中充满了难以言状的痛苦。

苗壮点完菜拉着云朵回到房间，一进屋就嚷嚷：“今晚我们俩请两位女同胞。怪不得有人感叹说当人难，当女人更难呀，就凭女人怀胎十月一朝分娩这件事，就足以让我们男人感动一辈子了！”云朵嘟着小嘴撒娇道：“尽说好听的，从没感觉出你感动过。你要是为孩子好，就别天天在外面喝得醉醺醺的。”严芳菲也说，孕妇的情绪就像六月的天儿，起伏大，你们要多陪陪她们，酒场能不参加就别参加了，孩子可是家庭的头等大事！扯着扯着，大家就把话题扯到了孩子身上。严芳菲说他们学校有几个教师，孩子还没出生，就把在哪上幼儿园、在哪上小学就规划好了，声称绝不能让孩子重蹈父辈的覆辙，输在起跑线上。云朵也说孩子将来能不能成功，幼儿园、小学最为关键。香港的弘立书院全港学费最贵，每年就得十几万元，却一位难求，明星们不惜重金把孩子送到那里上学，就是不愿意孩子输在人生起跑线上。苗壮听了不以为然，要她俩不要听报纸瞎嚷嚷，都是那些所谓的伪专家唬人的！他坚信幼儿园、小学的好坏对孩子的成长有一定影响，但绝没有媒体宣传得那样神乎其神。对苗壮的观点，贺云竹十分认同，他认为在家庭条件允许的情况下，适当地给孩子选择一所好一点的小学是必要的，但从幼儿园起就开始挑三拣四，实在是没有多大必要，像他们这些从小生活在农村、从没上过幼儿园的孩子，不也照样跟城里的孩子一样考取北方这样的名牌大学吗？四个人边吃边聊，宴会结束，四个人也没有辩出个高低输赢来。

第二天一上班，苗壮就走进伊梦的办公室，故意逗她：“昨晚你不参加聚会是一大失误，你不在场，贺云竹表现得可过分了！”

“是吗？是不是又跟严芳菲眉来眼去、暗度陈仓了？”伊梦虽然知道苗壮是因为自己昨晚没去吃饭，故意拿严芳菲挑事，但心里还是有些介意的。“我在家吐得死去活来，他却在外面寻花问柳，看我回家怎么收拾他！表现得好，我就把孩子给他生下来，要是检讨得不好，我今天就去医院给做了！”一看伊梦动了真格，苗壮立即笑嘻嘻地解释道：“逗你玩的，你还当真格了！昨晚多亏你没去，要是去了，那我们两个老爷们儿不得完败？”伊梦问是咋回事，苗壮就把四个人辩论了一晚上的话题跟伊梦和她一个办公室的金银花讲了。没等伊梦开口，金银花抢先开了腔：“你们老爷们儿就知道喝酒打牌，对孩子的事没几个真正上心的！俗话说，三岁看老。人的一生中，幼儿阶段的教育至关重要！顶级幼儿园培养出来的孩子，跟普通幼儿园培养出来的孩子，那是有天壤之别的！”对金银花的观点，苗壮十分不认同。他认为幼儿园就是哄孩子玩的地方，只要不磕着碰着、渴着饿着就行了，至于学没学东西，没人去在意。

“你们年轻，没养过孩子，不知道孩子早教的重要性。我们家妮子之所以再怎么刻苦也比不上她姨家表姐，就是因为早教工作没抓好。当初要是家庭条件好一些，小学、幼儿园选一个好一点的上，高考也不至于连个211学校都没考上，和她表姐考的985学校直接不在一个平台上。我们家妮子就是输在起跑线上了！现在回想起来，肠子都悔青了！唉！”金银花叹道。

“金姐是过来人，有经验、有体会，我们决不能再蹈她的覆辙，就是大人不吃不喝，也不能让孩子从小就输给了别人！”伊梦附和道。

苗壮吃过晚饭正坐在沙发上看电视，贺云竹的电话就打进来了，问他上午跟伊梦都说了些什么，搞得她一晚上跟他唠叨起幼儿园没完没了的。孩子还有半年才出生，上幼儿园更是三四年以后的事情，这么早就考虑这些没影儿的事，岂不是吃饱了撑的？苗壮说，起因就是他们单位一位老大姐家的孩子高考成绩不好，她把原因归结到小时候没上一所好幼儿园，可能是伊梦当真了。苗壮也说孩子上幼儿园的事用不着那么早就考虑，等长到一两岁以后再考虑也不迟，她们愿意瞎操心，就让她们操去吧，省得没事整天找老爷们儿的麻烦。

“你胡说些什么！女人怎么就是瞎操心的了！要是等到孩子两三岁以后再考虑，那不黄花菜都凉了？”云朵一边吃着零食，一边不满地嘟囔着。看媳妇生气，苗壮说话的语气立即来了个一百八十度的大转弯：“女人说话有时也挺有道理的，要不怎么说女人都是大占卜家呢！女人们的话，男人该听的时候还是要听的，连媳妇的话都不听了，那还能听谁的？哈哈哈……”贺云竹知道云朵在旁边，就故意逗苗壮，说大山里走出来的孩子，没有一个上过幼儿园的，人家照样考清华上北大，要是幼儿园真那么重要的话，农村孩子就一个也考不上大学了！

二

云朵的预产期都过了十天了，可一点生的迹象都没有，这让苗壮心急如焚。又过了五天，苗壮实在等不下去了，带着云朵住进了省立医院。住院的第二天，贺云竹带着伊梦到医院里看望云朵，不知是环境所致，还是条件反射，一进妇产病房，伊梦就感觉肚子疼痛难忍，急找妇产科医生咨询，医生诊断说伊梦的羊水囊开始破裂了，孩子马上就要出生了。

伊梦和贺云竹听了都不相信，说孩子才七个多月，距预产期还有两个多月，不可能那样快就生了。医生听了十分不高兴，说她当了二十多年的医生，接生的孩子成千上万，什么时候该生、什么时候不该生她还是能看得出来的，七八个月就出生的孩子多得是。一看大夫发了火，贺云竹只好赔着笑脸乖乖去了住院处。

下午三点多钟，伊梦生了，是龙凤胎。虽然是早产，但两个孩子健康状况还不错。看到贺云竹喜滋滋地走过来，苗壮立即迎了上去："真的生了？"

"那还有假？两个！还是龙凤胎！你不是说我们家伊梦肚子里怀得是千金吗？怎么还多了个带把的？这回你还坚持谁家的孩子大，咱俩谁就是大哥不？"看贺云竹一副喜不自胜的样子，苗壮心里又好气又好笑。

"跟你说正经的，孩子挺健康的吧？"苗壮问。

"早产儿，体质相对弱一些，需要在监护室观察些日子！"听到走廊里苗壮与贺云竹的对话，云朵的肚子立即有了反应，到晚上七点多钟的时候也生了，是个姑娘，这让苗壮十分沮丧。

伊梦跟两个孩子在医院里住了二十多天后终于出院了。出院那天，伊梦跟贺云竹商量，说得想办法尽快筹钱买套大一点的房子，两个孩子一出生，现在住的小二居明显不够用了，况且周边环境又不好，连所像样的幼儿园都没有，当初就不应该贪图便宜，买这么一处又小又旧的房子。贺云竹听了，心里虽然不痛快，但脸上仍然挂着笑容："这还欠了七八万呢！等孩子大些再考虑换房子吧！"

"那怎么能行！孩子出生后，两个老人不都得跟着过来？再说海城这半年，房价像着了魔似的疯涨，攒足了钱再换房，这辈子就甭打算再换了！跟我住在一个产房的苏洁大姐，老公是大千房地产公司的副总经理，他们公司近期准备开发一个新楼盘，位置好，配套全，幼儿园、小学应有尽有，三年后交房时，两个娃子正好到上幼儿园的年龄。苏大姐已经说了，只要咱想买，她老公一定给咱最优惠的价格。”

贺云竹说苏洁说的那个楼盘他知道，位置是挺好，配套也不错，近期就要开盘，可价格实在是太高了，一平方差不多一万块钱，最小的户型也得一百万，他们家上哪弄多么多钱去！偷呀？

“我爸妈已经说了，如果咱家换新房子，他俩再给凑十万。明天就把咱住的这套房子挂网上，交首付还是绰绰有余的！”对伊梦的提议，贺云竹显然不同意。他说把房子卖了，全家人上哪住去？房子刚买了不到两年，外面欠款还没还上，两个孩子又出生了，接着就换房，经济上哪能承担得起？

“咱俩的工资加起来一个月接近一万块，如果你们单位效益再好些，或者那个主管的位置你能竞聘上，每个月还贷五千块钱是没问题的！孩子是早产儿，智商受不受影响还不好说，如果咱们不早做打算，孩子可就真输在起跑线上了。这事你得听我的，别整天听苗壮瞎嘚啵！”伊梦的态度十分坚决。

一连几天，贺云竹都没将自己家的房屋信息挂网上，这让伊梦十分恼火，一连好几天都对丈夫不理不睬。孩子二十多天的时候，贺云竹的父母从乡下赶来海城看望孩子，见媳妇闷闷不乐，就怯怯地将儿子叫到一边探问究竟，嘱咐儿子在伊梦月子期间千万别惹她生气，什么都要依着她，要是不小心得了“月子病”，那可是一辈子的症候。父母回乡下的第二天，伊梦突然没了奶水，急请市医院的老中医会诊，得出的结论是：闷气，导致内分泌失调，奶水回笼了，也就是老百姓常说的“回奶”。这让贺云竹后悔不已，当天就将自己家的房屋信息同时挂到几大搜房网站上。售房信息挂出去的第三天，就有三四个人打电话咨询，其中一位姓牟的男士还跟贺云竹讨价还价了半天，但由于价格问题，两个人谈了两次就不再联系了。

一晃三个月过去了，那天苏洁打电话给伊梦，说大千公司开发的那个名曰“海云天”的项目三天以后就要开盘了，由于位置好，又是学区房，项目还未开工，就被单位团购走了三百多套，要是伊梦想买的话，她就让她老公给推荐个房型，打个折扣，招呼打晚了，可就无房可选了。挂断苏洁的电话，伊梦马上打电话联系在外地培训的贺云竹，贺云竹听后不以为然，说金融危机还没完全过去，各地的房产都卖得不好，海城不可能是个例外，一定是房产公司搞饥饿营销。贺云竹从外地学习培训回到海城的当天，伊梦就拽着他去了海云天售楼中心，售楼人员告诉他俩，说房子开盘第二天就全部卖完了，让他们去别的楼盘再看看。伊梦听了，火气冲天，当场就把贺云竹骂了个狗血喷头，可怜的贺云竹就像做错事的孩子，怯怯地跟着伊梦出了售楼处，一句话都没敢反驳。一出售楼处，伊梦就打电话给苏洁，央求她一定帮忙再想想办法，只要能买到房子，价格高低她都认了。过了几天，苏洁打电话告诉伊梦，说她老公帮忙给联系到了一套三居室一百一十平方的房子，房主要求在原价基础上增加五万元，她老公托人做了很多工作，房主才勉强答应降至三万，问伊梦要不要。伊梦连跟贺云竹商量都没商量，就满口应承了下来。

晚出手半个月，多花了三万块钱，贺云竹虽心有不甘，但他实在不愿让伊梦在苏洁面前再丢一次面子，就硬着头皮交了两万块钱的订金，承诺一个月内凑齐剩余的一百零三万。伊梦父母的十万块钱和从苗壮那里借的八万块钱很快就打到了伊梦的账户上，银行五十万元的按揭贷款手续也已经办妥了，可自己家的房子一直没有找到合适的买主。眼看着合同就要到期了，情急之下的贺云竹只好硬着头皮又拨通了那个牟姓男子的电话。牟姓男子一会儿说已经订好了一处房子，一会儿又说只要价钱合理，他可以优先考虑贺云竹家的房子。贺云竹耐着性子问他最多愿意出多少钱，牟姓男子说那房子已经是十多年的老房子了，最多也就值三十八九万块钱，他看着贺云竹有诚意，就愿意再加价一万块钱，多一分他也不考虑了。“先前咱不是谈好四十二万吗？这才一个月的工夫，就又降了三万？”贺云竹强忍怒火问道。

“兄弟，此一时彼一时呀！现在的经济形势可比一个多月前严峻多了，说不定再过一个月，你那老房子连三十九万也不值了呀！这事你再考虑考虑，如果明天不给我答复的话，那我可就跟那家签合同了！”姓牟的说完，毫不客气地把电话挂了。气归气，骂归骂，但一想到距交钱的日子一天近似一天，贺云竹犹豫再三，还是主动跟姓牟的又沟通了两次，最后以四十万元的价格成交，这个价格比他当初的心里价位又少了五万块钱。房子卖出去的第二个月，贺云竹一家三口只好搬进了伊梦父母那七十平方的小房子里。欠了一屁股债，如果再在外面租房子住，还清账务的日子就更加遥遥无期了！

一晃孩子两岁半多了，终于盼来了交房的日子。领房子钥匙的那天，伊梦、贺云竹特意向单位请了假，带着父母和两个孩子看完自己家的房子后，又围着小区转悠了半天，当转悠到小区内蓝天白云幼儿园时，伊梦把两个孩子抱到幼儿园的围墙上，自豪地问两个孩子：“贺伊龙、贺伊凤，过些日子妈妈就送你俩来这个幼儿园上学，你俩高兴不高兴？”当看到两个孩子高兴得手舞足蹈时，伊梦激动的眼泪流了下来。

收到房屋钥匙的第二个月，伊梦就去蓝天白云幼儿园打听孩子报名的事，负责接待她的年轻女教师惊奇地望着伊梦，问她是不是报来年的幼儿园班。伊梦以为女教师戏弄她，就没好气地反问，来年上幼儿园，用得着现在就报名吗？女教师爱答不理地说，当年的名额已经报满了，找谁也报不上，只能排队等来年了。伊梦一听急了，声音明显提高了八度，说幼儿园九月才开园，这才五月，怎么可能名额已经报满了呢？房子上个月才交的钥匙，这才过了十多天，名额怎么就报满了呢？一定是女教师在糊弄人。两个人正争吵着，一个上了年纪的人过来解释说，幼儿园虽然规划招收三百个孩子，但第一年只招收一百二十个，让孩子在家多待一年，来年再入园，实在等不及，就只能想办法去其他幼儿园了，因为市教委规定，每个班只能招收四十个孩子，多一个都不行，尤其是小班。她劝伊梦将来年上幼儿园的名先报上，因为现在已经有人开始报名了，名额一旦报满，来年也有可能入不了园。情绪失控的伊梦根本听不进去两个老师的解释，非要找园长评评理不可，并威胁说如果不给出一个合理的解释，她就找媒体，打市长热线。

一出幼儿园大门，伊梦掏出手机劈头盖脸地就把贺云竹骂了一顿，骂得贺云竹丈二和尚摸不着头脑。

贺云竹跳下出租车，满脸汗水地跑回家，伊梦正坐在床上对着两个孩子掉眼泪，见贺云竹进来，赌气地把脸扭到一边。实在看不过眼的父亲伊春没好气地批评女儿：你朝云竹甩脸子干什么？他又不知道人家一年前就开始报名了，孩子入不了园，晚入园一年就是了，有什么大不了的？伊梦说当初东凑西借买这房子，就是看中小区内的幼儿园，现在孩子连幼儿园都进不了，那买这房子还有什么意义！说着，又嘤嘤地哭了起来。贺云竹一声不吭地出了大门，掏出手机拨通了苗壮的电话，电话那头的苗壮也无可奈何，说他也正为孩子上幼儿园的事发愁呢！苗壮说他们家附近的小葵花幼儿园是个老牌幼儿园，管理比较规范，不像新建的幼儿园那样不按规矩出牌，这两天才开始报名，初步统计准备上这家幼儿园的孩子有八九百人，而幼儿园最大容量只有四百人，至少有一半的孩子上不了。贺云竹问苗壮，孩子要是入不了园怎么办？苗壮说，实在挤不进去的话，就只能去附近的私立幼儿园了。挂断苗壮的电话，贺云竹又拨通了单位办公室主任陈南的电话，请他一定帮忙想想办法，无论如何也要把两个孩子送进蓝天白云幼儿园。对贺云竹的请求，陈南一口应下，并承诺孩子上幼儿园的事包在他身上。

吃罢晚饭，苗壮跟云朵正想带孩子出去玩，出门没多大会儿的母亲闵婕急急火火地推门进来了：“壮子，快带上马扎去排队，已经排了三四十个人了！”

“排队？排什么队？我爸呢？”苗壮问。

“报名小葵花幼儿园的队伍已经排得老长了，我让你爸在那里先排着，我回来拿马扎子！”闵婕说。

“不是说明天九点才开始报名吗？”苗壮不解地问。

“那么多孩子想上小葵花幼儿园，不早去排队，名额报满了咋办？你俩带苗苗该上哪玩上哪玩去，我陪你爸排队去！”闵婕说着，带上两个马扎子、提着一瓶子茶水，“咚咚咚”地下了楼。

苗壮和云朵带苗苗去附近的商场买了个布娃娃，就去了小葵花幼儿园。幼儿园门口已经排成一条长龙，差不多有一里多路，后面还有人源源不断地排上来。

“乖乖，这么一会儿工夫就排这么长了？多亏咱爸妈机灵，早排上了！”远远看到排队的人群，云朵感叹道。

苗壮说，自从那天听云竹说孩子没报上名，老太太就着了急，天天跑幼儿园打听什么时候开始报名，是不是也像蓝天白云幼儿园那样早开始报名了！云朵说，一家就一个孩子，大家都害怕孩子输在起跑线上，都想让孩子上最好的学校，可好学校就那么几个，哪能满足得了呀！

“幼儿园就是个哄孩子玩的地方，能指望在那儿学什么东西！都是那些所谓的教育专家煽乎的！美国人哪像中国人这样，把学校看得比什么都重要，差一点的学校就培养不出好学生来了？名校就没有歪瓜裂枣了？”苗壮反驳媳妇道。

“你这话我就不爱听。中国能跟美国比吗？美国的学校无论是私立的还是公立的都非常正规，没有多大差别，在中国可就不一样了！不说别的，就说收费吧，那可大了去了。教育质量就更不用说了。公立幼儿园的老师都是正规幼师甚至本科学校毕业的，私立幼儿园的老师，什么样的学历都有，有的甚至连高中都没毕业。”云朵反驳道。

云朵和苗壮来到父母排队的地方说了一会儿话，就带着苗苗回去了，因为孩子吵闹着要回家看动画片。苗壮跟云朵一走，排在后面的老太太主动上前搭讪道：“刚才走的那两个人是你儿子和儿媳妇？你儿媳妇是少数民族吧？”闵婕惊奇地望着身后的老太太，问她是怎么知道的。老太太说她是从姓氏判断出来的，汉族哪有姓云的。老太太十分羡慕地对闵婕说，国家有政策，少数民族允许生二胎，孙女上幼儿园以后，可以让儿媳妇接着再生一个孙子。闵婕说她也是这么想的，可儿子和儿媳妇不愿意生，她这当婆婆的也就干瞪眼没办法了。两个人正聊着，后面因为有人插队争吵起来，越吵声音越大，越吵话越难听。这边刚消停下来，那边又打起来了，没多大会儿，就发生了五六次争吵。这时，有人提议，选出部分人员组成三个纠察队，轮流维持排队秩序，一旦发现有加塞、插队的，以及允许那些加塞、插队的人一律从最后一个重新排起。即使宣布了严格的纪律，纠察队员不停地来回巡视，还是有人趁大家迷迷瞪瞪的时候偷偷加塞，被发现后一顿声讨谩骂，非要他从最后一个排起不可，气得那人拿起地上的坐垫，骂骂咧咧地走了。

深夜两点多钟，苗壮来了，将一杯热茶递到父亲手里，瓮声瓮气道：“您回去迷瞪会儿吧，排了半晚上的队，可别累着了！”苗得雨用力揉了揉涩疼的眼睛，叹道：“只要我孙女能上幼儿园，别说排一晚上了，就是排三晚上也得排！”苗得雨这么一说，其他人都跟着感慨起来。这个说，多亏现在一家就一个孩子，要是像过去那样一家五六个孩子，那可就麻烦了！那个说，就是因为一家就一根独苗，所以大家才格外在意，要是一家有五六个孩子，大家就顾不得挑三拣四了，有学上就不错了！这个说，城里人活得就是累，上个幼儿园都这样难，上小学、中学哪得有多难呀！那个说，难是自找的，上不了公立的上个私立的不也一样吗？上不了好一点的上个差一点的还能有什么？乡下的孩子从没上过幼儿园，人家就不考清华北大了？这个说，话不能这样讲，从小受良好教育的孩子就是不一样，要是能一样的话，大家就不用为了一个好学校的名额找关系走门子了！那个说，城市教育资源不足，主要是国家投入不够，要是腐败分子把贪污受贿、挥霍浪费的钱全部投到教育上，大家还用得着上蹿下跳当夜猫子！大家你一言我一语正聊得火热，一阵大雨毫无征兆地下了起来，几个年轻人想跑到不远处的屋檐下避会儿雨，见其他人都没有动的意思，又悻悻地折回原处，害怕因为避了会儿雨，导致孩子报不上名、入不了托，那遗憾可是终生的！

一阵大雨把所有人淋了个浇心透，人们像被传染了一样，喷嚏打成一片。苗壮脱下上衣用力拧了拧，然后掏出手机看了看，十分放心地编发着短信，他知道凌晨三点多钟贺云竹的手机一定是关着的，编发再多的短信他也看不到，但他坚信，把当晚的故事编写成一条条短信，可以有助于打发这种无聊的等待。

“快把湿衣服换了。你妈在家给你熬姜汤，一会儿回去快喝上。”苗得雨说着，递给儿子一件干衣服。

苗壮望了一眼手机上显示的时间，才三点二十分，有些心疼又有些埋怨：“不是让您六点以后再来吗？一晚上不睡您能承受得了吗？”

“睡不着啊！一闭上眼睛，满脑子里都是幼儿园！”苗得雨说。

“有我排着，您还有什么不放心的？退一万步说，即使上不了小葵花，不还有其他幼儿园吗？您可不能因为这事把老毛病再折腾犯了！”苗得雨心脏不好，前两年做过搭桥手术。

“反正在家也睡不着，还不如跟这帮老弟兄老姊妹们聊个天。你再回去睡会儿吧，要是回去晚了，你妈肯定就过来了！”苗得雨催促儿子抓紧回家。

报完名回到家的时候已是上午九点半多了，苗得雨饭也没吃倒头便睡，睡下没多大会儿，便感觉心脏不舒服，胸闷得厉害，赶紧吃了救心丸，打了个出租车，去了离家最近的城区医院。

贺云竹急匆匆地赶到城区医院，见苗壮正跟医生有说有笑地，知道苗得雨没什么大碍，悬着的心才放了下来。

“多亏老爷子自救及时,否则还真不一定呢！”苗壮上前握着贺云竹的手，主动介绍道。

“都是孩子上幼儿园这事给闹的！要是老爷子真出点什么事，当后辈的不得后悔一辈子！”贺云竹叹道。

“谁说不是呢！你们那事办得咋样了？那个陈主任到底行不行？我怎么感觉他有点像马谡，能不能办得了这事？”

“谁知道呢！反正该做的工作都做了，实在进不了蓝天白云，就只能就近找个幼儿园把孩子送过去就是了。我就不相信，上不了好的幼儿园，孩子就不会有出息了吗？”

苗壮说他也是这么想的,可伊梦、云朵不这么认为。多亏现在一家生一个，否则，仅幼儿园这一件事，就能把家长愁死！贺云竹赞成苗壮的话，他说苗苗上幼儿园的事总算办妥了，就看他们家伊龙、伊凤的了，要是进不了蓝天白云幼儿园，伊梦非把他嘟囔死不可！苗壮建议贺云竹还是去找房地产公司帮忙协调一下，当初买房就是冲着孩子上幼儿园去的，没有幼儿园，那个小区的房子卖不上那样高的价格。贺云竹十分无奈地说现在的开发商个个手眼通天，再怎么闹腾也是白搭，有精力还是想想其他办法吧！苗壮想了想，问贺云竹找没找严芳菲问问，她老公是副校长，跟教委的头头脑脑都熟，或许能想出个办法来。贺云竹摇了摇头说，不到万不得已，就尽量别麻烦人家了。苗壮一脸坏笑地问贺云竹，上大学的时候是不是真做了对不起人家的事情了，否则怎会每次见到严芳菲都那样不自在？贺云竹瞥了苗壮两眼，叹了一口气，发出了两声十分瘆人的干笑。

“一提起严芳菲，你就不自然，敢情你还在惦记着人家！还能死灰复燃？别忘了，你可是有儿有女的人了，孩子马上就要上幼儿园了。对了，前些日子我出差去云城，顺便去看了看小燕子，她说严芳菲一年前收养了一个孩子，问我见没见过。”小燕子是贺云竹、苗壮的同班同学，名字叫花红，因为长着一双又大又圆的眼睛，就像《还珠格格》里的小燕子，所以班里的同学都叫她“小燕子”了。

“别听小燕子胡嘚啵，人家又不是不能生，干吗去收养孩子呢？再说那么大件事,能瞒得过你‘大忽悠’？一定是小燕子搞错了！”看贺云竹摇头晃脑，一万个不相信的样子，苗壮又好气又好笑。苗壮说，小燕子跟严芳菲是闺蜜，收养孩子的事一定是严芳菲告诉她的，否则她怎会知道？苗壮掏出手机想找严芳菲验证一下，可电话无法接通。

好不容易又挨过了两天，忐忑不安的贺云竹再次联系上正在外地出差的陈南，可陈南告诉他，孩子上幼儿园的事基本没什么指望了，找谁估计都办不了！贺云竹十分沮丧地挂断了电话，又迫不及待地拨通苗壮的电话。苗壮静静地听完贺云竹的诉说，安慰他一定不要着急，活人不可能被尿憋死。

挂断贺云竹的电话，苗壮跟科长打了声招呼，开车直奔严芳菲的学校，他猜测那个点严芳菲一定在上课，否则大白天手机不可能一直关着。在学校门口，苗壮正好遇上刚下课的严芳菲，二话没说，就把她拉进车里。

“你这家伙，怎么像火烧猴子屁股似的？”严芳菲笑着问道。

“老贺家的两个孩子上幼儿园的名没报上，两口子已经黔驴技穷了，你跟迟校长说说，帮帮两个孩子吧！”苗壮说完，用十分期待的眼神望着严芳菲，感觉比他自己的孩子没报上名都着急。严芳菲长叹了一口气，苦笑着问苗壮，再有几天幼儿园就开园了，这个时候别说是没人可求的职业学校副校长了，就是普通小学、中学的校长，估计也无计可施了。苗壮不满地嘟囔着，说难不成两个孩子就没地方上幼儿园了？严芳菲善意地笑笑，说贺云竹家附近还有一所幼儿园，叫海天幼儿园，是街道办的，条件可能差些，如果贺云竹两口子愿意，她可以帮忙问问。

苗壮说，都这个时候了，他们两口子还有得选吗？就怕海天幼儿园也报满了，挤不进去。

严芳菲说她跟海天幼儿园的园长很熟，之前也曾跟她打过招呼，只要贺云竹两口子不嫌弃条件差、接送孩子不方便，她一定想办法给送进去，她亲戚家的孩子今年可能也送海天幼儿园。听严芳菲这么一说，苗壮忽然想起小燕子之前跟他说起过的严芳菲收养孩子的事，就旁敲侧击地追问起来，严芳菲只好把自己收养孩子的缘由告诉了苗壮。

三

送孩子去海天幼儿园，伊梦是一万个不乐意。她认为，海天幼儿园是一所街道办幼儿园，条件差，设施旧，路途远，师资力量薄弱，让两个三岁大的孩子每天来回六七里路去一个她根本没瞧得上眼的街道办幼儿园，这是她无论如何都难以接受的，当初自己之所以把原来住的那套房子便宜卖了，东凑西借买了海云天这套房子，就是为了让孩子在小区内上幼儿园，如果孩子进不了小区里的幼儿园，她宁愿让孩子晚上一年。对伊梦的想法，贺云竹强烈反对，两人因此发生了多次争吵，争吵最厉害的一次，伊梦竟然把贺云竹骂得很多年后回想起来仍感觉羞愧难当。她骂他是“土包子”“窝囊废”，让他从家里滚出去，这让贺云竹陡然产生出寄人篱下的感觉。

被伊梦从家里骂出来的那天晚上，贺云竹漫无边际地行走在大街上，忽然怀念起自己那个曾经十分厌恶且极力逃离并最终逃离出来的小山村：没有压力、没有攀比、没有争斗、没有等级观念，有的只是纯朴、怡然自得、顺其自然，他认为那才是人生的真谛和全部。虽是夜里十点多钟了，但炽热的空气中仍然弥漫着浓浓的烧烤味道，既充满了诱惑，又让人感觉烦躁不安。他想去路边的小摊上喝瓶啤酒，最好把自己喝得酩酊大醉，但一摸身上，分文未带。沮丧且愤怒的贺云竹疯了似的捶打着路边的桐树，想把积压了多日的愤懑与不快统统发泄出来。一对恋人从旁边经过，好奇地驻足观望，这让他更加怒不可遏，他忽然有了打一架的冲动。那对恋人逃离般地跑了，身后传来“神经病”的骂声。

贺云竹的电话铃响了，他以为是伊梦打过来的，一看是苗壮的号码，这让他多少有些失望。虽然从家里冲出来的时候他下定决心再也不回那个不属于自己的家了，但此时的他又多么渴望伊梦能够打电话唤他回去。贺云竹稳定了一下自己的情绪，装出若无其事的样子问苗壮，这么晚了打电话找他有什么事。电话那头苗壮笑哈哈地问他流浪街头的感觉是不是很爽。贺云竹马上明白苗壮已经知道自己跟伊梦闹矛盾的事情了。

二十分钟左右，苗壮打了个出租车赶了过来。贺云竹边喝着啤酒边吃着烧烤等着苗壮，他不明白那些晚上不吃饭的人是怎么熬过来的。

“被老婆扫地出门了？”苗壮边脱着上衣，边在摊位前坐下来。

“我没钱，晚上你请了！”贺云竹边撸串边瓮声瓮气道。

“就为了孩子上个幼儿园，至于大动干戈、流浪街头吗？”苗壮问。

“谁说不是呢！可为了这事，伊梦这几天像疯了一样！我们两口子闹别扭，你是怎么知道的？伊梦跟你说的？”

“你晚饭没吃就从家里跑出来，人家牵挂你，就打电话给我了。孩子暂时进不了蓝天白云，就先去海天幼儿园就是了。严芳菲能把孩子送进海天，说明海天幼儿园的条件还差不到哪里去！”苗壮劝道。

贺云竹怔怔地望着苗壮，还是有些不相信地问他，严芳菲收养孩子的事情是真的？自己又不是不能生，为什么非得收养人家的孩子？难道她老公迟庆山不行？

“不是她老公不行，是她自己不行，没生育能力了！”看着贺云竹惊恐万状的样子，苗壮就把严芳菲反复叮嘱他不要告诉任何人的秘密说给了贺云竹，惊得贺云竹张着大嘴半天没合拢。原来，就在他们大学毕业实习阶段，严芳菲被查出患有宫颈肌瘤，手术做得不成功，引起宫腔粘连，医生断定她终生不孕。痛苦不堪的严芳菲经过长时间的思想斗争，最终做出跟贺云竹分手的决定。贺云竹静静听完苗壮的陈述，一言不发，一杯接着一杯地喝着啤酒。

跟伊梦闹矛盾的第三天，贺云竹对着准备出门上班的伊梦嘟囔了一句：“今天我准备搬家。”伊梦以为贺云竹还在为前天晚上自己说的那句“滚出去”生气，连理没理地上班去了。大约过了半个多小时，搬家公司的人来了，没多大会儿就把东西装上了车。伊梦下午回家，见本十分拥挤的房子突然变得空空荡荡的，一下子明白早晨出门时贺云竹说的话不是吓唬她的，火气腾地就上来了：“那个犟驴，我还以为他随便说说呢，还敢来真的了！”母亲害怕女儿女婿因此再闹腾起来，就劝伊梦不要没事找事，都是有儿有女的人了，何必放着安稳的日子不过。伊春也批评女儿不该说那种伤害贺云竹自尊心的话，哪个男人能受得了那样的刺激！他说自己的高血压越来越严重，两个孩子一闹腾，心里就麻麻痒痒的，他打心眼里希望他们一家人早一天搬出去。伊梦说她想简单地装修一下新居再搬出去，连个地板砖都没铺，那房子能住吗！话虽这样讲，但她何尝不知道因为买房子，她跟贺云竹都成了“房奴”，实在拿不出多余的钱搞装修了。

伊梦饭也没吃就火烧火燎地去了海云天的新家，临走的时候反复嘱咐两个孩子一定要听姥姥姥爷的话，谁调皮捣蛋、不好好吃饭、不按时睡觉，回来她就收拾谁。伊梦打开自己新家门时立即惊呆了：枣红色的房门、枣红的地板，让房子显得富丽堂皇；客厅内大大的莲花水晶灯、饭厅上方三个层次分明的仿古灯，让人感觉房子的主人品位不差。伊梦把客房、卧室、厨房检查了个遍，故作平静地问正在埋头拖地的贺云竹：“这么快就装修好了？不是说得十天半个月才能装修完吗？”看贺云竹爱答不理的样子，伊梦“扑哧”笑了：“看你那德行，心眼儿比针鼻都小，不就是那么一句话吗？”贺云竹板着脸，瓮声瓮气道：“门、复合地板都是现成的，只要有钱，组装还不快？”两个人收拾利索的时候已是十点多钟了，伊梦给母亲打电话详细询问了两个孩子的情况，得知都早已上床睡觉了，就放心地拿着浴巾进了卫生间。没多大会儿，伊梦探出头来问贺云竹，忙活了一天，出了一身臭汗，还不快进来一起冲冲。贺云竹装出十分不情愿的样子，故意在客厅里磨蹭了很大一会儿，才穿着内裤进了卫生间。

“把内裤脱了,一会儿我给你洗洗。两三天不换一次,窝囊死了！”伊梦说。

“在这里洗澡，你不准备回去睡了？”贺云竹面无表情地问伊梦。

“两个崽子都睡了，咱还回去干什么？欠了一屁股饥荒，将来还要当二十多年的房奴，新房子住得越少，房奴不就当得越不值得？”

“两个孩子从没有自己睡过，你不回去两个老人能成吗？”贺云竹忽然对晚上从未离开过两个孩子的妻子看不懂了。

“马上就上幼儿园了，现在不开始锻炼锻炼他们，难道中午我们还得去幼儿园陪他俩睡觉不成？趴下，我给你搓搓背。”伊梦说着，朝着贺云竹的屁股“啪”的一巴掌，呼哧呼哧地搓了起来。

“蓝天白云报不上名，海天幼儿园你又嫌设施落后、条件差，你让他俩去哪上幼儿园？”贺云竹转过身子看着妻子，满脸狐疑地问道。

“只能让他俩先去海天幼儿园了，等有机会再转进小区幼儿园吧！海天幼儿园我去考察过了，没咱想象的那样差，人家严芳菲的孩子能上，咱们家伊龙、伊凤怎么就不能上了？”贺云竹知道苗壮把严芳菲收养女儿的事情告诉伊梦了，就顺势开导道：“如果明年小区内幼儿园扩招的话，咱再把他俩转回来，让他俩在家多待一年，来年直接上中班肯定跟不上。”那天晚上，伊梦跟贺云竹聊了半宿，临近下半夜的时候才迷迷糊糊地睡着了。

海天幼儿园小班开园的前一天，贺云竹把父母从乡下接到城里。贺云竹先是陪父母去了一趟海天幼儿园，熟悉了接送孩子的线路，然后又把接送孩子上幼儿园应该注意的事项反复嘱咐了几遍，问父母还有什么不明白的没有。父亲贺书勤从腰间掏出烟袋刚想摁上旱烟抽几口，看到儿子给他丢眼色，只好把旱烟袋又别回腰间，因为在去车站接父母的路上，贺云竹就跟父亲交代好了：一定不能在房间内抽烟，尤其是旱烟，因为抽烟对孩子成长不利。贺书勤从口袋里抽出一支香烟一边放在鼻子上闻着，一边责怪儿子道：“路上我已经丈量过了，去幼儿园一共两千三百五十五步，来回接近七里路。那么远的路程，让两个孩子来回走，那得多累呀！你要是早捎信给我，我从老家里带个小推车来就好了！”贺云竹笑笑说，这是在城里，不是乡下，他要是真弄个小推车来，那可真成了海城一道风景了！他说他从旧货市场上买回来一辆老式自行车，前后各按了一个座位，他可以每天用自行车推着两个孩子去幼儿园。

幼儿园开学的那天，贺云竹特意请了一个小时的假，陪着父母送两个孩子去幼儿园。听说要上幼儿园了，两个孩子可高兴了，背着书包一路上蹦蹦跳跳欢实得不得了，爷爷奶奶要求背他俩会儿都不让。新生的分班通知就贴在幼儿园大门口，贺云竹费了好大的劲才挤进人群中找到两个孩子的名字。新入园的孩子一共分为三个班，贺伊龙分在一班，贺伊凤分到了三班。听说孙子孙女被拆散开了，贺书勤跟媳妇陈大梅老大不高兴了，非要儿子找园长说说，把两个孩子调到一个班里不可。贺云竹笑笑说，两个孩子分到一个班里并不好，分开更有利于孩子独立人格的形成，他们就是听了幼儿园老师的建议，才让老师把两个孩子分到两个班的。

贺云竹走出幼儿园大门口，一眼瞥见开车送孩子入园的严芳菲，就主动迎了上去："多亏你帮忙，否则，两个孩子今年还真有可能无园可入了。"严芳菲笑笑，没有应贺云竹，只是催促身边的那个孩子叫"贺叔叔"。

"我比你大两个月，应该叫我伯伯才对。"贺云竹说完，立即意识到迟庆山比他俩大十多岁，按中国人的习惯，孩子应该管自己叫"叔叔"。贺云竹尴尬地笑笑，问严芳菲为什么也把孩子送到这家幼儿园，她家并不住在附近。严芳菲答非所问地问贺云竹,两个孩子都分到哪个班了？平时谁来接送孩子？贺云竹盯着严芳菲幽幽的眼神，问她收养的孩子叫什么名字，三个班的孩子他来回找了好几遍，就没有找到一个姓迟的孩子。

"孩子跟我姓，叫严实，分到小一班了。"严芳菲说。

"小一班？这么巧！我们家老大贺伊龙也分到小一班了。"贺云竹说着，陪着严芳菲又来到小一班的教室，把正在教室里玩耍的贺伊龙叫到严芳菲面前，指着严实对贺伊龙说："伊龙，这是你妹妹，叫严实，跟你是同学，以后你可要好好保护她呀！"

贺伊龙歪着头看了看严实，十分肯定地说："她不是我妹妹，我妹妹叫贺伊凤！”

“你这熊孩子！伊凤是你妹妹，严实也是你妹妹呀！因为她是你严阿姨家的宝宝。记住了？”贺伊龙看了看严芳菲，使劲点了点头，然后拉着严实的手进了教室。

“如果哪天有事来不及接孩子，打个电话给我，我让我们家老人一起给接了。”贺云竹跟严芳菲一边从幼儿园里往外走一边说。严芳菲说她平时课不多，一周就三四节课，一般不会耽误接孩子的。走到车旁边的时候，严芳菲对跟过来的贺云竹说，她已经让迟庆山跟市教育局分管幼儿园教育的孙局长说了，请他给蓝天白云幼儿园打声招呼，一旦有空缺，就让两个孩子替补进去。贺云竹十分感激地望着严芳菲，“谢谢”两个字在嗓子眼里打了几个转，到底没有说出来。

贺云竹回到办公室刚坐下，苗壮的电话就打过来了，问了许多关于孩子上幼儿园的问题，因为小葵花幼儿园开学比海天幼儿园晚，他想先了解一些情况，提前做好应对方案。

“真是杞人忧天！幼儿园里有那么多好玩的、那么些一起玩的孩子，他们高兴还来不及呢，怎么会不愿意去呢？”听了贺云竹的话，苗壮心里踏实多了，因为他听别人讲，有些孩子对去幼儿园非常排斥，个别孩子还患有幼儿园恐惧症。

刚放下苗壮的电话没多大会儿，海天幼儿园里的姜老师就打来电话说，贺伊龙拉裤子了，让家里人赶紧送干净衣服过去。一放下姜老师的电话，贺云竹就跟父亲联系，可贺书勤的手机一直处于无人接听状态。没办法，贺云竹只好跟领导请了会儿假，骑上电动自动车跑回了家。见贺云竹开门进屋，母亲问怎么这么早就回来了，贺云竹顾不上细说，拿起一件干净衣服，匆匆去了幼儿园。

“我爸呢？他怎么不接电话？”贺云竹把从幼儿园带回来的尿裤子扔进洗手盆里，拿起茶几上的、前两天刚买的手机看了看，喃喃自语道：“怪不得没听到呢，原来调到静音上了！”没多大会儿，贺书勤从外面回来，见贺云竹在家，问为什么没去上班，贺云竹就把刚才说给母亲的话又给父亲说了一遍，贺书勤听后，笑嘻嘻地说：“男孩子嘛，浑点皮点将来肯定有出息！”

幼儿园规定小班四点放学，贺书勤跟陈大梅三点多一点就从家里走了，远远看见幼儿园门口聚集了好多人，以为已经开始接孩子了，就一路小跑地奔了过去，边跑边埋怨身后的陈大梅跑得太慢。贺书勤上气不接下气地问门口站着的一位穿花格衬衫、样子看似五十多岁的男人：“孩子们还没出来吧？我还以为来晚了呢？”“花格衬衫”斜睨了贺书勤一眼，一副爱答不理的样子。

“你也是来接孙子的吧？”贺书勤继续搭讪道。那个男人有些生气地瞅了贺书勤一眼，一转身去了人群的另一边，这让贺书勤倍感纳闷，心想自己没说错什么话呀，那人怎么用那种眼神来看自己？

小班的孩子们终于站成两排手拉着手出来了。说是站成两排，实际上根本不成队形，任凭老师怎么喊、怎么叫，孩子们照样按照自己的想法行事：打闹的、嬉笑的、喝水的、玩玩具的……孩子们一从教室里出来，早已等候在线外的家长们立即骚动起来，迫不及待地寻找着自己的宝宝，不停地用手机“啪啪”地拍照。

各个班的老师站在队伍的前面，大声吆喝了好一阵子，孩子们才停止叽叽喳喳讲话。老师把当天午觉睡得好、吃饭吃得好、站队站得好的孩子一一表扬了一番，然后喊着每个家长的名字，每当有家长答“到”并上前领孩子时，老师们都会问孩子：她（他）是你什么人？当老师喊到周洲的家长来了没有时，“花格衬衫”应道：来了，来了！老师问他是周洲的什么人时，周洲抢先回答，爸爸！“花格衬衫”不好意思地“嘿嘿”笑了两声。老师说周洲第一天表现不好，抢夺小朋友的东西，还把两个小朋友打哭了，叫“花格衬衫”回家后好好说说孩子。“花格衬衫”一脸不悦地说“我回家揍死他”。

贺书勤跟陈大梅一人领着一个孩子走出幼儿园大门没多远，两个孩子就坐在地上不走了，非让爷爷、奶奶背着走不可。四个人刚到家，伊梦就推门进来了，一边招呼两个孩子赶紧把弄脏的衣服换下来，一边询问幼儿园里的情况，喃喃自语道：“什么破幼儿园呀，刚上了一天学，浑身就磕碰得青一块紫一块的。”

四

十点多钟，苗壮才到办公室，一进屋就咋呼个不停：“真让那个小祖宗给淘气死了！要是天天这样，那可怎么办呀？”伊梦急问何故，苗壮说那天小葵花幼儿园开园，他们两口子又是买布娃娃，又是买棒棒糖，好不容易把孩子送到幼儿园，谁知刚走到半路上，老师又打电话让赶紧回去，说孩子在幼儿园里又哭又闹,怎么哄也哄不住。她一哭闹,全班其他孩子也跟着哭闹起来，弄得人家老师十分烦恼，批评家长入园前没提前做好孩子的功课，没培养好孩子的独立意识和自我管控能力，批得他俩一点自尊都没了。

听了苗壮的叙述，金银花愤愤不平。她说三岁大的屎孩子，怎么能指望跟大人一样独立呢？就是因为孩子不懂事，没有独立能力，才送到幼儿园的，要是什么规矩都懂，完全能够管控得了自己的话，谁还把孩子送幼儿园？

“就是！要是孩子们都很听话，老师一点劲都不用费的话，那还要幼儿园干什么？”伊梦问苗壮，要是苗苗在幼儿园一直不停地哭闹怎么办。

苗壮说他让云朵请了假在幼儿园里盯着呢！要是孩子哭闹得厉害，就进去安抚一下。可要是天天都这样的话，那可就麻烦了！金银花安慰苗壮不用担心，第一天上幼儿园，许多孩子都这样，习惯了就好了。苗壮问伊梦，海天幼儿园的伙食怎么样？孩子们能不能吃得习惯？要是下午饿了怎么办？伊梦笑着说，她们家两个孩子没上幼儿园的时候吃饭可费劲了，每次吃饭都得连哄带吓，自从上了幼儿园以后，每天回家都喊饿，晚上吃饭可省心了！

金银花说幼儿园里的饭菜肯定不如家里的好，中午饭孩子吃不好，下午肯定饿，平时在家里一定要多准备些点心之类的东西，孩子放学回家后先让他们垫一垫，否则，孩子可受不了。

聊着聊着，就聊到了幼儿园收费问题以及教师素质问题。伊梦说海天幼儿园管理费每月四百五十元、伙食费每月一百八十元，跟其他幼儿园比起来，好像不算高，但从幼儿园的整体条件来看，她感觉还是高了些。

“已经够低的了！小葵花幼儿园每月仅管理费就一千多块钱，伙食费按顿收取，每顿十五块钱。多亏一家就一个孩子，要是一家有个五个六个的，那咱这四千多块钱的工资够干啥呀？除非把脖子扎起来不吃不喝了！”苗壮笑着说。

“小葵花收费高是因为条件好、教学质量高，我们家伊龙、伊凤想去还去不成呢！要是孩子基础打不牢，将来考不上名牌大学、找不到一份好工作，那当父母的还不亏欠他们一辈子！这次两个孩子没进蓝天白云幼儿园，我就感觉很亏欠他们，还跟云竹赌了好多日子的气，将来要是有机会，还得把两个孩子转进小区里上幼儿园。你们俩要是有路子的话，一定想着帮帮我们。”伊梦十分认真地说。

“伊梦说得对！只要条件允许，一定让孩子从小就接受好一点的教育，千万别为了省两个钱，把孩子给耽误了。我听说市中区那个叫星球国际幼儿园的，光外教就有一二十个，孩子从小就跟着老外学，外语能不好吗？要是我们家妮子高考时英语稍微考得好一些，成绩也不至于那样差。唉！”金银花叹道。

“星球国际学校虽然好，但工薪阶层家的孩子哪上得起呀！我听说仅管理费每月就得五六千，比我们这些人的工资都高，在那里上幼儿园的，全是非富即贵的孩子，老百姓家的孩子哪能上得起呀！”听了苗壮的话，伊梦愤愤不已，情绪激动地大骂起来：“太变态了！收那么高的学费，物价部门怎么也不管管呀！这不是人为地制造教育贫富差距吗？”

“周瑜打黄盖，一个愿打，一个愿挨！物价部门有什么权力管人家？再说那是私立幼儿园，本来就不是为平民家的孩子准备的。那些大老板，钱多得花不了，在孩子身上多投点，总比包养二奶三奶好吧？我听说每天接送孩子的时候，幼儿园门口停着的都是奔驰、宝马、法拉利，奥迪车都不好意思开了去！”苗壮不怀好意地笑笑，说：“你不是一直想让伊龙、伊凤上好一点的幼儿园吗？送星球国际就是了，只要给钱，随送随收。”

三个人正说着，云朵打来电话，说苗苗在幼儿园一直不停地哭闹，嗓子都哭哑了,老师让家长暂时把孩子先领回家,等做好了思想工作后再送幼儿园。对幼儿园的处理方式，苗壮显然不认同，他认为老师连让孩子不哭闹的办法都没有，说明她们根本不配当幼儿园老师，他让云朵把苗苗哄欢喜后就不要在幼儿园里待着了，有家长在场，老师肯定不愿意多操心。云朵感觉苗壮说得有道理，就把苗苗连哄带吓了一番，留了班主任老师吴莹莹的电话就回了单位。临近中午吃饭的时候，云朵打电话给吴老师，询问孩子的情况，午饭吃没吃，午睡睡得怎么样。吴莹莹说她大学一毕业就应聘到了小葵花幼儿园，一干就是三四年，带出来的孩子也有一两百人了，像苗苗这样爱哭爱闹的她还是第一次遇到，如果班里的孩子都像苗苗这样不好管教的话，别说一个班只有两个老师了，就是有二十个老师，也未必能管得过来。云朵赔着笑脸说了很多好话，并暗示吴老师一定会找机会好好谢谢她。

刚放下吴老师的电话，苗壮下班回来了，一进屋就迫不及待地询问苗苗的情况。

“刚给吴老师打完电话，可让人家给拾掇了一顿！谁家的孩子上幼儿园不高高兴兴地，哪像你们家孩子似的，就知道哭哭哭，难道上辈子是个冤死鬼托生的？真让人不省心！”看云朵一副委曲伤心的样子，苗壮直想笑。

下午从幼儿园接苗苗回家的时候，云朵发现孩子情绪不高，无精打采地，当时没怎么在意，可到了晚上孩子就开始发起烧来，两口子急急忙忙开车去了医院。值班医生量了量苗苗的体温，询问了孩子的情况后，断定孩子得的是幼儿园焦虑症，并说许多刚上幼儿园的孩子都有这种症状，吃点药休息两天就好了。云朵问值班医生，什么是幼儿园焦虑症，都有哪些具体症状。值班医生十分友好地笑笑说，许多初上幼儿园的孩子，因第一次离开爷爷奶奶或者爸爸妈妈，不适应独自跟一群陌生人相处，从而产生排斥、焦虑情绪，他将这种现象称之为“幼儿园焦虑症”。云朵问如何才能消除孩子的焦虑，从而像其他孩子那样愿意上幼儿园、喜欢幼儿园的生活环境时，值班医生十分自信地嘱咐苗壮跟云朵，除了积极培养孩子的集体主义观念以外，最重要的是要跟老师搞好关系，让老师多关心、多引导孩子。

在家养了三天病，云朵又把苗苗送去幼儿园，可一到幼儿园门口，苗苗就哭闹起来，死活不进幼儿园大门，急得云朵眼泪都快流出来了，十分无助地看着那些送孩子的家长，十分羡慕地望着那些高高兴兴上幼儿园的孩子。正在这时，吴莹莹走了过来，面无表情地说了一句：“交给我吧，你赶紧躲到一边去，别让她看到你。”看到吴老师拽着苗苗上了楼，云朵又偷偷跟了上去，透过门缝看到苗苗十分委屈地抽泣着，周围十多个孩子围绕着她，有的给她送糖果，有的给她送玩具，还有一个小朋友用纸巾给她擦眼泪，这让云朵十分感动。看到苗苗慢慢停止哭泣，云朵这才放心地离开了幼儿园。

接苗苗放学回家的时候，云朵讨好地走到吴莹莹身边，问她晚上有没有时间，如果有时间的话，她想请她吃顿便饭。吴莹莹扫了云朵一眼，不自然地笑了笑，轻声说了句：学校有规定，不能接受孩子家长的吃请，谢谢了！云朵知道吴莹莹跟自己不熟，贸然邀请，肯定不会接受，就暗示她将来一定会答谢她。不知是适应了幼儿园的生活环境，还是幼儿园的老师有点石成金的本领，连续哭闹了几天后，苗苗竟然变得爱去幼儿园了，这让云朵跟苗壮十分宽心，决定找机会一定好好谢谢吴莹莹和另一位老师。

伊梦抬头望着端着茶杯走进来的苗壮，十分关切地问起苗苗在幼儿园的表现，上幼儿园时是不是还像原来那样闹腾。苗壮听了，立即露出了灿烂的笑容,十分自豪地说他们家苗苗现在可愿意去幼儿园了,连梦里都想去幼儿园。

“你们两口子是怎么调教的？我们家那两个崽子，这几天不知咋的，也吵闹着不去幼儿园了，说小朋友们打他们，可询问老师，老师都说没有的事。”伊梦说。

“孩子们的话不能全信，因为他们本身没有是非辨别能力，许多情况下把小朋友们间无意中的磕碰说成是打他们，许多家长因此闹得很不愉快。”金银花说她孩子上幼儿园的时候，因为几个孩子在教室里追逐，把一个叫小宝的孩子撞倒磕碰破了腿，小宝的妈妈误以为是被小朋友们打的，就跟孩子的家长和幼儿园的老师大吵大闹了一场，从那以后，孩子们都不敢跟她儿子玩了，只好转到另一家幼儿园里去了。

三个人正说着，贺云竹打来电话告诉伊梦，说贺伊龙受了伤，让她赶紧带孩子去医院看看，因为他上午有个重要会议，没办法请假。一听说儿子受了伤，伊梦心里十分着急，追问是怎么伤着的，贺云竹只好把事情的经过告诉伊梦。早上，贺书勤用自行车推着两个孩子去幼儿园，不知何故，两个孩子都争着坐前面的座位，谁也不让谁，贺书勤只好走一段路停一停，把两个孩子的座位换一换，即使这样，两个孩子也不消停，在自行车上就动起了手，坐在前排的贺伊龙一不小心从自行车上摔了下来，把腿磕碰破了。贺书勤以为没什么大碍，就照常把两个孩子送到了幼儿园，谁知到了幼儿园以后，贺伊龙的腿就肿胀起来，且越肿越厉害，老师害怕有事，就打电话通知了贺云竹。

伊梦匆匆忙忙地去了海天幼儿园，着急上火地带着贺伊龙去了附近的医院，拍了片子、做了CT，虽没伤着骨头，但也需要打针吃药去肿消炎。

看着伊梦黑着脸背着贺伊龙开门进来，贺书勤怯怯地上前问道："医生是怎么说的？伊龙没什么大碍吧？"

"腿都挫伤了，怎么能说没有大碍呢？"伊梦语带责备地问贺书勤，说孩子受了伤，为什么不早打电话告诉她跟贺云竹？还送孩子去幼儿园干什么？

"你爹以为孩子就是擦破了点皮，没什么大碍，谁想到磕碰得那样厉害呢！唉！"陈大梅叹道。

"云竹小时候也经常磕这碰那的，有时还磕碰得很严重，大多数情况下都没管他过，我寻思孩子就是磕碰了下，谁知……唉！"贺书勤习惯性地掏出一支香烟，看了伊梦一眼，就又重新装回了口袋里。

"现在的孩子能跟过去的孩子一样吗？多亏没伤着骨头，要是骨折了，半天才送医院，孩子留下后遗症咋办？"伊梦说着进了卧室，半天没再出来。

星期六一大早，贺书勤就坐最早的一班车回了老家，第二天又坐最晚的一班车回到了海城，到家的时候已是晚上十二点多了。看到父亲满脸疲惫的样子，贺云竹十分心痛，禁不住地埋怨起来："回来也不提前告诉我一声，这么大个城市，万一走丢了怎么办？"

贺书勤嘿嘿笑着，说鼻子底下有嘴，哪那么容易走丢？再说回去的时候，他把沿路的标志都牢牢地记在心里了，不会走丢的！贺书勤把嘴凑到贺云竹耳边，想把自己从老家里带回来一辆小推车的事情告诉儿子，可犹豫再三，最终还是没有告诉他。

第二天一大早，贺书勤就把藏在楼后的小推车收拾了一番，不到七点钟就催促儿子儿媳妇抓紧去上班，说周一车多路堵单位忙，走晚了容易迟到。儿子儿媳妇前脚刚走，贺书勤就领着两个孩子下了楼，左顾右盼了一番后，把小推车从楼后面推了出来，两个孩子一见，可高兴了，连蹦带跳地上了车。贺书勤推着两个孩子有说有笑地一到幼儿园门口，一大群人呼啦一下围了上来，几个不怵生的孩子还毫不客气地爬上了车，非让贺书勤推着他们走一段路不可，贺书勤十分乐意地推着一车孩子在幼儿园门口走了两个来回。

幼儿园一放学，上午坐贺书勤小推车的两个孩子又爬上了小推车，晚他俩出来的贺伊龙，一看有人抢了他跟妹妹的座位，跑上来就往车下面拽，拽着拽着两个孩子就打起来了，旁边的大人好不容易才把两个孩子拉扯开。贺书勤推着孙子孙女往家里走的路上，一辆小轿车从后面跟了上来，开车的女子把头探到外面甜甜地问道："大爷，能不能让我们家孩子坐坐您的车？"贺书勤一边应着，一边跟车上的两个孩子商量，商量了老半天，两个孩子才勉强答应让轿车上下来的孩子坐坐他俩的"专车"，但条件是爷爷必须每人给买一支棒棒糖。

伊梦一回到家，两个孩子就喊叫着迎上前来，兴奋地描述着小推车的事情，把伊梦说得云里雾里的。三个人正叽叽喳喳地说着，贺云竹推门进来了，听了两个孩子的描述，一下子就明白是怎么回事了。趁伊梦跟孩子不在眼前的空当，贺云竹偷偷问父亲是怎么回事，贺书勤就把从老家带回来一辆小推车，并用小推车接送两个孩子的事情跟儿子一五一十地讲了，贺云竹听了，非常无奈地摇着头，说："这是省城，不是咱们屯子里，每天推着那玩意儿大街小巷上蹿溜，你不觉着……”怕话说重了伤害了父亲，贺云竹只好把已到嗓子眼里的“寒碜人”三个字又咽了回去。

“那有什么！只要坐着舒服，两个孩子高兴，别人爱咋说咋说吧！”贺书勤有些生气地说。

纸是包不住火的！贺书勤用小推车接送两个孩子的事情伊梦没几天就知道了，感觉有些丢面子的伊梦，对着回家有些晚的贺云竹发起了脾气。那天晚上，贺云竹喝了不少酒，本来情绪就有些不稳定，听伊梦一唠叨，火气跟着就上来了。听到儿子、儿媳妇因为小推车的事情吵架，陈大梅不高兴了，对着贺书勤就埋怨起来：“我说不行，你偏不听，非得弄那么个破玩意来，这下可好了，两个孩子打起来了，这会儿你高兴了？”本来下午接孩子时因为小推车碍了周洲父亲的宝马车、被周洲父亲戏弄得憋了一肚子火的贺书勤，听到儿子、儿媳妇又因为小推车的事情打架，火气也跟着上来了，情绪激动地把儿子和儿媳妇叫到客厅里，劈头盖脸地数落了起来：“不就是因为小推车的事情丢了你们俩的脸吗？从明天开始，我不用就是了！我就不明白了，连陈毅元帅都夸奖的小推车，怎么到了你们海城就变得那样低贱、那样讨人嫌呢！我知道小轿车排场、有面子，可咱们家现在不是买不起吗！就是买得起，我跟你娘也不会开呀！爹对不起你俩，要是你爹有本事，是大款，咱雇保姆接送孩子上幼儿园就是了，还用得着我跟你娘来吗？”贺书勤说完，赌气地回了卧室。

第二天上幼儿园的时候，两个孩子听爷爷奶奶说小推车坏了，要走着去幼儿园，老大不高兴。贺伊凤嘟着小嘴一路上不说话，贺伊龙一会儿提这个条件，一会儿提那个条件，老两口子费了九牛二虎之力才把两个孩子送到幼儿园。

午饭过后，天淅淅沥沥地下起了小雨，且越下越大，看样子一时半会儿没有停的意思。贺书勤犹豫再三，还是从地下室扛出从老家带回来的竹席，老两口子费了好大的工夫，才用竹席和塑料薄膜把小推车改造成了大棚车。早年农村没有汽车，拖拉机也很稀罕，农村人结婚时都是用竹席和红毯子或者红床单把小推车装扮成大棚车的模样，名曰“花车”。花车的一边坐新娘，另一边坐伴娘，以免刮风下雨淋着新娘子，或太阳光太强，晒黑了新娘子。那个年代，农村人用竹席和红床单装扮起来的小推车，相当于现在城里人接新娘子时用的宝马、奔驰车。三点半多一点，贺云竹回来了，进屋就翻箱倒柜地找雨具，翻腾了半天，只找到两把雨伞、一个雨披。

“不用找那些东西了，再说这样大的风，雨伞能撑得住？”看儿子一脸困惑的样子，贺书勤面无表情地说：“再丢一次你们的人吧！总比把两个孩子淋感冒了好！”贺书勤说着，拿过贺云竹手中的雨披，“咚咚咚”地下了楼。贺云竹一脸困惑地望着母亲，问父亲刚才说那话是什么意思。陈大梅拉着儿子走到窗子前，指着楼下贺书勤推着的大棚车对儿子说：“我跟你爹临时改造了一个花车，这样孩子就淋不着雨了！”

“‘花车？你俩怎么这么有创意？你跟我爹是怎么想起来的？”听儿子这么一问，陈大梅就把她小时候农村人用花车接新娘的事情，以及接新娘时路上发生的那些好笑又难堪的事情跟贺云竹详详细细地说了一遍，直说得贺云竹频频点头、哈哈大笑。

五

转眼就到了春天。那年春脖子短，春节过后没一个月，气温就升到了十五六度，好美的姑娘早早就把裙子从衣柜里找了出来。

贺书勤接孩子放学的时候，发现贺伊凤不爱动弹，懒洋洋的，用手摸了摸她的额头，感觉有些发烧，就立即打电话告诉了伊梦。伊梦一下班就带着贺伊凤去了附近的医院，值班医生看了看孩子的口和手，断定孩子患了手足口病，需要尽快治疗，最好是住院治疗。伊梦领着贺伊凤刚出医院大门，迎面遇上小三班一个叫大山的小朋友跟他妈妈也去医院看病。两个大人一交流，大山的妈妈立即意识到自己的孩子也患上了手足口病，两个人就你一句我一句地把海天幼儿园的种种不是数落了个遍。

伊梦带孩子回到家的时候已是晚上七点半多了，心急如焚的贺云竹急忙迎上前来，问孩子得的是什么病，有没有大碍。

“手足口病！已经发现好几个了！”伊梦一边换着拖鞋，一边没好气道，“上了那么个破幼儿园，孩子能有个好？但愿龙儿别被传染上！”听了妻子的话，贺云竹感到既好气又好笑说，孩子得不得手足口病与上海天幼儿园有什么关系，难道上其他幼儿园该得的病就不得了？伊梦不满地瞅了贺云竹一眼说，怎么没关系？要是幼儿园卫生条件好一些，老师每天检查得严格一些，他们家凤儿就不会得这种病了。全市几百家幼儿园，怎么就没听说其他幼儿园有患手足口病的？贺云竹知道自己跟媳妇辩不出是非曲直来，就连忙招呼大家上桌吃饭，饭菜早已做好多时了。

吃罢晚饭，伊梦去了邻居医生家，贺云竹估计是为孩子生病的事。贺云竹拿起手机，迟疑了半天，还是拨通了严芳菲的电话。电话是迟庆山接的，他说严芳菲正在洗澡，问贺云竹找严芳菲有什么事。贺云竹说自己打电话也没什么急事，就是想问问他们家严实传染没传染上手足口病，因为海天幼儿园已经有好几个孩子传染上了。迟庆山不以为然地告诉贺云竹，那种病没什么可大惊小怪的，不用治也能自愈，全市已经有好几十所幼儿园发现手足口病例了，下午他去教委汇报工作时，亲耳听市教委的领导们讲的。

挂断迟庆山的电话，贺云竹陷入了沉思。从电话中迟庆山说话的语气判断，他对严芳菲收养孩子一事有些排斥，至少是不怎么赞成，否则当自己询问严实传没传染上手足口病时，他不会表现得那样漠不关心。贺云竹忽然觉得，严芳菲之所以把孩子送到距她们家并不算近的海天幼儿园，可能是迟庆山在严实上幼儿园这个问题上不怎么上心，否则，凭他在教育系统的人脉和威望，给严实找一家条件好、距家近的幼儿园应该并不困难。贺云竹隐隐约约感觉到，严芳菲跟迟庆山的婚姻出了问题，否则，收养的孩子为什么不姓迟，而是跟严芳菲姓了呢？在中国这样一个有着几千年封建社会历史的国家，孩子随母姓总让人感觉怪怪的，即使孩子不是自己亲生的。

对于严芳菲跟迟庆山的婚姻问题，贺云竹只分析对了一半。的确，婚后的严芳菲过得并不如意，除了年龄、阅历、处世哲学、家庭背景存在差异外，迟庆山那个正处于青春叛逆期儿子的从中作梗，更加深了两人的隔阂，也促使严芳菲不顾迟庆山的极力阻挠，坚持收养了严实。更为重要的是，与迟庆山结为夫妻的严芳菲，心里装着的仍然是贺云竹，初恋总是让人刻骨铭心、难以忘却的，尽管在自己主动跟贺云竹提出分手时，贺云竹的表现多少让她有些失望，但她并不记恨他，而觉得他当时之所以表现得那样愤怒、那样不近人情、那样毅然决然，恰恰说明他对自己是在意的，在他心里自己占据着重要位置。自己之所以把严实送到海天幼儿园，除了有跟迟庆山赌气的成分以外，更重要的是贺云竹的一双儿女也在那家幼儿园，每天接送孩子的时候，即使见不到贺云竹，也能见到他的两个孩子。

一个多小时以后，伊梦回来了，把去邻居医生家咨询来的手足口病的有关知识叽里呱啦地说了一通，问贺云竹听懂了没有，贺云竹笑笑，心不在焉地说她说的那些东西都是些基本常识，上网一查就明白了，用不着去问人家。贺云竹说他已经打听过了，全市有几十所幼儿园都发现了手足口病例，不仅仅伊龙、伊凤的幼儿园才有。看伊梦半信半疑的样子，贺云竹有些不耐烦了，他说连星球国际那样的幼儿园都发现了手足口病例，海天幼儿园出现手足口病例有什么可大惊小怪的！

苗壮一进办公室，就大声小吆喝地对伊梦和金银花说："听说了没有，昨天下午，星球国际幼儿园门口发生了一起血案，一名五岁的孩子被人砍死了，还伤了好几个，场面可血腥了！"据苗壮介绍，那名被砍死的孩子是位大老板的私生子，砍人者是大老板的结发妻子。

"真的假的？我家就在星球国际幼儿园附近，发生那么大的一件事，我怎么没听说？你是不是又在忽悠我俩？"金银花笑着问苗壮。

"千真万确！我哥们儿家的孩子就在那家幼儿园，是他告诉我的，市区公安局都介入调查了，还能有假？"苗壮一本正经地说。

"收费那样高，保安措施还这么差！那个女人是怎么混进幼儿园的？"伊梦不解地问。

"又不是军事重地，想进去还不容易？随便编个理由就进去了。"苗壮说。三个人一会儿骂那个女人歹毒，即便跟大人有天大的仇恨，也不应该拿一个无辜的孩子撒气；一会儿骂那个大老板不是东西，有钱积德行善，总比在外面包养狐狸精搞得自己家破人亡要好；一会儿又骂星球国际幼儿园安保措施太差，收那么高的费用，却连个孩子都保护不了，让一个鲜活的生命就那样瞬间消失了。伊梦说在星球国际那样高档幼儿园上学的，都是家里有钱或爹娘有权的人家，这样的人家，是非情仇多，孩子的风险自然跟着就多，多亏自己家的孩子没在那上幼儿园，否则，还不整天提心吊胆的？

苗壮嘿嘿笑着，说伊梦就是个变色龙，当初孩子因为没能进一所好一点的幼儿园，把他老同学骂得狗血喷头，差点就得抑郁症了，现在又说星球国际这样的顶尖幼儿园不好。伊梦红着脸争辩，她没有说星球国际不好的意思，只是说有钱人家不能富贵不仁。孩子能去条件好的幼儿园当然好了，只有没钱没路子人家的孩子才去海天那样的街道幼儿园，这一点银花姐最有体会。金银花不停地附和道：说得是！一点没错！

下午领导们都不在，伊梦跟金银花打了声招呼，就悄悄去了幼儿园。近一个时期以来，伊龙回家说他班上那个叫周洲的，经常抢他的东西，有时还动手打他，她想趁去接孩子的机会，找他父母谈一谈，让他们回家好好教育教育孩子，让孩子以后别再抢小朋友的东西了。伊梦到达幼儿园门口没多大会儿，就看见周洲的父亲穿着一件棕色皮衣晃晃悠悠地走了过来，看样子中午喝得不少，大老远就能闻到酒腥味。伊梦笑着走近周洲的父亲，把孩子回家说的话跟他一说，周洲父亲的脸立即阴沉了下来，毫不客气地反问伊梦："你又没在现场，你怎么就能断定我们家孩子抢了你们家孩子东西了？我们家孩子也时常回家说小朋友打他、抢他东西呢！孩子的话大人们能信？"一句话噎得伊梦不知如何应对。

伊梦窝着一肚火回到家，朝着不停地要小脾气的贺伊龙吼了起来："在家是英雄，在外是狗熊！周洲打你、抢你东西的时候，你不会也打他，也抢他的东西？"正在这时，贺云竹推门进来了，抢白妻子道："哪有你这样教育孩子的？你这不是教孩子不学好吗？他同学杀人放火抢东西，你也让他跟着杀人放火抢东西？"正在气头上的伊梦听丈夫一数落，泼劲立即就上来了，"嗷嗷"地朝着贺云竹就去了。起初贺书勤和陈大梅还劝儿子儿媳妇别为了一点鸡毛蒜皮的小事就吵吵起来没完没了，不仅对孩子影响不好，而且还让邻居听见了笑话，可后来他俩发现，越劝儿子儿媳妇吵得越凶，他俩干脆躲到自己房间里不出来了。一看爸爸妈妈打起来，两个孩子吓得哇哇大哭，贺伊龙一边哭还一边告白道："妈妈，你别吼爸爸了，我以后一定听你的话，周洲以后再抢我的东西，我就打死他！"一听这话，两个大人都愣住了，不约而同地停止了争吵，怔怔地看着两个孩子。贺云竹恼怒地瞪着妻子，埋怨道：“你这不是教孩子冤冤相报，唆使孩子犯罪吗？”伊梦不满地瞪了丈夫一眼，嘟囔道：“去了那么所破幼儿园，学校条件差，家长素质更差！”

第二天一上班，伊梦就把头天发生的事情跟金银花讲了，金银花听了也十分生气，要她一定嘱咐两个孩子，在幼儿园尽量躲着那些熊孩子，别跟他们玩，有事多向老师汇报。金银花说，根据她多年的经验，凡是那些不听话的孩子，都是生活在家教不严、父母素质不高或者单亲、畸形的家庭，指望他们管理好孩子，比登天还难。

伊梦跟金银花正聊得火热，苗壮匆匆忙忙地进来了，自嘲说昨晚上喝了点酒，早上睡过了头，问领导找没找他。金银花一脸不屑地说，残联残联，残了才联系！像她们这样的单位，平时局长都没什么事可干，他一个小副科长，晚来会儿，谁能注意！

“大姐你这话我就不爱听！咱残联二十多号人，难道就局长有事干，我这个副科级干部就是个摆设？我认为咱们残联十分重要，光彩事业，无上光荣！”苗壮说着，做了个鬼脸。

“昨晚上喝了多少酒？到现在还一身酒味，敢情你媳妇就不管管你？”金银花努了努嘴，笑道。

“她哪敢管我老爷们的事？我可不像我们那位老同学，在家一点话语权都没有，我可是在家吐口唾沫都成钉的人！”苗壮的话刚说了一半，伊梦立马抢白道：“别当着我跟金姐瞎白呼了，在你那位贵族小姐面前，哪有你苗大科长说话的份儿？是不是昨晚又睡小黑屋了？要不怎么能睡过头呢？”

“说实话，昨晚我还真没独睡空床！我是跟苗苗的老师吴莹莹一起吃的饭，是她主动请我的！”苗壮表白道。

“吹吧！你请人家还差不多！”金银花说着，站起来出了办公室。

伊梦问苗壮吴莹莹为什么请他吃饭，苗壮说吴莹莹的弟弟是个残疾人，因交通事故高位截肢了，她想请他帮忙给安排个工作。伊梦说那得帮她安排，苗苗在她班里，不帮她安排肯定不行。苗壮说他已经找过明光福利厂的郑宝山了，郑厂长挺给面子，已经答应给安排个岗位。苗壮嘱咐伊梦千万别把他给吴莹莹弟弟安排工作的事告诉金银花，她那张破嘴比棉裤腰都松，保不准一早就给嘚啵出去了。伊梦说残联本来就是为残疾人服务的，帮残疾人安排工作那是再正常不过的事情，就是金银花知道了也不会说什么的，像苗壮这样的老油条，还怕别人说三道四?

苗壮说苗苗在吴莹莹的班里,别人知道会说他假公济私的。可话又说回来，要是孩子不在她的班里，他也不可能认识吴莹莹。伊梦理解苗壮的顾虑，本来一件很正常的事情，一旦跟孩子沾上了边就完全变味了，这事不让别人知道也对。

“残联本来就是个边缘部门，你见谁平时求咱办点事？再者说了，就是有人求咱，咱也给人家办不了呀！听吴莹莹讲她家里的苦难史，看她弟弟那副可怜相，即使苗苗不在她们幼儿园上学，咱也应该帮帮人家。可问题是真正需要别人帮的却没人肯帮，不需要别人帮的，很多人上赶着去帮。看看那些残疾人，想想前两天星球国际幼儿园被砍死的那个孩子，孩子上不上顶尖幼儿园、能不能考上985或211，真无所谓，只要健健康康、平平安安、快快乐乐的，比什么都强。”伊梦听了，淡淡地笑了笑。

六

转眼就到了八月份，全市幼儿园不管是公办的还是私立的，都在同一天放了暑假，假期虽不长，只有短短二十天，但看得出来，各个班级的孩子和家长们都兴奋不已。对于大班的孩子们来讲，他们从此结束了幼儿园生活，即将步入九年义务制教育阶段了；对于小班的孩子们来讲，第一年幼儿园生活是苦涩的，也是快乐的，他们开始懂得了做人的一些道理，具备了基本的独立生活能力，他们明白，妈妈不会永远陪伴在自己身边。

幼儿园放假那天，严芳菲打电话给贺云竹，说一个在蓝天白云上幼儿园的孩子，暑假后要随父母移民加拿大，班里空出来一个名额，问贺云竹愿不愿意把其中的一个孩子先转过去。贺云竹想了想，毫不犹豫地拒绝了，他建议先把严实转过去，等有了机会，再把两个孩子一齐转过去，两个孩子，就一个名额，先转谁他都认为不合适。严芳菲明白贺云竹的心思，就以家不住海云天，把孩子转到蓝天白云上幼儿园没有意义为由，回绝了贺云竹的好意，让他回家跟伊梦再好好商量商量，尽快给她个明确的答复。

回到家，贺云竹犹豫再三，还是把严芳菲打电话跟他讲的事情对伊梦说了，伊梦一听就急了，逼着贺云竹立即打电话给严芳菲，无论如何也得把那个名额留下。

名额是争取到了，但在先转谁后转谁的问题上全家人又犯了愁。贺书勤和陈大梅的意见是先转贺伊龙，理由是贺伊龙调皮，接送的路上不好管理。嘴上虽这样讲，但实际上老两口子心里更疼爱孙子。对父母的意见，贺云竹表示反对。他认为，女孩子柔弱，不如男孩子皮实，况且中国向来有“穷养儿子富养女”的说法，理应先转贺伊凤。两派意见不一，争执不下，都希望伊梦站到自己那一边。伊梦掂量来掂量去，最终同意了公公婆婆的意见。伊梦认为，贺伊龙是男孩，“养儿防老”的观念在她头脑中根深蒂固；自从那次被周洲的父亲抢白过一次之后，伊梦的心里就蒙上了一层很厚的阴影，总有一种“耻与为伍”的感觉。既然父母、媳妇都主张先转儿子，贺云竹只好少数服从多数。

幼儿园开学的前一周，贺云竹提议同学三家一起聚个会，除了让孩子们加深一下感情之外，最重要的是他想见见严芳菲。怕伊梦多疑，聚会那天贺云竹给媳妇做了很多工作。贺云竹说儿子转入小区幼儿园后，闺女独自留在海天幼儿园，他感觉心里愧疚得慌，他想当面求求迟庆山，让他再帮忙想想办法。对贺云竹的想法，伊梦十分支持，反复叮嘱丈夫晚上饭菜的标准一定得定得高一些，为了孩子，花再多的钱她都不心疼。

聚会安排在一个叫“有情人家”的饭店，从未参加过严芳菲大学同学聚会的迟庆山那晚也来了，尽管他以晚上要送严实去见钢琴老师为由早退了席，但贺云竹和伊梦还是感觉迟庆山很给自己家面子。从内心里讲，严芳菲是不愿意迟庆山参加那晚聚会的，尽管贺云竹反复叮嘱她一定要让迟庆山参加，除了不想让他面对自己的初恋之外，最主要的是近来两人关系紧张，严芳菲的心中已经有了离婚的念头。对迟庆山来讲，挽留住这段婚姻十分重要，因为自己是离过一次婚的人了，况且自己正处在争取市教育局副局长的关键时刻。酒席桌上，面对不停恭维自己的伊梦，迟庆山言之凿凿，承诺一定帮她把孩子转进蓝天白云幼儿园。

宴会结束，伊梦破天荒地要求贺云竹送严芳菲回家。贺云竹明白伊梦这样做，是为了感谢严芳菲、巴结迟庆山。

灯光下两条长长的影子慢慢地往前移动着，这是两人正式分手以来第一次漫步在海城的夜幕中，虽然默默无语，但都能感觉到对方那颗忐忑不安的心。贺云竹扭头望了望严芳菲，情不自禁地说了句：“那事还没谢谢你呢！”

“哪事？”严芳菲眼睛盯着前方，头连扭一扭的意思都没有。

“孩子转幼儿园那事。”看严芳菲没搭腔，贺云竹接着说：“那个名额应该给严实，让她继续留在海天上幼儿园，我感觉有些对不起她！”

“有什么对得起对不起的？人的一生，对不起的事多了，整日背负着一个沉重的负担，能背伏得动吗？”严芳菲叹了一口气，继续说道，“别听迟庆山瞎吹，另一个孩子转园的事他未必能办得了，该做的工作一定别放松做。别一条路走到黑！”

贺云竹犹豫再三，还是忍不住试探严芳菲，说迟庆山那么喜欢严实，当初为什么没让她姓迟呢？中国人还是习惯孩子随父亲姓的！

严芳菲终于扭头瞅了一眼贺云竹，反问他：“为什么一定要随他姓呢？万一以后……”话虽说了一半，但贺云竹还是猜出严芳菲后半句话的意思了，心中骤然产生出一种不祥的预感。不安、同情、愧疚，甚至负罪的感觉一齐涌上心头。

两个人默默地走着，很长时间没说一句话。不知走了多长时间，严芳菲突然停下脚步，苦笑了两声，说：“再过两条街道我就到家了！谢谢你陪我走了这么长一段路！”严芳菲说完，转身就走了，连声“再见”也没说。望着严芳菲有些佝偻的背影，贺云竹的心里难受极了。

幼儿园开学的前三天，贺云竹一家就张罗着两个孩子升中班的事情，诸如怎么跟两个孩子说为什么要分开上幼儿园，谁负责接送伊龙、谁负责接送伊凤，两个幼儿园布置的家庭作业不一样怎么办，等等。一连三天，陈大梅都去蓝天白云幼儿园附近转悠一圈，感觉每天不去转悠一圈，心里总有种不踏实的感觉。看得出来，对于连自己的名字都不会写的陈大梅来讲，独自接送孙子上幼儿园还是有些紧张的。

海天幼儿园开学的头天下午，贺书勤就把那辆老式自行车从楼道里找出来仔细收拾了一番，更换了新座椅，因为新学期开始，孙子就在蓝天白云上幼儿园了，只接送孙女一个人去海天幼儿园，他那辆推了快一年的“花车”也就派不上用场了。

第二天吃罢早饭，贺书勤就领着贺伊凤下了楼，可贺伊凤怎么也不上自行车，非要喊着哥哥一起走，贺书勤好说歹说才把她哄上了自行车。去幼儿园的路上，贺伊凤问爷爷，哥哥为什么不去幼儿园，是不是因为在家看《喜洋洋与灰太狼》《大头儿子小头爸爸》才不去幼儿园的。贺书勤只好哄孙女说哥哥在家表现得不好，不好好吃饭、不好好睡觉，所以爸爸妈妈才不让他去幼儿园了。贺伊凤听了十分高兴，唱着《我是一个粉刷匠》去了幼儿园。

下午贺书勤把孙女接回家的时候，贺伊龙早已回家了。一进屋贺伊龙就问妹妹去哪了，为什么没去幼儿园。听了哥哥的话，贺伊凤不高兴了，大声呵斥道：“你才没去幼儿园呢！你表现不好，不听话，所以爸爸妈妈才不让你去幼儿园了！”吵着吵着，两个孩子就了打起来。

不知是刚开学不适应的原因，还是两个孩子分开上幼儿园的缘故，开学的第三天贺伊凤就病了，一连好几天没去幼儿园。那天，陈大梅领着生病在家的贺伊凤满小区转悠，转悠到蓝天白云幼儿园时，贺伊凤一眼望见正在院子里玩耍的贺伊龙，喊着叫着就跑了过去。哥哥在院子内玩得欢喜，妹妹在院子外大哭不止，这让陈大梅懊恼不已。

望着陈大梅背着哭成泪人的孙女进了屋，贺书勤十分恼怒，对着媳妇就去了：“一再嘱咐你别告诉她伊龙去哪了，你却好，还领着她去了幼儿园，你这不是没事找事吗？是脑袋进水了，还是被驴踢了？”贺书勤这么一骂，本来就窝着一肚子气的陈大梅彻底火了，一边哭一边自责，还一边数落着自己的丈夫。老两口子光顾着吵仗了，竟然忘记接孙子，待陈大梅想起来的时候，时间已经超过快半个小时了，气得陈大梅一把将贺书勤推倒在沙发上，“咚咚咚”地下了楼。

在家休养了一个星期后，贺伊凤的病终于好了。早上一起床，伊梦一边给贺伊凤梳洗打扮，一边做女儿的思想工作：“伊凤最乖了！伊凤今天真漂亮！吃过早饭，让爷爷送你去幼儿园上学好吗？”任凭伊梦如何劝说，贺伊凤就是不去海天幼儿园，非要去哥哥的幼儿园，气得伊梦朝着女儿的屁股就是几巴掌。看媳妇打起女儿来没轻没重，贺云竹不干了，朝着媳妇就吼了起来：“吓唬吓唬就得了，你还真打呀！敢情你是后妈！孩子不愿意去海天幼儿园，你就不能慢慢做做工作？非要打得她鬼哭狼嚎才好？”

“你要是有本事把两个孩子一起转进来，大人孩子还用得着受这份磨难了？她是我身上掉下来的肉，打她你以为我不心疼？有本事到外面使去，在家对着老婆孩子大声小吆喝算什么英雄？”

“两个孩子在海天待得好好的，你偏把他俩拆散开，现在遇到问题，你又埋怨这个埋怨那个。我贺云竹是没能耐，可你有能耐也行呀……”看到爸爸妈妈越吵越凶，贺伊凤哭着跟着爷爷下了楼。看到孙女一路上不停地哭，贺书勤心里难受极了，他想不明白，就是为了孩子上个幼儿园，大人用得着那样殚精竭虑吗？农村孩子从没上过幼儿园，不也照样考清华、北大，甚至去国外上学吗？难道幼儿园在孩子的一生中就那样重要？看着孙女十分不快地进了幼儿园，贺书勤禁不住老泪纵横。

贺书勤躲在一个偏僻的地方一袋烟接着一袋烟地抽着。为了照顾孙子孙女，自己跟老伴卖了牲畜、荒芜了土地，来到了陌生的海城，一晃就是一年多了，他感觉海城再好，也永远比不上自己那到处飘着稻花香和牲畜粪便味道的小山村。这里不是自己的家，自己永远也融不进这座本不属于自己的城市。

他不明白，自己当初为什么一定要求儿子留在“大地方”发展，这样的决定到底是对还是错？贺书勤感觉胸口一阵阵地疼，头一阵阵的眩晕，汗珠子不停地往下滚落着。

看到贺云竹红着眼圈走进办公室，陈南随口问了一句：“眼睛怎么了？昨晚没睡好？”

“主任，孩子入蓝天白云幼儿园的事，您还得帮忙想想办法，这两天，我可让我们家那口子给唠叨死了！”贺云竹答非所问。

“孩子去年不就上幼儿园了吗？怎么又找幼儿园？”陈南不再拨弄手机，一本正经地问道。

贺云竹把一个孩子已经转入小区内的幼儿园、一个孩子继续在海天上幼儿园的事情跟陈南详详细细地说了一遍，请求陈南一定帮忙再想想办法。贺云竹说着，把一张购物卡塞到了陈南的办公桌抽屉里，并暗示事成之后一定重谢。

从陈南办公室出来，贺云竹发现手机上有父亲的两个未接来电，连忙回过去，却一直无人接听，正心生纳闷，伊梦的电话就打进来了。

贺云竹火烧火燎地去了医院，在医院门口迎面遇上了苗壮。

“医生说多亏送医及时，再晚送十分钟就麻烦了！”贺书勤生病的事，苗壮是从伊梦那里听说的，因为陈大梅给伊梦打电话的时候，苗壮就在旁边。

“他以前身体可好了，没发现有什么毛病呀！”贺云竹一边说着，一边随苗壮匆忙进了急诊大楼。

“多亏幼儿园的王师傅，要不是人家发现你爸得了急症，堵了个车跟我一起把他送到医院里来，我哪知道附近有医院？你爸这条老命是人家给捡回来的，咱得好好谢谢人家！”陈大梅嘱咐儿子说。

“是啊！像王师傅这样的好心人现在是越来越少了，都被碰瓷的碰怕了！

王师傅不过是幼儿园的一名厨师，有如此高的觉悟，真是难能可贵呀！”苗壮叹道。

“社会上还是好人多！如果以后咱遇上这样的事，咱也得管，绝不能袖手旁观。昧着良心赖人的，总归是少数，你们说对吧？”看妻子那一副高调的样子，贺云竹忽然产生出无以言状的鄙视。

贺书勤在医院里躺了三天就回家了，出院时医生反复嘱咐：血压高，心脏有毛病，日常生活中要少盐、少气、多运动，救心丸要随时带在身上。听了医生的话，贺书勤心里不停地犯嘀咕：“以前自己从没有高血压、冠心病的毛病，现在地也不种了，生活也好了，人也清闲了，怎么忽然多出这么些毛病来了呢？难道这就是电视上说的‘城市综合征’？”

无巧不成书，贺书勤出院的当天，苗得雨却受伤住进了另一家医院。贺云竹听说后，连忙把父亲送回了家，又匆匆赶到另一家医院。

贺云竹赶到医院的时候，苗壮、闵婕都在医院，见贺云竹赶来，苗壮就把父亲去幼儿园接苗苗放学时如何被车撞了的经过跟贺云竹详细地叙述了一遍。

“放学那会儿，幼儿园门口就是个大停车场，人都得在车缝里绕着走，能不出事吗？前两天，幼儿园门口两个车撞到一起，把一个老太太挤在中间，两条腿全折了。幸亏苗苗没伤着，要是伤着孩子，我非跟那个醉汉司机拼了命不可！”闵婕愤愤地说。

看闵婕伤心悲愤的样子，贺云竹不便再说什么了，只好不停地骂那个醉驾司机，骂警察没维持好交通秩序。正在这时，急救室的门开了，护士探出头来问谁是苗得雨的家属，苗壮跟贺云竹都高声喊“我”。

护士说伤者失血过多，需要马上输血，可医院里库存不足，市血站的血液又十分紧张，需要家属自己尽快想办法，否则伤者随时都有生命危险。三个人中，闵婕是AB型血、苗壮是B型，两个人都与苗得雨的O型血配不上。贺云竹说他是O型血，血型与苗得雨的血型一致，他给老爷子输血。贺云竹嘴上虽表现得十分坚决，但心里却胆怯得很，因为他有晕血的毛病，看见血液都眩晕，别说是输血了。既然平时待自己如孩子的苗得雨需要输血，自己心里再打怵，也得硬着头皮上，绝对不能打退堂鼓。

贺云竹跟着护士进了手术室，闵婕跟苗壮焦急地等在外面，这时候电梯门开了，云朵和严芳菲一前一后地走了出来。

一见严芳菲，苗壮连忙迎了上去，问她是怎么知道老爷子受伤的，严芳菲说她送孩子去学琴，路上正好遇见云朵，就跟着一起过来了。严芳菲问，老人伤到哪里了？伤得严不严重？苗壮说伤得不算轻，正在做手术，已经一个多小时了，贺云竹也在里面。云朵不解地问苗壮，老人家做手术，你怎么不在里面陪着？苗壮说他的血型与老爷子不配，只有云竹的血型跟老爷子一样，都是O型，所以他就进去了。云朵跟严芳菲听了，都明白是怎么一回事了。

聊完苗得雨，大家又聊起了孩子。云朵问严芳菲，严实那样小的一个孩子，整天又是学琴，又是学舞蹈的，她能愿意吗？严芳菲说现代社会竞争激烈，就业压力大，女孩子在竞争中又处于劣势，没有点实力肯定不行，尤其像严实这样的孩子。云朵说妈妈是老师，爸爸是校长，海天幼儿园里没有几个孩子能有她这样的软实力了，跟严实比较起来，她们家苗苗可是一无所长，到现在连兴趣爱好班都没报过一个。前几天，她想给苗苗报个舞蹈班，苗壮却死活不同意，说吃屎的孩子就是玩，整天课程排得满满当当的，孩子就没有童年了！

严芳菲深深地叹了一口气，说她何尝不是这样想的，可严实这种情况，只能比其他人家的孩子多付出些努力了。听严芳菲说话的语气，苗壮隐隐约约感觉到了她的苦痛。

手术室的门开了，护士把贺云竹推了出来。护士说老人手术做得很成功，半个小时以后就从手术室里出来了，她让大家先把贺云竹推到病房里休息一会儿，因为晕血，他已经眩晕过去了。看着贺云竹蜡黄的脸，云朵“嗤嗤”地笑出了声音，说一个大男人，还怕血。看严芳菲一脸严肃的样子，云朵只好把后面的话又咽了回去。

严芳菲走后没多大会儿，贺云竹就醒了，听说严芳菲来过又走了，心里好一阵惆怅。苗壮告诉贺云竹，严芳菲已经把严实从海天幼儿园转到远方幼儿园了。他估摸着当初严芳菲送严实去海天幼儿园上学，可能是为了伊龙、伊凤，也可能是因为其他原因。虽然苗壮没说其他原因是什么，但贺云竹从苗壮的眼神中已经猜出他想说什么来了。此时的贺云竹忽然明白了，当初严芳菲送严实去海天幼儿园，并非她找不到其他更好的幼儿园，而是为了让严实能够跟伊龙、伊凤在一个幼儿园里上学，同时也为了让伊梦明白：条件好、交费低的幼儿园，名额是十分紧张的，就连她这样一个在教育系统有着许多人脉关系人家的孩子都得上街道幼儿园。想着想着，贺云竹的眼睛湿润了，他打心里感激严芳菲，更觉亏欠人家的太多太多了。

七

进入十一月，天气就像变戏法似的，一会儿冷得出奇，一会儿又热得让人受不了。天气忽冷忽热，许多孩子都患上了流感，蓝天白云幼儿园有的班甚至有一半的孩子同时患上了感冒。

哥哥一连好几天不去幼儿园，贺伊凤也不想去了，哭着闹着要在家跟哥哥一起看动画片。看伊凤哭得厉害，贺云竹就偷偷地跟伊梦商量，说幼儿园最近流感盛行，伊龙已经被传染上了，万一伊凤再被传染上，花钱事小，孩子受罪事大，他想让伊凤请几天假在家避一避。对丈夫的建议，伊梦坚决反对。她认为孩子就应该从小养成遵守纪律、热爱学习的习惯，三天两头请假，容易养成孩子自由散漫的习惯。看伊梦毫不妥协，贺云竹气得一摔门去了单位，连早饭都没吃。贺云竹走后，伊凤哭得更厉害了，一个劲儿地哀求妈妈让她在家跟哥哥一起玩。看伊梦伤心可怜的样子，伊梦动了恻隐之心，想依了女儿，又怕女儿经常用这种方式威逼大人妥协，更怕自己在丈夫面前丢了面子、失了原则。这时，她忽然想到一个她认为既能坚持原则，又预防女儿养成"逃学"习惯的办法，那就是送女儿去蓝天白云幼儿园上几天学，儿子生病在家，他的座位、床位都空着，让女儿顶替儿子去幼儿园，老师们不会也不应该说什么，因为自己家交了满月的管理费，即使孩子不去，幼儿园也不会退还已交的管理费。

贺伊凤跟着伊梦怯生生地走进蓝天白云幼儿园大门，贺伊龙的班主任汪老师笑着迎了上来："孩子感冒好了？已经三天没来幼儿园了吧？"汪老师让贺伊凤伸出两手检查完毕后，又让贺伊凤张开嘴巴检查了口腔，然后拍了拍贺伊凤的脑袋，示意孩子跟妈妈说再见。贺伊凤跟着妈妈走到教室门口后，却死活不肯进去，拉着伊梦的手非要回家不可。伊梦红着脸把汪教师叫到一边，把事情的缘由悄悄地跟汪老师交了底，央求她一定让贺伊凤在幼儿园体验一天。汪老师十分为难地看着伊梦，犹豫了半天，还是答应了她的请求，但一再嘱咐伊梦，如果孩子不适应，家长要保证随时把她接走。伊梦惴惴不安地去了单位，整个上午心都是悬着的，唯恐接到汪老师的电话。

伊梦下午回家的时候，婆婆陈大梅已经把女儿接回家，看到妈妈下班回家，两个孩子一齐喊着迎了上来。

“伊凤，哥哥的幼儿园好不好？明天还想不想去？”伊梦问。

“想！”贺伊凤答道。

“不能去！那是我的幼儿园，不是你的幼儿园！”贺伊龙阻止道。

“就去！那不是你的幼儿园！”贺伊凤反驳说。

“不能去！”

“就去！”吵着吵着，两个孩子就动起了手。结果贺伊凤被哥哥打哭了，贺伊龙被妈妈打哭了。

伊梦正在训斥两个孩子，贺云竹推门进来了，看了看两个正在哭闹的孩子，一句话没说，径直去了卧室。晚上吃饭的时候，伊梦把白天让女儿顶替儿子去幼儿园上学的事情告诉了贺云竹，还不无得意地自夸了一番。看妻子洋洋得意的样子，贺云竹忍不住嘟囔了一句：“尽出骚主意！”看丈夫阴沉着脸，十分不赞同的样子，伊梦感觉心里十分憋屈，嘟嘟囔囔道：“让孩子去接受一下先进幼儿园的教育有什么不好的？明天我还送她去！”

吃罢早饭，伊梦领着贺伊凤又去了蓝天白云幼儿园，远远看见汪老师正站在幼儿园门口，还以为是专门等自己和孩子的，就喜滋滋地走了过去。

一见伊梦，汪老师上前抓住她的手就不肯松开：“大姐，今天您无论如何不能再把孩子送过来了，昨天有人把我私自允许陌生孩子入园的事情报告给园长了，园长要通报我，弄不好还要开除我！”看汪老师眼泪汪汪的样子，伊梦立即意识到了问题的严重性，连说了几声“对不起”，拉着贺伊凤匆匆离开了幼儿园,走出去没多远却又折了回来。汪老师怯怯地问伊梦怎么又回来了，伊梦让汪老师不要害怕，说她回来就是想问问她，自己有没有必要去跟园长替她解释一下。汪老师连连摆手，说只要不让孩子再来幼儿园，就是对她最大的帮助。

元旦小长假到来的前两天，陈南把贺云竹叫到办公室，说刚才蓝天白云幼儿园的园长亲自打电话给他了，孩子入园的事已经办妥了，元旦之后就可以转过去。陈南说，为了争取到这个宝贵的名额，他可是找遍了所有能够帮上忙、说上话的人，工作总算没有白做。贺云竹听了，感动得不知说什么好，连跪谢的想法都有了。

从陈南办公室一出来，贺云竹就迫不及待地将女儿元旦后就可以转入小区内幼儿园的消息告诉了伊梦，尽管心情非常激动，但他还是极力装出平常稀松的样子。

挂断伊梦的电话没几分钟，苗壮的电话就打进来了，贺云竹断定，伊梦一定将女儿转园的消息告诉了苗壮。“死娘们儿，嘴就是快！”贺云竹暗暗地嘟囔着。苗壮先是在电话中闲扯了一通，这是他的一贯作风，然后才问贺云竹元旦小长假是怎么安排的，有没有带孩子出去玩的想法。

贺云竹说，元旦就放三天假，能去哪？况且假期里，到处都是人，景区成了大集市，高速公路成了停车场，他不想出去找挤，就想在家老老实实当个宅男，既安全，又省钱！

“你这个同志怎么一点大局观念都没有呢？假期都宅在家里不出门，国内消费怎么刺激？GDP 的增长靠什么拉动？既然元旦没什么安排，那就带孩子们来我们家吃饭吧，这是命令。”苗壮嘻嘻哈哈道。

贺云竹说老爷子身体还没好利索，一大家子人一起过去闹哄，老人怎么能受得了！他让苗壮别出幺蛾子了！

“他身上流着你的血，在他老同志的心目中，你这个干儿子可比我这个亲儿子地位高多了，是他让我通知你的！吃饭只是个借口，他就是想见见你和两个孩子。”苗壮说。

聊了半天，苗壮也没提幼儿园的事，贺云竹这才明白女儿转园的事情他还不知道，犹豫再三，还是忍不住跟他讲了。

元旦那天，贺云竹让伊梦去超市买了些营养品，然后带上孩子去了苗壮家。看到贺云竹带着一家人来看他，苗得雨十分高兴，竟然颤抖着从轮椅上站了起来，这让在场的人既激动又意外。

贺云竹陪老人聊了一会儿天，就招呼大家去了饭店，他怕三个孩子在家闹腾时间久了，老人心脏受不了。

去饭店的路上，苗壮告诉贺云竹，说严芳菲带孩子去云城找“小燕子花”红玩去了，上午的聚会参加不了。听说严芳菲不参加，贺云竹心里多少有些失落。

苗壮说，严芳菲跟迟庆山近来关系紧张，她甚至动了离婚的念头，可迟庆山死活不同意。上次三家在“有情人家”吃饭的时候，苗壮就感觉严芳菲有些异常，第一次带老公出席同学聚会，就表现得那样冷冷淡淡、爱答不理，让人一看就感觉有问题。严芳菲可不是那种自私自利、肚子里藏不住事的人，除非事情到了十分糟糕的地步。对贺云竹来讲，他不希望严芳菲跟迟庆山的关系走到无法挽回的地步，他宁愿相信那晚参加同学聚会时两个人仅仅是闹了点小别扭，或是第一次随妻子参加同学聚会，迟庆山有些放不开，让苗壮别瞎猜测。苗壮说严芳菲跟迟庆山闹离婚的事是小燕子告诉他的，虽然小燕子在电话中没有明说，但话语中已透露出那样的信息了。贺云竹笑着问苗壮，上大学的时候，他没感觉他们两人关系有多好，毕业后为什么忽然热络起来，到了无话不谈的地步了呢？莫非他俩明修栈道、暗度陈仓？

午餐安排在距苗壮家不远的小海鲜城，两家人在一起，话题永远离不开孩子。云朵说小葵花幼儿园上周刚安装了视频系统，只要家长下载个软件，就可以通过手机掌控孩子在幼儿园的基本动向，可省心了。伊梦听了，啧啧称赞，说好幼儿园设施就是先进，孩子送那里上学，家长心里踏实。云朵说小葵花幼儿园各方面条件都不错，就是老师责任心稍差些。她说大班的一个女老师，因为跟男朋友闹分手，就天天拿孩子们出气，体罚、打骂，甚至不让孩子吃饭也是经常的事，孩子们都被她吓唬怕了，受了惩罚也不敢回家跟家长们说。苗壮说，孩子不听话揍两下就揍两下了，只要别揍出毛病来就行，怕就怕老师体罚孩子，动不动就罚孩子的站，不让孩子吃饭睡觉。去年星球国际幼儿园开除了一个外籍教师，那家伙有恋童癖，据传幼儿园里好多孩子都被他猥亵过。

伊梦傻傻地问恋童癖是什么病，对孩子到底有什么伤害。贺云竹红着脸说，当然有伤害了，不仅容易让孩子在心理上留下阴影，还可能对孩子的身体造成伤害。这种行为比针对成年人的犯罪更可怕、更可恶！云朵十分气愤地说，林子大了，什么鸟都有，四五岁的孩子什么都不懂，老师要想伤害他们，简直是太容易了，但愿他们家的孩子平平安安地过完幼儿园生活，别碰上那些乌七八糟的事情。

苗壮说社会很复杂，谁也不敢保证孩子们不会碰上点什么事情，只要大人们注意观察孩子的变化，问题还是能够被及时发现的。四个人正聊着，贺伊龙因为一个玩具，把贺伊凤和苗苗都打哭了，伊梦不问青红皂白地上去就是一巴掌，并大声呵斥贺伊龙："你一个男子汉，怎么能跟妹妹抢东西呢？你在幼儿园就学了这些乌七八糟的东西？你老师是怎么教你的？"

"是你教我的！"贺伊龙倔强地争辩道。

"我？我什么时候教你抢别人东西了？"伊梦脸气得通红，扬起手来还想打儿子。

"你不是说小朋友打我，我就打他；小朋友抢我的东西，我就抢他的东西吗？是你教我的！"听儿子这么一说，伊梦扬起的手无奈地放了下来。这话以前自己确实说过，并且不止一次，谁想到这小子果然当真了。"我只是随便说说，谁让你当真的！"伊梦自找台阶道。

看妻子下不了台，贺云竹心里既高兴又气愤，心想：该！谁让你平时说话口无遮拦、信口雌黄的！孩子在幼儿园跟小朋友闹了矛盾，作为家长，你不但不正面引导，还唆使孩子以暴制暴，孩子不学坏才怪了！

元旦小长假一过，贺伊凤就转到了小区内的幼儿园。送贺伊凤去蓝天白云上学的那天，伊梦故意问汪老师中三班在哪，生怕汪老师不知道她把女已转到蓝天白云幼儿园来了，过后想想，自己都感觉脸红。

元旦小长假之前，贺书勤就跟儿子和儿媳妇商量，说两个孩子都转到小区上幼儿园了，不需要两个人接送了，他想回老家把转让给别人耕种的四亩地再要回来自己耕种。欠了银行几十万元，六七口人就吃他俩那点死工资，欠下的饥荒不知什么时候才能还上！对公公的想法，伊梦心里高兴，但嘴上又不便多说，就旁敲侧击地提醒丈夫："他爷爷想回去，就让他回去住些日子吧，别把他再憋出症候来，他奶奶在咱家，他回老家还能待得久？用不了几天就回来了！"贺云竹感觉妻子说得有一定的道理，父亲又反复说他一闲下来就容易出毛病，孩子在海天上幼儿园的时候，每天还可以接送孩子，现在都在小区上了，用不着两个人接送了，整天闷在家里，真有混吃等死的感觉。看父亲归心似箭，强留已不可能，贺云竹只好同意父亲回家待上几天。

说好第二天下午贺云竹送父亲去车站，谁知当天上午贺书勤就自己坐车回了老家，临走的时候还没忘把小推车也一起带了回去，气得贺云竹埋怨了父亲好一阵子。

贺书勤一回到老家就把转让给别人耕种的四亩地要了回来，去集市上买回两头小猪崽子，把空着的猪圈利用起来。贺云竹和伊梦多次打电话催他回海城，说孩子们想他，可贺书勤总是以庄稼、牲畜都需要人伺候为由，拒绝了儿子和儿媳妇的好意。

转眼就到了儿童节。六一那天，区里组织部分幼儿园在区政府广场进行大型文艺会演，贺伊凤参加了一个集体舞蹈节目。贺云竹那几天正好出差在外，无法陪孩子过节。伊梦本来承诺去看女儿表演节目的，可送孩子去幼儿园的路上，忽然接到单位的电话，说残联辖属的一个福利厂发生了火灾，所有人员都必须尽快赶到现场开展施救工作，任何人不得请假。由于事出有因，伊梦无法去现场看孩子表演，只好匆匆忙忙地去了火灾现场。

下午四点多钟，忙活了大半天的伊梦才发现手机没电自动关机了。当她匆匆赶到幼儿园的时候，本来十分拥挤的幼儿园门口，一个接送孩子的家长都没有，这让她十分纳闷。伊梦隔着大门问幼儿园的门卫，校园里为什么那样安静？孩子们还没起床吗？门卫用奇异的眼光看着伊梦，十分不解地问，上午在区政府广场表演完节目，孩子们就被各自的家长领回家了，根本没回幼儿园，难道她没接到老师的通知？伊梦急急火火地跑回了家，问婆婆孩子回家了没有，把婆婆给问懵了。陈大梅怯怯地说："早晨送孩子去演节目的时候，你不是说一起带回来吗？"

"坏了！孩子丢了！"伊梦疯了似的冲进了电梯。陈大梅带死门跑到电梯门口时，电梯已经下去了。她二话没说，沿着步梯"咚咚咚"地往楼下跑，当跑下十三层楼的时候，她两腿一酸，一屁股瘫坐在了地上。

伊梦飞快地跑回幼儿园，幼儿园的门卫老远就朝她喊道："你跑那么快干什么？楼上还有两个孩子，我这就领你去！"

伊梦随门卫快步来到了二楼，贺伊龙、贺伊凤正安静地在看图画书，小汪老师也拿着一本书，坐在两个孩子旁边聚精会神地看着。听到脚步声，三个人同时抬起了头。两个孩子一看妈妈来了，一齐喊着朝妈妈跑过来。伊梦紧紧搂着两个孩子，禁不住潸然泪下。

八

趁幼儿园放假，小燕子花红带着孩子从云城来到了海城。临来海城前，花红给严芳菲打了个电话，说过两天她准备带孩子来海城旅游，顺便回母校看看，问严芳菲在不在海城。虽然花红口口声声说来海城就是为了陪孩子玩，但严芳菲心里十分清楚，花红来海城主要是为了自己。自打两周前跟迟庆山办理完离婚手续后，严芳菲的心里矛盾极了，虽谈不上伤心难过，但也谈不上高兴愉快，因为离婚对每个人来讲，绝非是一件值得击掌庆贺的事情，尤其在中国。

花红是周五上午到达海城的，严芳菲陪她在外面简单吃了点东西，就带着两个孩子去了市动物园。两个孩子玩去后，严芳菲拉着花红在一个视线能及孩子的地方坐了下来。

花红劝严芳菲尽快从离婚的阴影中走出来，因为没有感情的婚姻本身就不值得留恋，更无须劳神伤心。严芳菲说她跟迟庆山结合本身就是个错误，她现在终于理解他前妻为什么弃他而去的原因了。“要不是因为他苦苦哀求，去年我就跟他离了。”严芳菲说。

“他为什么不愿意离？他要是对你真有感情的话，就不会做那些衣冠禽兽的事情了。要是我呀，早跟那个虐待狂拜拜了！”花红说。

“他也不是每次都那样，偶然也有理性的时候，可一旦冲动上来了，就无法控制自己。我为什么要收养严实，就是为了找个理由躲避他，不管怎么说，他还是名教师。自打收养了严实，我就没跟他在一个床上睡过。可自打孩子上了幼儿园以后，大白天他就要干那事，每次都把我折磨得死去活来。唉！

你说我这人怎么这么命苦呀！”严芳菲说着，眼泪吧嗒吧嗒地往下掉。

“孩子一上幼儿园，你就应该跟他离，早离了，还用得着多受这一年多的罪？”花红心疼地望着严芳菲。严芳菲苦笑着说，在中国，离婚总不是一件光荣的事情。再说去年就传他要去教育局当副局长，他怕我跟他离了，影响他的仕途，毕竟他已经离过一次了。

“你呀，就是太考虑别人了！他对你都那样了，你还考虑影响不影响他干什么？他要是真当了副局长，不就更有条件祸害其他女人了吗？芳菲，你这是助纣为虐呀！”看花红越说越气愤，严芳菲只好把话题岔开，她不想因为自己的事情影响花红的心情，大学毕业后，这是花红第一次回海城。严芳菲跟花红商量，说毕业这么多年，她好不容易回海城一趟，她想约苗壮和贺云竹晚上一起陪她吃顿饭，问花红愿不愿意。花红说，这次来海城主要是为了见严芳菲，如果苗壮和贺云竹周六有时间的话，她想邀大家一起回趟学校，一是看望一下过去的老师，二是带女儿看看妈妈的母校。严芳菲听后，立马掏出手机跟苗壮取得了联系。听说小燕子来海城了，苗壮很亢奋，先是让严芳菲把手机交给花红贫了半天嘴，接着又通知贺云竹晚上六点前赶到海城大酒店，说他已经打电话预订好房间了。

贺云竹与苗壮几乎同时到达酒店。一见面，贺云竹就说晚上的客他请，叫苗壮千万别跟他争。

“我靠，你不请还能让我请呀？”看贺云竹懵懵懂懂的样子，苗壮笑着说：“为什么花红叫你老抠呀？还不是因为跟严芳菲谈恋爱那会儿抠抠索索的？现在前恋人的闺蜜来了，你不趁机为自己正正名？解铃还须系铃人呀！况且这次小燕子来海城，十有八九是为严芳菲那事来的，你出点血还不应该？”

“正名也用不着来海城大酒店呀！你不知道兄弟我债台高筑，沦为房奴了吗？”贺云竹虽然嘴上这样讲，但实际上晚上的饭他已找好买单的了，因为苗壮给他打电话的时候，找他帮忙货款的一小微企业老板就在跟前，他趁机把晚上请客的任务交给了那位小老板。

难得花红来趟海城，也难得贺云竹在高档饭店请同学们吃饭，心情不佳的严芳菲极力装出一副什么事情都没发生的样子，一会儿给花红夹菜，一会儿又跟苗壮碰杯。花红跟贺云竹、苗壮就像事前商量好了似的，一晚上话题没离开过大学四年班里发生的那些轶闻趣事，没离开过饭桌上的严实和花红的女儿菊花。

贺云竹去洗手间的时候，花红也装着去洗手间，把严芳菲跟迟庆山离婚的消息告诉了贺云竹，惊得贺云竹半天没说出一句话来。贺云竹躲在厕所里稳定了好长时间的情绪后，才重新回到了饭桌上。

“哎，花红，当初你为什么给女儿起名叫菊花呀？有什么深意吗？”为了掩饰自己的不安，贺云竹没话找话地问道。

“是不是有些俗不可耐？”花红咯咯咯地笑着，“给孩子起名菊花，是因为孩子是秋天生的。在医院里剖她的时候，病房的床头上正好摆着两盆菊花，一红一黄，鲜艳无比，煞是喜人。住院七天，每天面对的除了女儿，就是菊花了，我觉着孩子跟菊花有缘。小城里的人不像你们大城市里的人那么有理想，没指望孩子将来多么优秀、多么出人头地，只希望她将来像陶渊明笔下的人物那样快快乐乐、怡然自得就行了。采菊东篱下，悠然见南山。我们家乡确实有座山叫南山。”

“这是你的风格。孩子有你这样开明的妈妈是她的福分。哪像我们家那口子，固执得很！因为孩子上幼儿园的事，不知跟我闹过多少别扭，多亏芳菲帮忙把孩子转到小区的幼儿园里，否则，鸡犬难宁呀！”贺云竹说着，不由地瞥了严芳菲一眼，那复杂的一瞥，既含有感恩、感念的意味，也有同情、愧疚、后悔的意思。四目相对，严芳菲立即把眼睛移开了。

"'大白呼'说得对，咱班四十多名同学中，就数你性格最好。知道大家为什么叫你'小燕子'吗？"没等苗壮说完，花红就抢先道:"没心没肺呗！"大家哈哈大笑起来。饭毕，花红提议第二天四个人都带着孩子一起回母校，让孩子去看看爸爸妈妈曾经学习生活过的校园。

回到学校临时给严芳菲安排的两间宿舍时已是晚上十点多钟了，累了一天的两个孩子上床倒头便睡，严芳菲和花红却一点睡意都没有。两个人干脆泡上一壶绿茶,准备聊个通宵。家里就一张一米五的床,反正四个人也睡不下。

春节的前一天，贺云竹带着媳妇和孩子回到了乡下老家。距村子还有三四里路的时候，贺伊凤就发现了前面的贺书勤，兴奋地喊叫了起来。贺云竹连忙让车停下，两个孩子迫不及待地下了车，又迫不及待地上了爷爷的"花车"。知道孙子、孙女要回家过年，贺书勤提前好几天就把花车改装好了。为了让两个孩子坐在花车里不被冻着，贺书勤先用厚厚的被子把车篷包起来，又用红色床单包住里面的被子,停在路边特别招眼,所以贺伊凤一眼就看见了。

"我妈不在家，这大半年你是怎么过来的？"望着又黑又瘦的父亲，贺云竹眼睛有些湿润。

"你妈不在家，我日子过得可滋润了，想吃什么就吃什么，想干什么就干什么，就是有点想孩子。"贺书勤憨憨地笑笑。

"过了春节跟我们再回海城吧，两个孩子都想你。再说，你自己在老家，我跟伊梦都不放心。伊梦，你说是吧？"虽然口头上答应得很痛快，但伊梦的内心并不十分情愿：除了孩子上幼儿园不需要两个人接送以外，更重要的是多一张嘴，家庭支出就增加不少，每月交完房贷，交足孩子的管理费、生活费,两个人的工资卡上就剩三千块钱,每个月只能精打细算着花。过完春节，贺云竹就动员父亲跟他一起回海城，可无论贺云竹如何规劝，贺书勤就是不松口，除了自己实在不适应大城市生活以外，更重要的是，他实在不想给儿子增添额外的负担。

还没到下班时间，苗壮就连续给贺云竹打了四五个电话，见贺云竹不接，只好给他又发了个短信。短信中，他说有重要的事情要跟贺云竹商量，让他一下班就立即赶到他们单位旁边的两岸咖啡馆，他在那里等他。贺云竹开完会赶到两岸咖啡馆的时候已是晚上七点多钟了，这让苗壮等得实在有些不耐烦。

“银行每天不到五点就关门，什么鸟会还要开到这个点？”苗壮看着表，一脸不悦地问贺云竹。

“你还别说，今天这个会确实很重要，关系到商行的生死存亡，参加会议的连厕所都没敢去上。我给你回的那个短信，还是冒着很大风险才发出来的！”贺云竹解释道。

“别白呼了！什么会议连厕所都不敢去上？听你那意思，你们下午的会快赶上十一届三中全会重要了？”

“市内最大的化工企业要申请破产，仅在我们行就贷了六十多个亿，要是真破产了，那六十多个亿问谁要去？为这事，行长都快疯了，你说这会重要不重要？”对贺云竹的解释，苗壮显然不以为然。他说，商行一年赚几百个亿，六十多个亿的贷款还不上，银行最多利润率出现下降，绝对到不了崩溃的程度，纯粹是自己吓唬自己。

贺云竹说，宏观经济形势不好，网上金融又兴风作浪，各家银行的日子都不好过。自上个月开始，商行员工的工资普降了百分之三十，现在他每月的薪水刚够还贷和孩子上幼儿园的费用，如果六十多个亿的贷款真打了水漂，员工的绩效肯定还会下降，他们全家真有陷入生活困难的危险，他让苗壮做好扶贫扶弱的准备。苗壮一脸严肃地要求贺云竹不要开玩笑了，找他来，是有一件十分苦闷的事要跟他商量。苗壮说，自打他给吴莹莹的弟弟在明光福利厂安排了工作之后，吴莹莹跟他的联络就明显多了起来，除短信交流外，吴莹莹还约他一起吃过两次饭。起初，苗壮只认为自己给吴莹莹的弟弟安排了工作，人家打心里感激自己，可交往一段时间以后，他感觉吴莹莹跟自己说话的语气变了，看自己的眼神也跟以前不一样了。他想躲避她，减少跟她的来往，可又害怕影响到苗苗。这事他不敢跟云朵讲，只能让贺云竹帮他参谋参谋。

“听你那意思，人家吴莹莹爱上你了？怎么可能呢！人家一如花似玉的大姑娘，怎么可能会看上你呢！别自作多情了！”贺云竹笑着说。

“咱也算是过来人了，男女之间的那点事儿咱还能分辨不出来？”苗壮说，星期天他带吴莹莹去明光福利厂看她弟弟，往回走的路上，吴莹莹直言不讳地跟他说，如果将来她能找到一个像他这样既有文化知识，又有办事能力；既风趣幽默，又善解人意的老公就满足了，就没枉活一生。她说，面对自己那残缺不全的家庭，有时真想一走了之。吴莹莹说她之所以最终选择幼儿教师这个职业，除了大专毕业以后别无选择以外，更重要的是，她想从那些天真无邪的孩子身上找到一丝生活的慰藉和继续生存下去的理由。她说她每时每刻都希望自己找到一棵像他这样的参天大树，雨来了能遮一遮，身子累了能靠一靠，但不知那一天她能否等到……听了苗壮的叙述，贺云竹也不知说什么好了，他实在判断不出吴莹莹说这些话的真正意图是什么，是对苗壮动了真情？还是就是把他当成知音、老大哥，或是在看望了弟弟之后有感而发？既然苗壮确信吴莹莹对他动了真感情，那这事十有八九就是真的了。苗壮有知识，有文化，家庭条件又不错，尽管残联不是政府重要部门，但对于那些有残疾人的家庭来讲，它比政府的任何一个部门都要重要。

贺云竹嘱咐苗壮要妥善处理好与吴莹莹的感情纠葛，千万不能在感情的漩涡里越陷越深，否则，对家庭、对云朵、对吴莹莹都会造成伤害。苗壮当然知道其中的利害关系，但他不敢直接拒绝她，怕她就此破罐子破摔，或者从此失去了活下去的勇气，那么，对她那个本已十分不幸的家庭无疑是雪上加霜了。万一她心生忌恨，对苗苗做出不利举动，对苗壮全家来讲无疑是一场劫难。苗苗就在她班里，她随时都有机会对孩子做出任何事情。贺云竹建议把苗苗转到其他幼儿园去，或者直接退园回家，无论如何不能让孩子生活在一个充满危险的环境里。对贺云竹的建议，苗壮一口否决。他认为，再过五个月孩子就要结束幼儿园生活，接受正规小学教育了，这个时候让孩子脱离集体回家，那就等于让孩子的幼、小教育完全脱节。突然不让孩子去幼儿园，云朵肯定不同意，说不定还会衍生出许多事情来。如果跟云朵说了实话，她万一控制不住自己的情绪，做出出格的事情来怎么办？即使苗苗从小葵花幼儿园转到其他幼儿园，吴莹莹想找到她，那还不容易？除非把苗苗送到国外去。两个人商量来商量去，最后决定让苗壮找机会跟吴莹莹再好好谈一谈，摸清她的真实意图。在尚未处理好与吴莹莹的情感纠葛之前，要注意搜集对方的相关信息，尤其是针对苗苗的言行举止变化，适时采取相应措施。贺云竹建议苗壮让两位老人每天轮流去幼儿园附近观察几次，一旦发现孩子有异常，及时跟他和云朵沟通。苗壮觉得如果突然对苗苗格外“关心”起来，万一父母尤其是云朵发现其中的猫腻，就会更加麻烦。“就跟云朵和老人这样讲，再过五个月，苗苗就要正式上小学了，专家们建议，在孩子正式上学之前，家长们要密切关注孩子的行为变化，针对性地制定引导措施，以便缩短孩子的幼、小教育过渡期。”听了贺云竹的话，苗壮笑逐颜开，说了句：“OK，就这么办！”

九

一连五天没有吴莹莹的任何信息，这让苗壮更加焦躁不安。去明光福利厂之前，吴莹莹经常有事没事地给苗壮发条短信或打个电话，内容自然是关于苗苗在幼儿园的表现，偶尔也有关于她弟弟在福利厂的工作情况，一连五天没有任何信息,近几个月来这还是第一次。苗壮多次想主动联系一下吴莹莹，但每每拨上号码或编好短信准备发出时，却又主动放弃了。他非常担心沉默中的吴莹莹突然爆发，“不在沉默中爆发，就在沉默中灭亡”的道理，他小学时就懂得了，而且一直坚信那就是规律、是真理。

俗话说，日有所思，夜有所梦。平时很少做梦的苗壮那天晚上竟然做起梦来，而且梦中还喊出了吴莹莹的名字。怒不可遏的云朵真想把苗壮叫起来问个究竟,但她害怕万一控制不住自己的情绪,深更半夜跟苗壮打起来怎么办，因为一句梦语根本证明不了什么。云朵突然想起小时候听老人们讲，一个人只要闭上眼睛，就可以跟梦呓者对话。

云朵重新躺下，闭上眼睛，稳定了稳定情绪，然后问苗壮:“你跟吴莹莹怎么了？是不是爱上她了？”连问数遍苗壮都没有反应，云朵不死心，继续问道:“吴莹莹是不是比我漂亮，比我温柔？你是不是想跟她在一起？”

“你是老师，你要对我闺女好一些！好一些！”听苗壮反复重复这句话，云朵心中的怒火稍稍平静了些，但想想近来苗壮有些心不在焉、魂不守舍的表现，她还是感觉他们俩之间发生了什么。

“醒了？昨晚是不是做了一场黄粱美梦？”听到苗壮翻身咳嗽，醒来就再也没睡着的云朵迫不及待地追问。

“你咋知道的？媳妇简直逆天了，连我做个梦你都知道，太可怕了！”尽管云朵尽量控制着自己的情绪，但苗壮还是从她说话的语气中听出了些弦外有音，而且第一个想到的人就是吴莹莹，尽管他记不清梦中的内容了。

“喊了一晚上吴莹莹的名字，可清晰了！需不需要我给她腾岗挪位？”云朵不阴不阳的话语把苗壮吓醒了，也把他惹毛了，他大声质问云朵说那话是什么意思。他明白，这个时候自己必须表现得强硬一些，否则，云朵会更加浮想联翩。苗壮骗云朵说昨晚上他梦见苗苗在幼儿园不听话，吴莹莹先是扇她的耳光，尔后拿着一把剪刀要剪她，眼看着就要剪到了，他却吓醒了。虽然故事情节不够精彩，语言表达也前后矛盾，但云朵想想跟他梦中说的话能够合上拍，也就没再深究下去。

苗壮前脚刚进办公室，明光福利厂的厂长郑宝山后脚就跟着进来了。寒暄过后，郑宝山就把给吴莹莹弟弟调整工作的事跟苗壮讲了。苗壮听了十分高兴，把郑宝山奉承了一番，要求中午一定留下一起吃个饭。郑宝山说他中午有事要急着回去,等忙完了这一阵子,再约苗壮一起坐坐。郑宝山话锋一转，问起吴莹莹的情况来，看他那扭扭捏捏、一副不自然的神态，苗壮断定他可能看上吴莹莹了。这时,苗壮才忽然想起郑宝山还是单身,年龄虽已三十岁了,左手还有轻微的残疾，但长相不差，且是残联在册员工，跟吴莹莹完全般配。郑宝山一走，苗壮立即打电话给贺云竹，把早晨跟云朵闹别扭的事情和郑宝山看上吴莹莹的事一起跟贺云竹讲了，并约定晚上一起请吴莹莹吃顿饭，顺便探探她那天说的话到底是什么意思。

约好六点半吃饭，苗壮跟贺云竹不到六点就到了，两个人商量完对策后，贺云竹就去了隔壁的另一个房间。说是两个房间，实际上就是一个房间，因为两个房间之间就隔着一个隔断，撤掉隔断，两个房间就变成了一个房间；拉开隔断，一个房间又变成两个房间。

六点十分多一点，吴莹莹也到了，苗壮装模作样地看了看手表，装出一副十分不耐烦的样子：“贺云竹这家伙，永远没有准点的时候！”吴莹莹善意地笑笑，说约的是六点半，还有接近二十分钟呢！

两个人进屋坐下，吴莹莹先是把苗苗近日来的表现跟苗壮描述了一番，并说因为孩子近来表现得很好，所以她就没再跟他联系。苗壮先是跟吴莹莹客气了一番，然后把郑宝山给她弟弟调整工作岗位的事情讲了。听说弟弟新调整的工作岗位不仅轻松，而且每月还多拿三百块钱，吴莹莹十分高兴，话自然就多了起来。

“近年来，我们家连遭不幸，一段时间我都失去了生活的信念，自打遇上你和郑厂长后，我感觉日子又有奔头了。”吴莹莹深情地望了望苗壮，继续讲道，“从认识你苗大哥那天起，我就把你当成亲哥哥了，遇上烦心事，总想跟你唠叨唠叨，但静下心来细想想，又感觉有些不妥。”

“妥！妥！没什么不妥的！我是独生子，要是有你这么个妹妹，那敢挺好的！”苗壮忙不迭地应承道。

吴莹莹惊喜地问道：“真的？你要是不嫌弃，我就把你当亲哥哥了。”一听这话，苗壮长舒了一口气，不自觉地朝隔断那边望了望。躲在隔断另一边的贺云竹捂着嘴差点笑出声来，心里不停地埋汰苗壮：人家压根儿就没看上你，你却神经兮兮地害怕人家赖上你！

苗壮端起茶杯一边喝着水，一边思忖着如何摸清吴莹莹那天说那番话的意思。“既然你把我当哥哥了，有件事你得跟我说实话。你都二十五六岁了，为什么还不快谈个男朋友？”吴莹莹深深叹了一口气，苦笑着说以前别人曾给她介绍过几个，可人家一听她那病得病、残得残，还欠了一屁股账的家庭状况，就直摇头。她说真正跟她谈过恋爱的那个男人，曾去过她家一趟，去她家的第二天也就是去明光福利厂看她弟弟的前几天，那个男人毅然决然地跟她分了手，一点留恋都没有。

“你知道那次我为什么一定喊着你一起去看我弟弟吗？那天我心情坏透了，我是想去看他最后一眼……”吴莹莹哽咽得说不下去了。

“怎么能哪样想呢！作为一名幼儿教师，应该跟小朋友一样，充满阳光、充满朝气、充满希望才对！谁家过日子没有个三起三落、此起彼伏的时候？遇到困难就逃避，那可不是一种负责任的态度。”苗壮话锋一转，问吴莹莹对明光福利厂的郑厂长印象如何，他想听听她是如何对他进行评价的。

“挺好的！热情、大气！我觉着他跟你有许多相似之处。”吴莹莹脱口而出。

“我感觉你俩挺般配的。你要是愿意的话，我可以给你俩牵牵线。”吴莹莹听了，头摇得像个拨浪鼓，说人家是大厂长、国家干部，自己就是个幼儿园老师，家庭条件又不好，人家怎么能看上她呢！她让苗壮别费那个心思了。苗壮说怎么不可能？你人长得漂亮，心地又善良，郑宝山如果能找到你这样贤惠的媳妇，那是他上辈子修来的福分。苗壮一边看着表，一边朝隔断那边张望，意思是说：都弄明白了，你还隐身干什么？赶紧现身吧！躲在隔断那边的贺云竹，打开另一扇门，装模作样地走了进来……

一晃就到了七月。陈大梅跟往常一样，早早来到幼儿园门口。没多大工夫，幼儿园的门打开了，大班的孩子们排着队从楼上下来了，每个孩子手上还拿着一张小纸条。

“马上就离园了，怎么还收费？”人群中很多人在嘀咕。因为每月收管理费、伙食费的时候，幼儿园都会发给每个孩子一张小纸条，上面清楚地注明每个孩子当月管理费的数量、上月伙食费的剩余，等等。再有十多天，大班的孩子就要结束幼儿园生活，离开幼儿园了，看到每个孩子手上又多了一张小纸条，大家不免联想到幼儿园又要收费了。

队伍一解散，贺伊凤就跑向陈大梅，把纸条往她手上一塞，就跟旁边的同学玩去了。陈大梅不识字,问旁边的人纸条上写的是什么,旁边的人告诉她,幼儿园照毕业合影，每个孩子要收二十块钱的费用。

伊梦正饶有兴致地翻看两个孩子的幼儿园毕业照，苗壮进来了，问孩子什么时候离园，伊梦说蓝天白云的孩子十四号就离园，通知已经下发了。苗壮疑惑不解地问伊梦，说同在一个市，为什么离园的时间还不统一呢？严芳菲家的孩子十三号就离园，她们家伊龙、伊凤十四号也可以离园，为什么小葵花幼儿园十六号才允许孩子离园呢？伊梦笑着问苗壮，说一年级九月份才开学，让他们那么早回家干什么？从离园到正式上学还有接近两个月的时间，这两个月你准备让孩子干什么？

苗壮说他准备什么都不让苗苗干，就让她在家好好玩一玩。苗壮说幼儿园是人生中最悠然、最快乐、最没压力的一段时光，孩子一旦上了学，就完全失去自我了。可有些家长，整天把孩子的时间排得满满当当地，唯恐孩子有一点空闲时间，个别家长更变态，竟然让自己四五岁的孩子去学奥数、新东方。让一个吃屎般大的孩子学那些高中生都掌握不好的东西，那不是纯粹在摧残孩子吗？看苗壮那惋惜忧心的样子，好像他就要失去最美好时光似的。

“看你那样子，好像不愿意孩子们长大似的，总不能老让他们上幼儿园吧？”伊梦笑笑。

“你回家问问云竹，这个周六咱们一起组织个郊游怎么样？再过几十天，孩子们就正式上学了，咱们带他们好好玩一次吧！”苗壮说。

周六那天，天空晴朗，阳光明媚。贺伊龙、贺伊凤听说要去郊游，一大早就起了床，不停地问苗叔叔的车什么时候来接他俩。八点半多一点，苗壮开着一辆商务车拉着云朵和苗苗来了，早已按捺不住激动心情的贺伊龙、贺伊凤一蹦一跳地上了车，三个孩子像疯了一样欢呼雀跃起来。苗壮把车开到职业学校门口，早已等候在那里的严芳菲和严实提着两包孩子们喜欢吃的食物上了车。

四个孩子第一次一起外出郊游，可高兴了，蹦着跳着喊着唱着，玩得可欢实了。下午三四点钟的时候，疯了一天的孩子们终于玩累了，严芳菲建议早点回城，晚上她请大家吃饭。

车子回到城里的时候才五点多一点，太阳还火辣辣的，但苗壮还是把车子直接开到了维纳斯大酒店，晚上严芳菲要在那里请客，这可是毕业近十年来她第一次请客。在回城的路上，贺云竹就一直不停地嘀咕，过去连同学聚会都不愿意参加的严芳菲，为什么一定要请大家吃饭，而且吃饭地点还选在海城市十分有名的维纳斯大酒店，难道仅仅是因为孩子们幼儿园毕业了吗？贺云竹几次想探问个究竟，但无奈伊梦在旁边，本来就对自己曾经与严芳菲有过那段经历而耿耿于怀的她，戒备与不自然明显写在脸上，他不敢当着她的面与严芳菲过于亲密。

大家围坐一起继续谈论着已经谈论了一天的孩子话题，把孩子们上幼儿园三年来的酸甜苦辣、旧闻趣事又翻腾了个遍。趁大家聊得火热，严芳菲悄悄溜出了房间，大家以为她去一楼游乐场看玩耍的孩子们去了。大约二十分钟左右，严芳菲重新回到房间，还带来一位四十岁左右的男士，大家的目光一下子聚焦过来。严芳菲介绍说男子姓石名峰，是海城市规模最大的远方幼儿园的老板。严实从蓝天幼儿园转到远方幼儿园后，跟石峰的儿子分在一个班里，接送孩子的时候两人碰过几次面，但相互印象不深。去年国庆节，在远方幼儿园组织的一次家庭幼儿教育研讨会上，应邀发言的严芳菲与石峰相识，石峰主动留了严芳菲的电话，并以孩子同学家长的名义去严芳菲的学校拜访过她一次，一来二往两人就熟识了。刚开始，严芳菲并不知道石峰就是远方幼儿园的老板，只知道他是严实同学石山的父亲，老婆一年前患病死了，他一个人带着孩子，十分辛苦。经过一段时间的接触，严芳菲发现石峰为人低调，性情豁达，乐施行善，是个可托付终身之人。经过慎重考虑，严芳菲最终接受了石峰的求婚，并约定九月五日两个孩子正式上学的那天举行结婚仪式。宴会上，大家一杯接一杯地祝贺石峰和严芳菲，约定他俩结婚那天，五个孩子晚上一天学，全部到现场恭喜道贺。那天晚上，贺云竹高兴，喝得有些多，酒桌上说了许多“胡话”。伊梦虽然心里生气，但当着大家的面又不好发作，只好不停地逗弄四个孩子，以掩饰自己的不满。

“今天是个好日子，心想的事儿都能成……”苗壮的手机彩铃一遍又一遍地响个不停。苗壮一看，是吴莹莹打来的，连忙按了接听键。吴莹莹在电话中说，她和郑宝山想当面跟他和云朵汇报一下他俩结婚的事情。

大约半个小时，郑宝山和吴莹莹打车来到维纳斯大酒店，苗壮把在座的人一一给他俩做了介绍。听了苗壮对吴莹莹和郑宝山的介绍，严芳菲十分高兴，情绪激动地说：“莹莹妹妹因在幼儿园工作而结缘，我因孩子在幼儿园上学找到了归宿，孩子们从幼儿园开始了人生。因此，幼儿园是我跟莹莹妹妹的福地，孩子们的人生起跑点。”

严芳菲走到石峰身边，含情脉脉地说：“石峰，你不是一再要求我辞去现在的工作，去远方幼儿园当园长吗？当着我同学和孩子们的面，我郑重宣布，我答应你的要求，并用我的智慧和爱心去教育、关爱每一个孩子。”石峰深情地望着严芳菲，情不自禁地把她拥进了怀里，房间里爆发出热烈的掌声。不知是受到气氛的感染，还是严芳菲的一席话感动了吴莹莹和郑宝山，他俩不由自主地也拥抱在了一起，房间里再次响起了雷鸣般的掌声。

（完稿于 2016 年 10 月）